EL SABOR DE LA BALA

LA GUERRERA

LIBRO 5

MARTHA CARR Y
MICHAEL ANDERLE

L M B P N
INTERNATIONAL

Aviso Legal

Editado por Alba M. Vila
https://sites.google.com/view/albamvtraduccion

LMBPN® International
2375 E. Tropicana Avenue Suite 8-305
Las Vegas, Nevada
89119 USA

Versión en inglés 1.00: marzo 2022
Versión en español 1.00: julio, 2024

ISBN 979-8-89354-042-0

ÍNDICE

Capítulo 1

¿De verdad esto os parece nivelado? —La soldado de primera clase Idina Moorfield se apartó de la pista de karts construido en su mayor parte detrás del edificio del Cuartel General y ladeó la cabeza. Si hubiera podido usar sus luces verdes para mostrarles dónde estaba el problema, les habría dejado hacer el trabajo por ella.

Idina no era ese tipo de ingeniera, ni tampoco mecánica. Había aprendido a seguir los consejos de su unidad, que seguían siendo en su mayoría inútiles, pero a veces eran servían para algo.

Cuando ninguno de los otros soldados de la Sección de Apoyo al Suministro dijo una palabra, Idina enarcó una ceja y miró fijamente a Badge.

—No era una pregunta retórica.

—P-pues *dilo directamente*. —La única otra mujer en la sección de Idina levantó la vista de las piezas de repuesto que había dispuesto en el asfalto junto a su más reciente proyecto independiente y lo estudió—. No. Es una mierda.

Pill se burló y se metió las gruesas gafas por el puente de la nariz con un dedo índice.

—Gran manera de levantar la moral, Badge. Gracias.

—Vamos a tener que desmontarlo…

—No digas eso. —Trunk se levantó cuclillas y se quitó el polvo de las manos—. Ya llevamos una semana con esto. Ahora no es el momento de decirnos: «La habéis jodido, volved a empezar».

Badge miró al soldado gigante y señaló la carretera.

—No es mi trabajo deciros a vosotros, i-i-idiotas, que lo estáis haciendo mal.

—Si tan solo…

—Estaba ocupada, imbécil. Contando partes extras.

Trunk suspiró y se cruzó de brazos.

—Deja de quejarte y coge el manual. —Cake se sentó lejos del resto de la unidad, sobre una pila de cajas apiladas que habían utilizado para traer todos los suministros, y hojeó un catálogo de suministros de mantenimiento y reparación de edificios. Se lamió un dedo antes de pasar a la siguiente página y luego miró al resto de la unidad—. Porque tiene indicaciones.

Idina se volvió para mirarlo de arriba abajo y sonrió con satisfacción. El cabo Bunt —apodado Cake para reírse de él y porque le cabreaba— había estado aquí con el resto de la unidad todos los días de la última semana mientras Idina y los demás trabajaban para construir una pista de kart con piezas de repuesto y desechadas recogidas en los alrededores de la base militar de Fort Bragg.

«No mueve un dedo para ayudar, pero al menos está aquí. Ahora tengo que averiguar por qué. No puede ser que solo sea bueno en apostar y ser un grano en el culo».

—Sí, sí. —Skim se quitó la suciedad y los escombros de los pantalones de camuflaje, cosa que había estado haciendo mucho más en las últimas semanas en lugar de ponerse nervioso por la mugre como antes, y escaneó la zona alrededor de su proyecto favorito—. Encuentra el manual. Duh.

—Vaya, mira quién tiene todos los consejos útiles. —Pill se puso las manos en las caderas y miró fijamente a Cake, que había vuelto a investigar el catálogo de piezas que no podía ser tan interesante como quería hacer creer a todo el mundo—. ¿Qué tal si levantas el culo y nos ayudas a encontrarlo?

Cake resolló y hojeó la página siguiente.

—Oye, novata. ¿Cuántos idiotas hacen falta para encontrar un puto manual de instrucciones?

Idina le ignoró y se unió a buscar el manual que habían estado consultando durante la última semana.

—Mierda. —Skim caminó alrededor la pista, se detuvo cuando había dado una vuelta completa y se rascó la cabeza—. No está aquí.

—Vamos —se quejó Pill—. Solo tenías ese trabajo.

—Oye, mi «trabajo» no tiene una única descripción. Como el tuyo.

—Tío, no es tan difícil. Apareces en la sala de descanso, coges el único puto libro que hay en la mesa y te lo llevas para que tengamos algo de referencia aquí fuera. No puedo ser tu maldito niñero todos los días.

Skim giró en otro lento círculo y se encogió de hombros.

—Pues vale.

—Estupendo. Ni siquiera te importa. —Pill se volvió hacia Idina con un rubor rojo furioso que le subía por los lados del cuello hasta las mejillas—. No le importa una mierda nada.

—A ti te importan demasiadas cosas —murmuró Badge.

Trunk soltó una risita.

—Sí, tío. Quizá deberías sentarte antes de hacerte daño.

—Antes de que le haga daño *yo* —añadió Cake sin apartar la vista del catálogo.

Idina levantó ambas manos en señal de concesión y se paseó por la carretera que habían construido casi al noventa por ciento en este punto.

—La sala de descanso está justo ahí.

—Oh, menos mal. —Cake se burló de ella—. La novata está aquí para salvar el día. Toma una galleta.

—Aw. —Idina chasqueó la lengua—. Eso es tan dulce.

—Tal vez deberías ir a buscarlo. —Pill señaló a Cake—. Todo lo que haces es sentarse en el culo y escupir mierda en una única frase, mientras que el resto de nosotros estamos tratando de hacer algo.

—Soy el soldado de mayor rango —dijo él con indiferencia—. No tengo que hacer nada.

—Tío, no te has ganado el derecho de aprovecharte de nosotros —añadió Trunk.

—¿Que no me lo he *ganado*? —Cake tiró el catálogo al asfalto y se puso en pie de un salto—. No sabes una mierda de lo que he hecho, así que cierra la boca de una puta vez.

Badge puso los ojos en blanco y soltó un silbido bajo.

—Alguien se está p-p-poniendo nervioso.

—¿Quieres ver cómo me pongo nervioso de verdad? —La miró de reojo y se dirigió hacia ella—. Yo te enseñaré …

—¡Ensamblaje del bastidor principal! —gritó Stop—. ¡Tubo de acero de adelante hacia atrás, cincuenta y siete centímetros!

Todo el mundo se quedó helado y se volvió para mirar al soldado que normalmente mantenía la boca cerrada y se mantenía alejado de los problemas. Cuando hablaba, sus palabras solían ser incomprensibles.

—¿Qué? —Cake sacudió la cabeza—. Tío. Si no tienes algo coherente que decir, no jodas…

—Espera. —Idina se dirigió lentamente alrededor de la pista inacabada hacia Stop—. Dilo otra vez.

—No. Mantén la puta boca cerrada, tío. Novata, tienes que dejar de alentarl…

—Nene, cállate de una vez. —Miró fijamente al cabo, enarcó las cejas y puso una cara bastante intimidatoria de «no me toques los huevos».

Cake se calló, aunque le hizo un gesto con el dedo corazón antes de volver a sus cajas apiladas y a su entretenida búsqueda de catálogos.

Idina sintió que el resto de su unidad la miraba, todos un poco nerviosos de nuevo porque se había atrevido a poner al cabo en su sitio, fuera lo que fuera. La soldado de primera Moorfield estaba demasiado concentrada en Stop como para preocuparse.

—Venga —le dijo suavemente—. Dilo otra vez.

Stop se llevó un puño a la boca, carraspeó y lo repitió.

—¡La distancia entre el frente y los asientos es de un metro cuarenta y nueve!

—Continúa. —Ella asintió.

—Estructura del eje de transmisión. Transmisión diferencial con un piñón de trece dientes y un eje de nueve dientes con un…

—Esto es una mierda —murmuró Cake.

Nadie en la sección de suministros le prestó atención porque ya empezaban a darse cuenta de lo que había estado haciendo Stop.

Pill miró a un lado y a otro entre Idina y Stop antes de señalar al soldado raso que apenas decía nada.

—¿Él…?

—Creo que sí. —Ella asintió, con una sonrisa creciente.

—Bueno, maldita sea. —Trunk se cruzó de brazos y soltó una risita—. Hazlo otra vez.

Stop volvió a recitar algunas líneas del manual de instrucciones antes de lo interrumpieran de nuevo.

—¿Fue ahí donde lo dejamos? —preguntó Badge, sus piezas de repuesto olvidado ahora estaban en mitad del trabajo.

Stop le sonrió, asintió y repitió textualmente lo que había dicho.

—Hostia puta. —Skim miró al otro soldado de arriba abajo y se dejó caer de cuclillas para sentarse en el asfalto, apoyándose con las manos estiradas hacia atrás—. ¿Lo has leído todo?

La sola pregunta hizo que los grandes ojos azules de Stop se iluminaran aún más, y lanzó a todos dos pulgares hacia arriba.

—Manual de instrucciones para la construcción de Karts en casa, cuarta edición.

—Pruébalo. —Badge sonaba como siempre, irritable y demasiado escéptica, pero ahora una pequeña sonrisa había curvado también las comisuras de sus labios—. Primer p-párrafo del capítulo dos.

Cuando Stop soltó toda la retahíla de instrucciones en un suspiro, Trunk se echó a reír.

—Ni de coña, tío.

—Que le den al primer párrafo. —Skim señaló Stop—. Cuarta frase de la página sesenta.

Stop recitó inmediatamente una retahíla de jerga mecánica, y los soldados chillaron y gritaron incrédulos. Badge golpeó con un puño la sólida pantorrilla de Trunk a su lado, y este no se dio cuenta.

—De acuerdo. —Pill volvió a meterse las gafas por la nariz y soltó una risita—. Tengo que admitir que es bastante increíble.

—¿De verdad os impresiona esto? —Cake los miró a todos con una mueca de asco—. Vamos. El tipo tiene demasiados tornillos sueltos ahí arriba…

—Oye, venga —interrumpió Trunk—. Tómatelo con calma.

—Es verdad.

Badge resopló.

—Porque tú tienes ningún problema, ¿eh?

—No he dicho eso, pero no pretendo ser un idiota con el síndrome del sabio. —Cake lanzó una mano hacia Stop, que ahora estaba de pie rígido y su mirada recorría de un lado a otro a todos los rostros dentro de su unidad—. ¿Sabes qué? Que le den. Apuesto mi Xbox a que se lo está inventando todo.

—Tío, acepto la apuesta. —Trunk se acercó al cabo y le tendió la mano para estrechársela.

Cake le miró de arriba abajo.

—¿Tienes algo para meter en la apuesta?

El soldado gigante bajó lentamente la mano, miró al cielo azul y resopló decepcionado.

—Mierda.

—Yo sí —dijo Idina.

La sonrisa salvaje que se dibujó en la cara de Cake le dijo inmediatamente que había dado en el clavo con aquella oferta. El tipo no podía evitarlo. Que fuera un adicto al juego era, después de todo, parte de la razón por la que lo habían transferido fuera de su antigua unidad y enviado al cuartel general.

—Vale, novata. Mejor que sea algo interesante.

—El coste de otra Xbox. ¿Qué te parece?

Skim soltó una carcajada, pero no dijo nada. Stop lo miró y captó la contagiosa diversión del otro soldado, aunque pareciera que no tenía ni idea de qué le hacía tanta gracia.

—De puta madre. —Cake asintió hacia la parte trasera del edificio—. Ahora necesitamos el manual.

—Sí. —Idina trató de ocultar su sonrisa de satisfacción, giró hacia la parte trasera del edificio para terminar lo que ya se había ofrecido a hacer.

—Eh, eh, eh. Tú no, novata. —Cake se levantó y señaló a Pill—. Que vaya el tío con las mil enfermedades.

Pill chasqueó la lengua.

—Nadie te enseñó nunca a decir por favor, ¿verdad?

De todos modos, se dirigió hacia la puerta trasera del edificio y desapareció.

Nadie se movió durante cinco minutos mientras el especialista Angleman recuperaba el manual de montaje del kart de la sala de suministros. Aunque sintió los ojos de Cake clavados en ella todo el tiempo y adivinó que Trunk, Badge y Skim miraban al cabo, Idina se centró únicamente en Stop. El tipo se había metido las manos en los bolsillos y se balanceaba sobre los talones, mirando el asfalto y murmurando algo en voz baja.

«Es lo que mejor sabe hacer. Nadie más quería prestarle atención, pero ahora estamos a punto de demostrarlo».

Stop levantó la mirada hacia ella, soltó una risita insegura y volvió a mecerse y murmurar.

Cuando Pill regresó con el grueso manual de instrucciones, Cake cruzó a grandes zancadas hacia él.—Has tardado una eternidad.

Pill apartó el manual del alcance de Cake y sonrió.

—Hizo una apuesta, «cabo». Usted no manda cuánto tardo en coger nada.

—No puedes estar con Dios y con el diablo. —Badge soltó una risita.

Trunk la miró con brusquedad y luego se echó a reír a carcajadas.

—Bien. —Cake se cruzó de brazos—. Tampoco confío en que no amañes las respuestas…

—Joder. —Con un gruñido exagerado, Badge irrumpió hacia ellos y arrebató el manual de las manos de Pill—. Cállate y dame eso. Montón de putos bebés por aquí.

Volvió a su lugar anterior, de pie junto a Trunk, y hojeó las páginas del manual.

—Bien. Página ciento dos, segundo párrafo, tercera f-f-f… tercera f-f-f…

—Tercera frase —terminó Trunk por ella.

—¡Maldita sea!

Stop hizo caso omiso de la charla lateral y parpadeó una vez antes de recitar una breve línea que sonaba como si la hubiera sacado directamente del libro. Terminó:

—Página ciento dos, párrafo dos, línea tres. —Y asintió.

Todos esperaron en silencio a conocer los resultados. Badge levantó lentamente la vista del manual abierto que tenía en las manos y sonrió. Al verlo, Pill dio un paso atrás.

—Pequeño c-c-cabronazo.

—¡Ja! ¿Ves? —Skim agitó un dedo hacia Stop y se puso en pie de un salto—. ¡Es el puto Rain Man!

—Golpe de suerte. —Cake trató de mantener a raya su decepción y frustración—. Elige otra.

Badge puso los ojos en blanco, pero hojeó el manual de todos modos, señalando números de página, párrafos y líneas. Incluso le preguntó a Stop por los pies de foto de varias imágenes insertadas en el texto para despistarle. El soldado Markle repitió el contenido literalmente, línea por línea.

Cuando Cake por fin dejó de exigir prueba tras prueba, el resto de la unidad aullaba de risa.

—No jodas, tío. —Trunk hizo un gesto hacia Stop—. Tiene memoria fotográfica.

—Es una puta m-máquina.

Pill se arrastró ambas manos por las mejillas y miró fijamente a Stop, pero su sonrisa incrédula siguió creciendo.

—No sé cómo es posible. Ni siquiera un cerebro humano por encima de la media es capaz de retener tanta información al mismo tiempo.

—Por eso no dice nada. —Skim palmeó el hombro de Stop y le dio una pequeña sacudida—. El tipo abre la boca y no vomita más que conocimiento. Nos destrozaría.

Stop soltó una risita y escrutó el cielo.

—Conocimiento.

Badge se volvió hacia Cake y ladeó la cabeza.

—Es hora de que pagues, imbécil.

—No te debo una mierda.

—Hiciste una apuesta con la novata, tío. —La risa baja y retumbante de Trunk resonó en el aparcamiento trasero—. Te ha dejado por los suelos.

—Cállate.

Idina se cruzó de brazos y asintió al cabo.

—Te daré hasta el fin de semana para despedirte. Luego tendrás que pagar.

El resto de la unidad estalló en carcajadas, incluido Stop.

Cake apretó los dientes con tanta fuerza que la mandíbula inferior se le deslizó hacia un lado.

—No importa. Haces como si fuera lo mejor que te ha pasado en la vida, pero se te olvida que lo metieron aquí con nosotros.

Mientras volvía a sus cajas apiladas y fingía estar hojeando de nuevo el catálogo, el resto de la sección le ignoraba. Estaban demasiado asombrados y divertidos por haber descubierto la asombrosa capacidad de Stop para archivar todo un manual de montaje en su cabeza.

Badge se echó el manual al hombro y se puso de rodillas delante del kart.

—A la mierda el manual. Dinos en qué la hemos cagado, genio.

Stop se dirigió hacia su proyecto y señaló el sistema de dirección.

—Página ochenta y uno, párrafo dos. —Luego volvió a sacarse las instrucciones de la cabeza, y el resto de la unidad no cuestionó lo que les estaba diciendo.

—Maldita sea. Tenemos que quitar esa parte de arriba, ¿eh?

—No mierdas. Dame esa llave inglesa.

—¿Algo más que nos hayamos perdido?

—Página cuarenta y cinco. Párrafo cuatro…

Idina se unió a los miembros de su unidad apiñados alrededor del kart mientras Stop recitaba todas las instrucciones que habían recibido ligeramente mal, y ya nadie tenía que pelearse por un manual de instrucciones. Curiosamente, eso les hizo mucho más rápidos a la hora de corregir juntos los errores de montaje para terminarlo en equipo.

«Eso es lo que el Mayor Hines quería que encontrara. El soldado Timothy James Markle III tiene un ordenador por cerebro. Ya no lo mantiene al margen de la realidad».

Cogió una de las herramientas que le pidió Pill y se la entregó antes de mirar de reojo a Cake. El cabo se esforzaba por parecer absorto en su lectura increíblemente árida, pero de vez en cuando su mirada subía hacia el resto de la unidad. En cuanto lo hacía, resoplaba o se permitía sonreír antes de desviar la mirada de inmediato. En una ocasión, soltó una risita y sacudió la cabeza antes de volver a sumergirse en su catálogo de piezas.

«Cake está tan impresionado como el resto de nosotros».

De los dos soldados de unidad de los que Idina aún no había conseguido descifrar el código, por así decirlo, el cabo Bunt era ahora el último. Una vez que averiguara qué era lo que movía a Cake —la prueba de que *no* pertenecía a la nueva unidad de inadaptados en la que alguien los había metido a todos juntos—, su pequeña misión secundaria para el comandante Hines estaría completa.

«Entonces tengo mis respuestas sobre el diario y mis luces verdes. Será mejor que Hines aparezca».

Capítulo 2

Averiguar por qué Cake era excepcional, o al menos más valioso de lo que él mismo había sido en los últimos dos meses y medio de existencia de la Sección de Apoyo al Suministro, fue mucho más difícil de lo que Idina esperaba. Sobre todo, porque ahora solo disponía de un soldado para investigar, estudiar e informar de sus hallazgos al comandante Hines.

El tipo había mejorado un poco en puntualidad y asistencia en las últimas semanas. Como mínimo, se presentaba un poco antes de las nueve para presentarse en la sala de suministros con el resto de la unidad y ya no se escapaba una hora antes de que técnicamente les relevaran del trabajo del día. Cake también había empezado a aparecer en los trabajos, aunque seguía sentado aparte del resto de la unidad, tratando de sacar de quicio a la gente en lugar de molestarse en unirse a ellos para el trabajo real.

Al final de esa semana, Idina pensó que la mejor manera de abrir de par en par al cabo Bunt era devolverle el golpe, darle a probar de su propia medicina y ver si se doblegaba.

Ese viernes por la mañana tuvo la oportunidad perfecta cuando Cake se presentó en la sala de suministros a las 09:06 horas con una caja de cartón en los brazos.

Pill levantó la vista y volvió a meter su caja de recetas diarias en la mochila.

—La semana no termina hasta el *final* del día.

—¿Qué quieres decir?

—Llegas tarde.

—Que te den. —Cake se detuvo ante la mesa del centro de la habitación, que todos compartían ahora que Skim había adoptado un nuevo aprecio por la higiene personal, y dejó caer la caja sobre ella con un ruido sordo. Unos trozos de plástico sueltos traquetearon en el interior.

Sentada a la mesa y comiendo el resto de una barrita de proteínas de la despensa de la sala de descanso, Idina levantó la vista hacia él y siguió masticando lentamente.

—Has traído regalos.

—Eres una sabelotodo. ¿Lo sabías? —Ella se encogió de hombros y dio otro mordisco a la barrita de proteínas—. Yo pago mis malditas deudas.

Pill resopló.

—Sí, de vez en cuando.

—Nadie te ha preguntado, Narizotas.

Idina deslizó la caja hacia ella y miró por encima. Efectivamente, allí estaba el premio prometido de su apuesta bipersonal: una nueva consola Xbox, con una maraña de cables y dos mandos a distancia sin pilas. Volvió a apartar la caja y se metió en la boca el resto de la barrita de proteínas.

—¿Dónde están los juegos?

—Buen intento. Eso no formaba parte del trato. —Cake giró con una mueca y se dirigió hacia la despensa abierta para rebuscar entre los alimentos que apenas había tocado.

—Un trato de mierda si no incluyes los juegos —murmuró, mirándole por el rabillo del ojo—. O las pilas.

—Vete a la mierda.

Skim resopló e inmediatamente borró la sonrisa de su cara cuando Cake le dirigió una mirada de advertencia. El resto de la unidad observó a Cake e Idina en silencio.

«Vale. No es muy difícil sacarlo de quicio. Solo actuar como él y hacer que me molesten todas las cosas que le importan. Tengo que empezar a investigar su retorcido sentido de la integridad a la hora de pagar sus apuestas perdidas».

* * *

Cuando Idina acudió a su cita habitual de los lunes por la tarde la semana siguiente, la doctora Sullivan se mostró divertida y escéptica a partes iguales con las nuevas tácticas de Idina.

—Supongo que es bastante inútil preguntarle si no saca el tema de sus intereses y aficiones.

—Ja. —Idina se dejó caer en el duro sofá amarillo y pasó el brazo por encima del reposabrazos—. Totalmente inútil. Estoy segura de que me odia.

—¿Y eso por qué?

—Porque es el único cabo de la sección. No ha hecho nada con nuestra unidad, y aquí llega la soldado de primera Moorfield para cambiar las cosas y hacerle sentir como un vago.

—Hmm. —Sullivan se inclinó hacia delante sobre la pelota de goma verde brillante que le servía de silla de oficina. Chirrió en señal de protesta bajo su peso en movimiento—. ¿Eso te lo dijo directamente?

—No. —Idina miró a su terapeuta con el ceño fruncido—. No habla directamente con nadie. A menos que te esté diciendo que te vayas a la mierda.

—Eso no es muy raro entre el personal del Ejército…

—Ya lo sé. No lo hago para divertirme ni para vengarme de él. —Ella cogió los dos pequeños hilos de la tapicería del reposabrazos empezando a deshilacharse—. Lo hago porque me lo pidió el Mayor Hines.

—¿Sigues dándole informes a diario, entonces?

—Sí. Al final del día, todos los días.

—Una vez que hayas encontrado esa supuesta «clave» para desbloquear los puntos fuertes y las habilidades de Cake, ¿entonces qué?

—Misión cumplida. —Idina dejó caer la mirada hacia su mochila que descansaba en el suelo frente al sofá—. El Mayor Hines obtiene su información sobre cada soldado de la unidad, por cualquier razón que la necesite, y yo obtengo respuestas.

Sullivan siguió su mirada.

—Sobre el diario.

—Sí. ¿Estás probando algún otro método de terapia de imitación o algo así? Porque ya te he contado todo esto, y nunca olvidas ningún detalle.

—Pues mírate. —La mujer se sentó de nuevo en su sillón hinchable y se dio una palmada en los muslos—. La soldado Moorfield psicoanaliza a su loquera. Continúa. Háblame más de mí.

—Solo digo que…

Tras unos segundos, Sullivan soltó una carcajada e Idina se unió a ella.

—Te ayudo en el proceso una vez más, Idina. Es importante no perder de vista nuestros objetivos finales. Sobre todo, cuando los medios disponibles para llegar a ellos pueden ser un poco… peliagudo.

—No creo que a ninguno de los chicos de mi unidad le crezca vello facial. Y son todos veinteañeros.

Sullivan resopló.

—Te estás desviando.

—Has dicho peliagudo.

—Hmm. —Con las manos sobre el regazo, Sullivan miró alrededor de su oficina estrecha y ecléticamente colorida e inhaló profundamente—. Has dicho que intentabas jugar al juego de Cake.

—No lo estoy intentando. Eso es lo que estoy haciendo.

—Es verdad. Crees que te odia. Tal vez sea tan gilipollas como parece. ¿Quién sabe? Combatir el fuego con fuego no nos hace inmunes a quemarnos.

Idina se rio y puso los ojos en blanco.

—Crees que fingir ser una gilipollas va a acabar *convirtiéndome* en una gilipollas.

—Creo que es fácil quedarse atrapado en el «cómo». Lo que al final acaba oscureciendo el «por qué».

—¿Qué?

Sullivan le dedicó una sonrisa tensa, con las pestañas aleteando.

—Sí, Idina. Creo que tu plan de espiar al gilipollas podría convertirte en gilipollas.

—No voy a hacerle daño ni nada.

—Tal vez no físicamente. Escucha, en mi dilatada carrera como psicoterapeuta que trabaja sobre todo con personal militar, he aprendido un par de cosas. Incluido en algún lugar del revoltijo de mierda que mi cerebro ha archivado a lo largo de los años está el entendimiento de que la única diferencia entre adultos con problemas de autoridad y niños con problemas de autoridad es la pubertad. Eso los separa literalmente.

Idina se rio y se cruzó de brazos.

—Eres supergraciosa, doctora.

—Me siento halagada. Y en serio. —Sullivan se acercó al escritorio que tenía detrás y sacó una hoja de papel de una pila que había en un rincón. Luego volvió a mirar hacia delante y le entregó la hoja a Idina—. Quizá quieras considerar métodos alternativos.

Tras leer la página durante cinco segundos, Idina arrugó la nariz.

—Los niños y adolescentes a los que se les diagnostica el trastorno negativista desafiante o el trastorno de conducta suelen padecer traumas subyacentes y trastorno del estrés postraumático. Sienten que no tienen un lugar seguro para expresar sus miedos, preocupaciones e inseguridades, así que, en lugar de eso, actúan rompiendo las reglas, haciendo rabietas e incluso recurriendo a la violencia…

—¿En serio?

—Probablemente me abstendría de abrazarlo. A menos, por supuesto, que se convierta en un acuerdo mutuo entre ustedes dos.

—Oh, vamos. —Idina tiró la hoja de papel en el sofá a su lado—. Por si no te has dado cuenta, también es un hombre adulto.

Sullivan levantó ambas manos en señal de concesión y se encogió de hombros.

—Solo digo que escuchar con compasión es una opción. Quizá la razón por la que al cabo Bunt Cake le cuesta más abrirse que al resto de su unidad es que nadie se ha parado a reconocer lo bueno que tiene que ofrecer. Así que interpreta el único papel que sabe que los demás aceptarán de él.

—Espera, espera, espera. Espera. —Idina la señaló—. ¿Esta es *mi* sesión de terapia o la suya?

—O puedes ignorar todo lo que te he dicho hoy, jugar al juego a su manera, y lo más probable es que ganes. He llegado a la conclusión de que eso es lo que suele ocurrir cuando te propones algo. Luego puedes lidiar con la posible culpa y vergüenza de haber manipulado a un miembro de tu nueva unidad para que revele algunos de sus secretos más profundos y oscuros. O al menos sus valiosas habilidades, todo para que puedas completar esta misión para tu jefe que, por lo que sé, no tiene absolutamente nada que ver con nada.

Tras unos segundos con la mirada perdida, Idina parpadeó y se aclaró la garganta.

—Excepto por el hecho de que me prometió respuestas.

—¿Estás segura de que *el Mayor Hines* sabe algo de algo?

—Bueno, no lo sabré hasta que termine estos informes para él sobre mi unidad y consiga la información que me prometió.

Se miraron durante un momento, luego Sullivan se rio con dureza y desechó toda la conversación.

—Tienes razón, Idina. No sé en qué estaba pensando. ¿Por qué especular cuando tienes una misión y un objetivo delante de ti? ¿Sabes qué? Te metiste en esta posición con el Mayor Hines. Me refiero a la posición real. ¿Quién soy yo para decirte cómo manejar tus misiones? No estoy en servicio activo. Ni siquiera estoy en el Ejército. Solo estoy aquí para hacer de loquera y firmar el papeleo.

Idina frunció los labios y giró lentamente la cabeza para mirar de reojo a la mujer.

—Siento que aún te burlas de mí.

—Sigo burlándome de ti. Y de mí misma. Probablemente. —Sullivan señaló con la cabeza el folleto sobre cómo interactuar con «niños con problemas de conducta» que había sobre el sofá—. Piénsalo. En cualquier caso, una misión es una misión. No importa cuánta gente no tenga ni idea de que existe.

—Siempre tienes consejos muy sabios. —Idina dobló el folleto y se lo metió en el bolsillo.

—Para eso me pagan. O para que «alguien» me pague. Probablemente no seas tú.

«O sale automáticamente de mi sueldo, y no tenía ni idea de que me habían subido el sueldo como chófer de Hines».

El pensamiento hizo que Idina ahogara una carcajada.

—Con eso… —Sullivan aplaudió una vez—. Puede retirarse, soldado.

—No significa lo mismo cuando lo dices tú.

—Oh, lo sé. Sigue siendo divertido. —La mujer le guiñó un ojo, se levantó y se dirigió hacia la puerta de su despacho para mantenerla abierta a la salida de Idina—. El jueves, espero oír todo sobre cómo torturaste o hablaste con el cabo Bunt esta semana. Diviértete.

—Sí… —Soltando un suspiro, Idina se echó la mochila al hombro y le dedicó a la mujer una sonrisa tensa—. Nos vemos el jueves.

Mientras caminaba por los pasillos del edificio de Salud Mental, no podía dejar de reflexionar sobre las pepitas de sabiduría que su terapeuta había logrado plantar bajo todo el sarcasmo.

Todos los soldados de la Sección de Apoyo al Suministro habían aterrizado en la flamante unidad después de haber sido juzgados y etiquetados por sus defectos de un modo u otro. ¿Problemas con la autoridad? Tal vez. ¿Falta de control de los impulsos? Eso encajaba con todos.

Ese era el objetivo de la misión encubierta que le había encomendado el comandante Hines, ¿no? Él no quería que ella encontrara y explotara las debilidades de los miembros de su unidad. Esas eran bastante obvias observando la existencia de los soldados día a día. No, Hines quería que indagara aún más hasta que desenterrara las cosas que demostraban que ninguno de ellos pertenecía a una sección como la unidad en primer lugar.

«Si yo estoy ahí por error, probablemente ellos también. No es que nadie más en mi unidad tenga luces verdes brillantes y a veces enloquezca demasiado con ellas, pero no puedo recitar un manual de instrucciones entero. Algo debe tener Cake. Nadie es completamente inútil».

Idina no creía que el camino hacia el talento del cabo Bunt pasara por hacerse la simpática y atender sus problemas de abandono. En cualquier caso, estaba a punto de averiguar hasta dónde podía presionar al soldado de mayor rango de unidad antes de que finalmente se abriera.

O quizás él le diera un puñetazo en la cara.

Capítulo 3

Una vez completado la pista de kart, cortesía del cerebro prodigioso de Stop, Idina volvió a colarse en el despacho del capitán Irons a primera hora porque dejar al comandante Hines en el mismo edificio cada mañana le daba una hora de ventaja sobre el resto de su unidad. No le sorprendió encontrar una sola orden de trabajo nueva sobre la mesa de su oficial al mando, y nadie en su unidad le preguntó cómo sabía lo que tenían que hacer cada día.

El capitán Irons seguía sin aparecer por la sala de suministros, ya fuera para ver cómo estaba la incipiente unidad de la que era responsable o para preguntar cómo demonios habían completado esas tareas sin que él les hubiera pasado el mensaje. Idina tenía la corazonada de que el comandante Hines le había dicho al capitán que se mantuviera fuera de su despacho, que hiciera lo que quisiera con cualquier otra unidad que estuviera bajo su mando y que no hiciera preguntas sobre los marginados de la unidad. Ni sobre los trabajos realizados con éxito y eficacia en el edificio del cuartel general y en las manzanas circundantes, de los que nadie más quería encargarse.

En cualquier caso, facilitó el trabajo de Idina. La unidad se mantenía ocupada, ella no tenía que esforzarse tanto para encontrarles algo que hacer durante el día. Además, le dejaba mucho más tiempo para concentrarse en cómo hacer que Cake se abriera a ella para poder obtener por fin algunas respuestas por sí misma.

Aprovechaba cualquier oportunidad para entrometerse en lo que Cake estuviera haciendo en ese momento: ya fuera leer catálogos de inventario, comer galletas un tanto rancias de la despensa abierta, o revisar su móvil. Luego ella le hacía algún comentario muy propio de Cake.

—¿Qué demonios te hizo pensar que era una buena idea?

—Nene, deja algo para el resto de nosotros.

—Guau. La casa Bunt debe saltar por los aires en Navidad, ¿eh?

Al principio, el resto de su unidad la miraba como si estuviera loca. En un momento dado, después de que ella hiciera un comentario sobre la forma en que Cake se había peinado hacia atrás aquella mañana, él le contestó que fuera a tumbarse al taller móvil y tal vez alguien la atropellara de una vez, mientras se despeinaba y salía furioso de la sala de suministros. Trunk la apartó e intentó hacer de mediador entre ellos.

—¿Por qué tienes que provocarlo tanto?

Idina miró fijamente al enorme especialista de casi dos metros que no estaba en el campo porque tenía convulsiones de vez en cuando y trató de mantener la cara seria mientras se encogía de hombros.

—Estoy cansada de su mierda.

—Sí, no eres la única.

—Pero nadie más va a decirle nada. Excepto yo.

—Te va a explotar en la cara —añadió Badge mientras pelaba una naranja en la mesa.

—Bien. Quizá necesite explotar. No hay nada mejor para romper el hielo, ¿verdad?

Los intentos de Idina de parecer indiferente fueron convincentes, porque su unidad se echó atrás. Durante el resto de la semana, los otros cinco soldados se dedicaron a hacer otra cosa cada vez que Idina y Cake proferían insultos y amenazas verbales. Los dos discutían en el almacén de suministros, en el aparcamiento de detrás del cuartel, en otros almacenes de suministros del edificio o dondequiera que estuvieran en un día cualquiera de trabajo de limpieza que nadie les había asignado oficialmente.

A veces, los demás soldados se reían entre dientes o murmuraban comentarios sobre que el asunto estaba escalando. La mayor parte del tiempo, mantenían la boca cerrada y se centraban en el trabajo que Idina les había traído sin que nadie sospechara que eso era lo que había hecho. Al menos, ella no *creía* que lo sospecharan.

Su cita del jueves con la doctora no aportó nada nuevo sobre el tema. Sullivan parecía mucho más interesada en oír lo que Idina había descubierto por su cuenta sobre el diario de cuero verde de trescientos años de antigüedad que había pertenecido a Lady Gavina Muirden de Escocia. Idina aún no quería compartir sus progresos al respecto. Así que siguió cambiando de tema.

—Percibo un poco de resistencia por tu parte a abrirte hoy. —Sullivan se cruzó de brazos y ladeó la cabeza—. ¿Quieres decirme a qué se debe?

—La verdad es que no.

Así que, durante los últimos veinte minutos de su sesión de una hora, imitó la postura de su terapeuta y entró en un silencioso concurso de miradas con la mujer. Después, sin embargo, se preguntó si lo que la doctora Sullivan le había advertido el lunes era cierto.

«No estoy siendo un gilipollas. La verdad es que no. Estoy tratando de hacer el trabajo. Una vez que el Mayor Hines me diga lo que sea que sepa sobre el diario, puedo dejar de fingir ser algo que no soy».

Además de guardarse sus pensamientos para sí misma durante la sesión de terapia del jueves, Idina tampoco tenía ganas de compartir con el comandante Hines los detalles de sus esfuerzos con Cake. En el trayecto del cuartel a su casa, en uno de los modestos barrios residenciales del puesto, él mismo la sorprendió sacando el tema.

—¿Ha habido suerte con Bunt?

Ella quiso frenar de golpe, pero se conformó con mirarle por el retrovisor.

—Estoy en ello, señor.

—Claro. ¿Desea compartir algún dato importante?

—Todavía no. —Idina se centró en la carretera de nuevo, aunque no tuviera que hacerlo en este momento. Ella había estado conduciendo la misma ruta dos veces al día durante los últimos dos meses y medio, así que casi podía hacerlo con los ojos cerrados—. Cuando lo descubra, será el primero en saberlo.

Hines resopló y hojeó las páginas de una revista de moda masculina que debió de comprar por correo.

—Con suerte, seré el *único* que lo sepa.

—A eso me refería.

—Ajá. —Mientras reducía la velocidad del todoterreno hasta detenerse en el siguiente semáforo en rojo, Hines dejó caer la revista en su regazo y se quedó mirando por el retrovisor—. Siéntase libre de compartir su estrategia, Moorfield. Quizá pueda darle algunos consejos.

—Lo tengo todo controlado, señor. Pero gracias.

—Ya sabe, un poco de lluvia de ideas colaborativa nunca hace daño a nadie.

Idina tamborileó en silencio con los dedos sobre el volante. Por suerte, el semáforo se puso en verde, lo que significaba que tenía una excusa para seguir mirando al frente en lugar de levantar la vista para encontrarse con sus ojos en el espejo.

—Estoy de acuerdo contigo. Pero creo que, si quisiera formar parte del proceso con la unidad, señor, estaría allí con nosotros para estudiarlos por usted mismo.

De algún modo, sintió la mirada del comandante sobre ella durante los cinco segundos siguientes, aunque fuera a través de un espejo y no de frente. Entonces Hines resopló, sacudió la cabeza y volvió a su revista.

—Como quiera.

Sinceramente, Idina prefería hacerlo casi todo sola. A menos que se tratara de una misión para toda la unidad o de un ejercicio de entrenamiento, se le daba mejor encajar las piezas por su cuenta, sin interferencias de nadie más. Hasta que el comandante Hines le ordenara que le contara lo que estaba haciendo para descubrir los puntos fuertes y las habilidades del último soldado de su unidad, pensaba terminar el resto de esta pequeña misión secundaria sin dejar que nadie esté respirando en su nuca.

«Cake tampoco es idiota. Si sospecha que estoy tratando de jugar con él a propósito, dejará el juego por completo. Entonces estoy jodida».

* * *

Así que, al día siguiente, Idina decidió aumentar la tensión. Por supuesto, estaba impaciente por conseguir que el cabo se abriera a ella porque eso significaba recibir información del comandante de su compañía que no había recibido de nadie más en su vida. Intentó no pensar en lo extraño que era que el comandante de la compañía tuviera conocimiento de un diario antiguo con la misma extraña magia que la de Idina… o lo que ella pensaba que era magia y no un fallo en su lóbulo frontal.

Una motivación mayor que su impaciencia era que su semana de someter a Cake al guante psicológico estaba llegando a su fin. Cuando acabara el día, tendrían libre el fin de semana. Eso significaba dos días para que Cake se calmara y volviera al trabajo en la sala de Suministros mucho más fresco y con toda probabilidad más pasota ante sus comentarios sarcásticos y a su actitud tan *Cakequiniana* de lo que había estado cuando ella empezó.

Además, tenía la sensación de que estaba tras ella. O tal vez él mismo había aumentado la presión. Solo había una manera de averiguarlo.

La unidad estaba en los baños comunes junto a lo que servían de barracones en el cuartel general. No podían llamarse «barracones» en comparación con los de la recepción o los de la compañía del 307º, sobre todo porque solo tenían espacio suficiente para media docena de camas. Los baños eran relativamente del mismo tamaño. Pill y Badge discutieron durante veinte minutos sobre si era apropiado o no que toda la unidad, formada por cinco hombres y dos mujeres, estuvieran juntos en el mismo cuarto de baño durante «las tareas de limpieza». Al final ganó Badge, por lo que limpiarían todos juntos cada cuarto de baño. Al terminar, Idina decidió acercarse a Cake y molestarlo todo lo que podía.

El cabo estaba de pie junto a la larga hilera de fregaderos de acero, mirando la botella de lejía que Badge había estampado contra la encimera. No había tocado el trapo que tenía al lado, y no parecía que fuera a sumergirse en el proyecto de grupo a corto plazo.

Idina se cruzó de brazos y se dirigió hacia él.

—Sabes, si te preocupa estropearte las uñas o algo así, tenemos una caja de guantes.

Cake se inclinó hacia el espejo que había sobre los lavabos y enseñó los dientes para limpiar los restos del desayuno de entre ellos.

—Entonces ve a por guantes. No voy a limpiar una mierda.

Idina podía sentir las miradas del resto de su unidad sobre ellos, pero no trataba de impresionar a nadie. Todo lo contrario.

—¿Qué pasa? ¿No puedes coger un trapo y hacer una cosa útil como el resto de nosotros?

—Lo que sea que estés tratando de hacer, novata, te digo que termines con esa mierda ahora mismo.

—¿O qué? ¿Te sentarás y desperdiciarás el espacio aún más? Todos nos estamos rompiendo el culo aquí para…

Él golpeó con el puño el borde metálico entre los lavabos y giró hacia ella.

—¿Cuál es tu puto problema?

—Tú. —Le lanzó una mirada inexpresiva y se apoyó en el lavabo más cercano—. Pensé que era bastante obvio.

Cake le sacó el dedo.

—Eres un puto chiste.

—Lo dice el tipo que no para de seguirnos como un cachorrito perdido, pero no tiene huevos para levantar un dedo.

El cuarto de baño había quedado en completo silencio, y la única razón por la que Idina se dio cuenta de ello fue por el chirrido de las botas de Stop sobre el suelo de linóleo mientras arrastraba nerviosamente los pies.

—Escucha —murmuró Cake—. No sé qué se te ha metido por el culo esta semana, pero estoy a punto de perder los nervios contigo. Así que vete a la mierda.

Idina hizo caso omiso de las miradas inexpresivas del resto de su unidad —y de que Badge empujara a Skim hacia atrás cuando intentó dar un paso adelante en un efímero intento de romper la tensión—, e hizo exactamente lo que Cake habría hecho si estuviera en su lugar.

Ella hizo lo contrario de lo que él quería, apartándose del lavabo y acercándose con una mueca de desprecio.

—Parece que alguien necesita llorar un rato y acostarse temprano.

Cake soltó un suspiro y negó con la cabeza, sacándole el dedo de nuevo mientras se volvía hacia el espejo.

«No. No puedo dejar que se aleje así».

Se acercó un paso más.

—Oye, o tal vez lo que necesitas es que alguien te dé una patada en el culo.

—Por el amor de Dios, déjame en paz.

—Ha pasado un tiempo desde que alguien se preocupó lo suficiente como para venir a echarte la bronca, ¿verdad? Venga. Admítelo. Como que lo extrañas…

—¡He dicho que me dejes en paz, Moorfield! —Se abalanzó sobre ella y la empujó con violencia con ambas manos.

En verdad, Idina no creía que fuera a perder los papeles tan rápido ni que tuviera un arrebato así, pero toda la energía de imbécil que había estado canalizando y el hecho de que la hubiera pillado desprevenida hicieron que sus instintos se pusieran en marcha en cuanto volvió a tropezar contra el último lavabo de la fila.

—¡Eh!

—En serio, tía, solo…

—No puedes hacer eso. —Se abalanzó sobre él sin saber qué más habría dicho o hecho.

Cake estaba listo para una pelea. Probablemente incluso la quería.

Cuando levantó los puños hacia la cara y sus luces verdes destellaron por todos los músculos tensos del hombro derecho y la parte superior del brazo, Idina dejó de pensar y se puso en modo lucha.

Cake le lanzó un gancho de derecha que probablemente habría hecho que Trunk se tambaleara y viera las estrellas. Ella se agachó, esquivando el golpe por completo, y se lanzó hacia delante para clavarle el hombro en las tripas.

—¡Hey, hey, hey! —Trunk marchó hacia ellos—. ¡Estáis locos!

Cake se dobló y agarró la muñeca de Idina, forcejeando con ella para empujarla o para darle otro buen golpe.

Forcejearon un segundo más antes de que Idina le arrancara la muñeca de las manos y se girara para golpeársela en la barriga. Solo quería darle un golpe para quitárselo de encima, pero ahora estaba tan enfadada como él.

Igual que su magia.

En el instante en que su puño conectó con su estómago, una deslumbrante luz verde estalló de su mano. Cake voló hacia atrás por el cuarto de baño, pasando por toda la fila de lavabos antes de aterrizar de espaldas y seguir deslizándose con un chirrido de sus botas por el suelo. La crepitante energía verde de su puñetazo onduló desde su estómago hasta su cintura y subió hasta sus hombros. Para cuando se desvaneció, ya había dejado de moverse.

Completamente.

Entonces todo volvió a la calma y nadie se movió, ni siquiera Cake.

Capítulo 4

En el ensordecedor silencio del baño de hombres, Idina comenzó a respirar rápidamente.

—¡Q-q-qué cojones! —gritó Badge.

Con una mueca, Idina sacudió el puño.

—Mierda.

—Esa no es la clase de respuesta que buscamos, novata. —Trunk se quedó inmóvil a dos metros, mirándola con los ojos muy abiertos como todos los demás—. Espero que no lo hayas matado.

Se apresuró hacia el cabo al que había lanzado al otro lado del baño porque su plan para cabrearlo le había salido mal. Estaba tan concentrada en sacarle de sus casillas que no había prestado atención a las suyas.

—Cake. —Idina cayó de rodillas a su lado, escaneó el cuerpo del chico en busca de cualquier signo de lesión grave. Por supuesto, ella no tenía ni idea de si eso era posible con su magia violenta porque esta era la primera vez que golpeaba a alguien de frente de esta manera—. Hey. Corey. ¿Estás…?

—No vuelvas a llamarme así. —Cake levantó la cabeza del suelo para mirarla y la volvió a dejar caer con un gruñido—. ¿Cuántas veces tiene que decir un tío «déjame en paz» para que le hagas caso?

Con una aguda carcajada de sorpresa, Idina se deslizó un poco hacia atrás sobre sus rodillas para dejarle algo de espacio.

—Oye, lo siento.

—Todo bien. —Gruñó de nuevo, se puso de lado, se levantó del suelo y se puso de pie como si hubiera estado en mitad de un pícnic—. Estoy bien.

—Y una mierda. —Badge señaló el lugar donde se habían enfrentado frente a los lavabos y luego a Cake, que se quitaba el polvo de las manos—. Te ha lanzado hasta la otra parte del baño. ¡Ha debido ser como si te atropellara un maldito t-t-tren!

—No. —Se cepilló la parte delantera de su camisa de patrón de camuflaje y suspiró—. Tal vez sentí un pequeño cosquilleo…

—Hermano. —Trunk le miró de arriba abajo—. Nadie no siente un puñetazo así. Ni siquiera yo.

—No soy tú, ¿verdad? Así que déjalo.

Idina tragó saliva mientras estudiaba la extraña reacción de Cake. No hizo ninguna mueca ni cojeó al dirigirse de nuevo hacia el espejo que había sobre los lavabos para contemplar su reflejo y echarse el pelo hacia atrás con ambas manos. Si no hubieran visto lo que le había hecho con sus propios ojos —si Idina no le hubiera dado un puñetazo con el impulso de su magia—, ninguno de ellos habría creído que le había pegado.

—¿No sentiste nada? —Ella dudaba en acercarse a él ahora porque nada de esto tenía sentido.

Cake resopló.

—Lo sentí, novata. Pero no me dolió. Buen intento, sin embargo.

—Imposible, no hay forma que no te haya dolido.

—Sí, lo hay. —Tras girar la cara de un lado a otro en el espejo y acariciarse la barbilla lampiña, Cake giró, se apoyó en los lavabos y se encogió de hombros—. Mirad, no os estoy jodiendo. Es que… no siento una mierda que me duela.

—¿Qué demonios significa eso?

—Exactamente lo que dije.

—Espera, espera. —Idina entrecerró los ojos—. ¿No sientes dolor?

Cake volvió a encogerse de hombros y trató de disimular como si no pasara nada.

—Tío. —Skim sonrió al chico—. ¡Eso es jodidamente impresionante!

—La verdad es que no. Quiero decir, si me serraran el pie, no lo sabría hasta que intentara caminar o me desangrara. Como que apesta.

Badge sacó su navaja multiusos de donde la llevaba sujeta al uniforme, la abrió de un tirón y cargó contra el tipo.

—Bueno, vamos a probar esta mierda…

—Nop. —Trunk la agarró por el hombro y la tiró hacia atrás. Un lento movimiento de cabeza bastó para que entendiera el mensaje, y ella resolló antes de guardar su espada donde debía estar.

Idina seguía demasiado concentrada en el descubrimiento como para preocuparse de cómo los demás intentaban o no demostrar lo que ella ya creía completamente.

—¿Cómo es posible?

—Joder si lo sé. —Cake miró por todo el cuarto de baño, pero de repente no pudo encontrar su mirada. Ella no le culpó. Luego volvió su atención a Pill y le lanzó una mano a su soldado hipocondríaco—. Pregúntale al diccionario de enfermedades ambulante.

Todos miraron a Pill, esperando una respuesta. Parecía incapaz de hacer otra cosa que mirar a Cake, con la boca abierta por la incredulidad.

—Quizá deberías decírnoslo a nosotros —ofreció Skim.

—No. No hay nada que contar.

—Eso también es una mierda.

Cake puso los ojos en blanco y no parecía muy interesado en nada por el momento. Aun así, estaba hablando de sí mismo.

—Se llama insensibilidad congénita al dolor. La tengo desde siempre.

—¿Así que no tienes ni idea de lo que es el dolor? —preguntó Idina.

—Acabo de decirlo, ¿no?

—Sí, pero… no es algo que se oiga siempre…

Algo pequeño y cobrizo salió disparado por el aire y golpeó a Cake en la frente. Apenas reaccionó cuando la moneda cayó al suelo, rebotó un par de veces y rodó en círculos antes de caer y quedarse inmóvil.

Miró a través del cuarto de baño a Stop y parpadeó muy despacio.

—¿En serio?

—La insensibilidad congénita al dolor es una afección médica en la que la capacidad de percibir sensaciones de dolor físico está obstruida desde el nacimiento, incluido cualquier dolor que se perciba al sufrir lesiones tanto graves como leves.

—Ya lo sé, genio. Gracias.

—Huh. —Idina lo miró de pies a cabeza una vez más y soltó una risita—. Eso está muy bien. Potencialmente mortal, seguro. Para ti. Pero guay.

—Cállate.

—¿Genial? —Por fin, Pill había encontrado su voz, y se volvió lentamente para mirar a Idina con la misma mirada incrédula—. ¿Crees que es *guay*?

—Bueno, sí. Quiero decir, ¿con qué frecuencia conoces a alguien que literalmente no puede sentir dolor?

—No me lo puedo creer. —Pill levantó las manos en señal de exasperación y miró a los demás soldados por turnos—. ¿Nadie va a hablar de lo más raro que ha pasado aquí? ¿En serio?

Cuando nadie dijo nada, gruñó y giró el brazo hacia Idina.

—¿Cómo no estáis flipando ahora mismo? ¡Ella lo golpeó en una dimensión diferente con la explosión de luces verdes! Como… mierda radioactiva. Oh, no. Oh, Dios… —Frotándose las sienes ahora, Pill caminó hacia atrás por el baño para poner la mayor distancia posible entre él y todos los demás.

—¿Estás bien, amigo? —preguntó Skim.

—No, no soy bien. Esta mierda no mola. —Parecía al borde de un ataque de pánico, cosa que él mismo debió considerar antes de sacar su inhalador del bolsillo lateral y dar dos rápidas caladas—. Joder. No puedo estar cerca de esto. No puedo con las reacciones químicas.

—Pill. —Algo en la forma en que Idina se dirigió a él le hizo congelar. O tal vez él estaba aterrorizado de ella ahora—. No soy radiactiva. Lo prometo.

—¿Cómo coño voy a creerte? La gente no hace… *eso*.

—Quiero decir, la mayoría de la gente tampoco es inmune al dolor. Y no llamas bicho raro a Cake.

—¡Bueno, lo es!

Trunk chasqueó la lengua y agitó un enorme dedo hacia ella.

—¿Qué demonios es eso?

—Hora de confesar, novata. —Badge se cruzó de brazos—. Porque tienes una mierda espeluznante.

—Espeluznantemente impresionante. —Skim se rascó la nuca y miró a Idina como si fuera un extraterrestre. A estas alturas, no parecía tan descabellado—. Quiero decir, maldita sea. Si yo pudiera hacer algo así…

—Le habrías pateado el culo a Cake y le habrías dado herpes —murmuró Badge.

—Oye. Hoy me he duchado.

—Felicidades.

—¿Sabes qué? —Una pequeña sonrisa se dibujó en los labios de Cake, probablemente porque ya no era el centro de atención y no compartía protagonismo—. Tienen razón, novata.

Idina resopló.

—Yo no te pegué el herpes.

—Apuesto a que esa mierda radiactiva hace algo aún peor al cuerpo humano. —Pill retrocedió aún más y sacudió la cabeza—. No sabes cómo controlarlo.

—Por eso nos va a decir qué demonios es. —Cake le sonrió ahora y enarcó una ceja—. Así que empieza a hablar.

Al observar los rostros de los soldados —y que eran lo más parecido a amigos que tenía en ese momento—, Idina se encogió de hombros.

—En realidad, chicos, realmente no sé lo que…

—Y una mierda. —Badge la señaló a ella, luego a Cake—. Y otra mierda. Los dos sois idiotas.

—Auch. —Cake sacó el labio inferior en un mohín exagerado, apretó ambas manos contra su corazón y fracasó en su intento de parecer dolido—. Ahora siento que me debes una explicación.

Idina se rio con incredulidad.

—¿Qué?

—Oye, yo soy el que recibió un puñetazo en el baño de hombres.

—¡Tú fuiste el que dio el primer puñetazo! Ni siquiera te hizo daño.

La sonrisa feroz del cabo volvió.

—Es el principio, novata. Entonces, ¿qué pasa? ¿Eres una especie de bruja?

La ridiculez de la pregunta la hizo estallar en carcajadas. Idina echó la cabeza hacia atrás y se dejó llevar, con las caderas chocando con el borde de los lavabos metálicos. No podía contenerse.

Pill resopló y se subió las gafas por el puente de la nariz.

—Bueno, supongo que la teoría de que Moorfield también tiene convulsiones está descartada.

—Tío, reconozco un ataque cuando lo veo.

Badge golpeó el enorme bíceps de Trunk y le miró con el ceño fruncido.

—¿Sabes qué es esa mierda verde también? Porque eso no se hace.

El soldado gigante la miró, luego se encogió de hombros y puso los ojos en blanco en señal de concesión.

Cake todavía sonreía, como si hubiera ganado una apuesta con un premio muy alto, luego ladeó la cabeza.

—Yo creo que está loca.

—No puedes decir eso —espetó Pill—. No eres médico.

—Tú tampoco.

—Vale… —Por fin, Idina logró exprimir la palabra mientras luchaba por recuperar el aliento—. Bueno, dadme un segundo.

—Parece que vas a necesitar mucho más tiempo que eso, novata. —Cake miró a los otros soldados y se rio—. Podemos esperar.

—Bien. —Soltó un suspiro, se apartó de los ojos el pelo suelto que se le había soltado durante la refriega y asintió—. En primer lugar, no. No soy… —Se le escapó otra carcajada, pero la ahogó rápidamente para serenarse—. No soy una bruja.

Skim dejó escapar un enorme suspiro mientras sus hombros se hundían.

—Bueno, es un alivio.

Los demás le lanzaron miradas confusas.

Idina tuvo que ignorar el extraño comentario o volvería a perder los papeles.

—Escuchad, no trataba de mentir o ignorar la pregunta. No sé lo que es. No exactamente.

—Entonces, ¿qué sabes? —preguntó Trunk.

Hace dos meses, esta habría sido la parte en la que Idina se lo pensaba todo demasiado, se asustaba de las consecuencias de abrirse a personal del Ejército que apenas conocía e intentaba inventar excusas poco convincentes que solo la habrían hecho parecer aún más sospechosa. Eso fue lo que había hecho en la compañía B la noche de su detención por abandonar su puesto y apagar el móvil. También lo había hecho con el comandante Hines, justo después de expulsar del bosque a los monstruosos puños verdes antes de que el monstruo a la que pertenecían pudiera comerse al comandante entre las ramas de los árboles.

«Ahora sé lo suficiente sobre todos los de mi unidad como para demostrar que aún tienen mucho que ofrecer. Es justo que sepan un par de cosas sobre mí, ¿no?».

—No es mucho —empezó despacio, mirando de un rostro a otro que le devolvía la mirada expectante—. Sé que es algo que he hecho toda mi vida. Mi familia trató de mantenerlo bajo control dosificándome con algunos… medicamentos no tan buenos.

Cake resopló con disgusto.

—Que se jodan los padres.

Idina le miró de reojo y no pudo evitar sonreír.

—A veces, sí. Supongo.

—¿Con qué te drogaron? —preguntó Pill.

—¿De verdad? —Cake extendió los brazos—. ¿Eso es lo único que te importa?

—Tengo curiosidad.

—Se llama Anagracin. —Idina sabía cuánto más se asustaría Pill si se enterara de que había estado ingiriendo belladona mortal toda su vida y de alguna manera no había desarrollado efectos secundarios graves, como alucinaciones, convulsiones y muerte—. ¿Has oído hablar de ella?

Pill estudió el techo del baño, arrugó la nariz y negó con la cabeza.

—No. Lo cual es raro porque estoy familiarizado con al menos el noventa y dos por ciento de…

—Eres una farmacia ambulante —interrumpió Badge—. Lo entendemos, joder.

—Entonces, ¿qué es Anagr…?

—Joder, tío. —Trunk le lanzó una mirada condescendiente—. Esto no va contigo. Tú eres el que está flipando con esta mierda, así que ¿te vas a callar y dejarla hablar, o qué?

La cara y el cuello de Pill empezaron a adquirir el furioso rubor rojo que aparecía siempre que estaba cabreado, pero no encontraba las palabras adecuadas para expresarlo. Finalmente soltó un gran suspiro y se cruzó de brazos.

—Bueno. Habla.

—Quiero decir, eso es más o menos todo. —Idina se encogió de hombros—. A veces me salen luces verdes y niebla de las manos.

Cake chasqueó la lengua.

—Sí, con una fuerza sobrehumana. Y a veces te pones verde radiactivo mientras te revuelcas por el suelo en la sala de suministros.

—Ah, sí. —Trunk se rascó un lado de la cabeza, luego la señaló de nuevo—. El día que conseguiste el libro verde.

—¿Ese diario? —Cake le dirigió una mirada dudosa—. Venga ya. Ahora intentas convertir esto en un cuento de hadas.

Skim se echó a reír.

—¡Sí! Sobre el payaso que recibe una paliza de la damisela que nunca está en apuros. Nunca.

A Badge y a Trunk les hizo mucha gracia. Pill puso los ojos en blanco y Cake miró a Skim.

—Cuento de hadas —anunció Stop—. Una historia, la mayoría de las veces para niños, centrada en fuerzas, seres y criaturas fantásticas, que incluye, pero no se limita a hadas, magos, duendes, dragones, magia…

Idina le sonrió hasta que terminó su relativamente breve aportación a la conversación.

—Bueno, esto no es eso. Créeme.

—¿De verdad? —Pill la miró de arriba abajo—. ¿Quieres que confiemos en alguien que podría lanzarnos a través de una habitación, infectarnos con lo que demonios sea esa mierda verde, y hacernos un agujero en la cabeza en el proceso?

—Eso no va a pasar —le tranquilizó—. Mira, me he dejado llevar un poco con Cake. Lo siento, por cierto.

—Sí, ya lo has dicho. —El cabo se encogió de hombros—. Oye, no pasa nada. Literalmente.

—Eso no lo sabes —espetó Pill.

—Estoy bien, mamá. Gracias.

Los otros soldados se rieron un poco más, e Idina trató de parecer tan no amenazante y sin pretensiones cuando se volvió su atención hacia Pill.

—Ya os he dicho todo lo que sé. Estoy trabajando en averiguarlo. La mayor parte del tiempo, lo tengo bajo control.

—La mayor parte del tiempo. —Pill sacudió la cabeza—. Eso no es ni un poco tranquilizador.

—Venga ya. No es más raro que Stop tenga memoria fotográfica o que Cake no sepa lo que es el dolor.

La sala se quedó en silencio mientras todos los demás soldados de su unidad la miraban. Stop chasqueó la lengua tres veces y se arrastró de un pie a otro.

Entonces, Cake soltó una carcajada que no era malévola, sarcástica ni condescendiente. Era una risa de verdad.

—Sí, novata. Claro que lo es, joder.

Capítulo 5

Los miembros de unidad tardaron el resto del día en limpiar los dos baños comunes, y el equipo volvió a trabajar unido de una forma que ninguno de ellos había creído remotamente posible cuando se formó su unidad *ad hoc*. Incluso Cake baldeó algunos lavabos. Nadie dijo ni una palabra más sobre sus receptores del dolor rotos o la magia de luz verde de Idina, aunque observó a Pill lanzándole miradas suspicaces antes de que Badge le diera un golpe en la nuca y le dijera que lo dejara estar.

Cuando llegaron las 17:00 y la unidad se retiró para pasar el fin de semana, Idina no podía estar más contenta de cómo habían ido las cosas. Había llevado a Cake hasta su límite —y él «la había llevado» a revelar sus habilidades, literalmente—, pero eso era lo que tenía que pasar. El cabo Bunt estaba entrando en razón, abandonando por fin su anterior papel de soldado de alto rango con el que nadie quería tener nada que ver y pasando a formar parte de la unidad, incluidas sus órdenes de trabajo extraoficiales.

Al parecer, todo lo que necesitaba era una buena paliza y la prueba de que sus problemas no eran ni de lejos la rareza más rara entre los miembros de la unidad.

Más que eso, Idina no podía esperar a dejar caer este descubrimiento final en su informe en persona al Mayor Hines mientras lo conducía en su ruta regular a través del puesto a su casa.

Sin embargo, cuando tuvo el todoterreno en marcha y listo para salir a las cinco menos cinco y el comandante aún no había aparecido, una parte de ella sintió que la estaba tomando el pelo a propósito.

«Tal vez sabe lo que todos los demás pueden hacer. O no me creyó cuando le dije que estaba cerca de descubrir lo que Cake ha estado ocultando».

Diez minutos después, el comandante Hines salió enfadado por la puerta principal del cuartel general y se dirigió hacia su chófer y el todoterreno parado. No parecía tan agitado como lo había visto una o dos veces en los últimos meses, y no estaba refunfuñando con alguien por teléfono. Tampoco desprendía un aura de sol y arcoíris.

«Esto es el Ejército. Nadie lo hace».

A medio camino del aparcamiento, levantó la vista hacia ella y se dio cuenta de que estaba allí. No debería haberle sorprendido tanto, ya que aquella había sido su rutina diaria durante semanas, pero Hines siguió frunciendo el ceño cuando se acercó e Idina le abrió la puerta trasera. No subió de inmediato al asiento trasero, sino que se detuvo a mirarla.

—¿Por qué sonríes así, Moorfield?

Intentó borrar de su cara la expresión que a él no le gustaba, pero no lo consiguió.

—Solo que tuve un día bastante productivo, señor.

—Ajá. —La miró con los ojos entrecerrados, resolló y se metió en el coche sin decir nada más.

Tras cerrar la puerta, Idina tuvo que contenerse para no saltar a la parte delantera del vehículo y sentarse en el asiento del conductor. Lo único que pudo hacer después fue no soltar lo que había descubierto hoy, pero se había enterado de que había un proceso para presentar sus informes al comandante. Hasta que no se lo pidiera, el comandante Hines no quería saber nada de la pequeña misión secundaria que había preparado para ella.

Hoy ha tardado mucho más de lo habitual en sacar el tema.

Estaba demasiado interesado en la información que leía en su móvil. Cuando estaban a medio camino de su barrio residencial, Idina se preguntó si se había olvidado de los informes o si no quería hablar con ella. En su entusiasmo por obtener por fin sus respuestas —si no sobre su historia familiar y su magia de luz verde, al menos sobre el diario— se vio obligada a hacer avanzar la conversación. De lo contrario, lo dejaría en su casa, él desaparecería dentro y ella tendría que pasarse todo el fin de semana preguntándose cuándo conseguiría por fin algo.

Miró por el retrovisor cuando frenaron en el siguiente semáforo en rojo y se aclaró la garganta.

—¿Qué tal el viernes, señor?

Hines no contestó durante unos segundos. Luego se metió el teléfono en el bolsillo interior de la chaqueta del uniforme y observó por la ventana.

—Estoy seguro de que no había ningún helado social en el programa. Así que adelante.

—¿Señor?

—Estás a punto de explotar, Moorfield. Sea lo que sea, sácalo para que no nos mates en el viaje.

Ahogó una carcajada y aceleró lentamente por el cruce una vez que el semáforo volvió a ponerse en verde.

—Hoy he encontrado algo sobre el cabo Bunt, señor. Insensibilidad congénita al dolor.

—Inténtalo de nuevo de forma que lo entienda.

A pesar de su turbio humor de hoy, Idina apretó los labios para contener otra carcajada.

—No siente dolor.

—Ah, ¿es que hoy es el día de los inocentes y no he recibido el memorándum?

Borró la sonrisa de su cara y volvió a mirarle por el retrovisor. El comandante miraba por la ventanilla con la mandíbula apretada, molesto.

«No me cree».

—Bueno, ahora ya sé que no debo gastarle ninguna broma del día de los inocentes, señor. De todos modos, esta no es una de ellas.

Eso le hizo mirar su reflejo en el espejo, y sus ojos se abrieron de par en par.

—¿Cómo que no siente dolor?

—Eso es lo que es, señor. Insensibilidad congénita al dolor. Tiene que ver con sus nervios y receptores del dolor, creo.

Incluso cuando Idina miraba hacia delante para centrarse en la carretera, Hines seguía mirando su reflejo.

—Bueno, ahora quiero saber cómo te enteraste de eso.

Intentó no hacer una mueca. Aquello no era precisamente lo mejor para ella ni para Cake. Aun así, si no le daba al mayor toda la información que quería, él se lo ordenaría oficialmente.

—Tuvimos una discusión esta mañana.

La expresión inexpresiva de Hines no cambió.

—¿Con los puños?

—Sí. Y mis luces verdes…

Suspiró y se recostó en el asiento.

—Tu misión era observar a tu unidad, Moorfield. No aniquilarlos.

—Esa parte no fue deliberada, señor.

—Ya lo creo. —Hines estudió los edificios y las señales que pasaban ante ellos en la carretera, y luego volvió a mirar el retrovisor—. Así que le diste una paliza, te sentiste un poco culpable y él te dijo que tiene ese… entumecimiento innato.

—Insensibilidad congénita al dolor —corrigió—. Sí. Así fue.

—Por lo que he visto, Bunt tiende a inventarse cosas. Supongo que has comprobado su afirmación.

Idina no pudo contener una pequeña sonrisa al recordar aquella mañana, a pesar de lo preocupada que había estado por haber herido a Cake con sus habilidades. Al principio.

—Si lo hubiera visto, señor, no habría pedido más pruebas.

—Huh.

La siguiente vez que miró al espejo, él estaba mirando por la ventana de nuevo. Entonces resopló, seguido de una risita baja. Dos segundos después, el comandante Hines se desternillaba en el asiento trasero del todoterreno con tanto entusiasmo como Idina lo había hecho en el baño común de hombres aquella mañana. Echó la cabeza hacia atrás y se cruzó de brazos, abandonando por completo el decoro y la compostura.

Idina consideró la posibilidad de apartarse al arcén y preguntarle si quería que diera un pequeño rodeo hasta el edificio de Salud Mental antes de llevarle a casa. Luego se calmó, se frotó la boca y dejó escapar esporádicas carcajadas antes de recomponerse.

—¿Está todo bien, señor?

—¿Qué, un hombre no puede reír sin ser juzgado por ello? Sigue conduciendo.

Redujo la velocidad a la entrada de su barrio e hizo el giro con la mayor suavidad posible.

—Entonces, ¿puedo preguntar qué es tan gracioso?

—Es una pregunta excelente. —Hines volvió a reírse y se ajustó el cuello de la chaqueta del uniforme—. Has hecho un buen trabajo, Moorfield. Misión completada en menos tiempo del que hubiera esperado de cualquiera.

—Gracias, señor.

—No me des las gracias todavía. —Eso la hizo mirar de nuevo al espejo, y lo encontró mirando su reflejo con una luz en los ojos que le hizo sentir que se había perdido algo increíblemente importante—. A partir de ahora, las cosas se van a poner interesantes. Incluso más de lo que han sido, y eso es mucho decir.

—Lo que venga después, señor, estoy más que preparada para ello.

—Oh, lo sé. Lo que no sé es si *yo* estoy listo. —Volvió a reír y sacudió la cabeza mientras ella giraba en su calle y reducía la velocidad por debajo del límite.

«¿Qué se supone que significa eso?» .

Cuando por fin llegó a su casa y detuvo por completo el vehículo, Idina aparcó inmediatamente y se giró en su asiento antes de que él pudiera desabrocharse el cinturón.

—¿Mayor Hines?

—Hable con libertad, Moorfield. Te lo has ganado con creces, y estoy cansado de repetirme.

«Aquí no pasa nada, supongo».

—Es estupendo oír que crees que estoy preparada para… lo que venga después. Sería útil saber un poco más sobre qué es eso, exactamente.

La sonrisa de Hines era una mezcla de entusiasmo genuino e incertidumbre subyacente.

—Eso estaría muy bien, ¿verdad? Tendremos que cruzar ese puente cuando lleguemos, porque ahora mismo no puedo decirte nada.

—¿Porque te ordenaron que no lo hicieras?

Parpadeó sorprendido y volvió a reír.

—Porque no sé más que tú. Y no, no me he olvidado de tu recompensa. —Abrió la puerta trasera y asintió—. Así que aguanta un poco más e intenta disfrutar del fin de semana.

Abrió la puerta de un empujón, salió y volvió a cerrarla tras de sí. A pesar de que todas las puertas estaban cerradas y las ventanillas subidas, Idina le oyó reír hasta que llegó a la puerta de su casa y desapareció dentro.

«¿Intentar disfrutar de mi fin de semana? No después de un acertijo gigante como ese…».

Se quedó aparcada en la acera de su casa durante dos minutos, reflexionando sobre lo que le había dicho y lo mucho que había que leer entre líneas. No pudo extraer ningún significado, pero al menos él no había olvidado su promesa de entregarle la información que tenía sobre el diario de lady Muirden.

En cualquier caso, le esperaban dos largos días de espera. Idina Moorfield no había recibido elogios en su vida por poseer una paciencia inquebrantable.

—Más le vale que tenga algo para mí el lunes —murmuró antes de cambiar a la marcha y girar en la calle del Mayor Hines.

Capítulo 6

A la mañana siguiente, Idina se despertó temprano, a las cinco, como todas las mañanas de la semana laboral. Hoy era sábado, y por muy útil que hubiera sido apagar la alarma, darse la vuelta y volver a dormir, no podía.

Así que se vistió rápidamente con su chándal oficial, se calzó las botas y salió a hacer una sesión matinal en solitario. Su carrera habitual de tres kilómetros se convirtió en casi ocho, y dobló sus repeticiones habituales de abdominales, flexiones y sentadillas. Fue un valiente intento de expulsar toda la energía contenida por la expectativa que probablemente era la responsable de despertarla tan temprano un sábado. Cuando regresó a su habitación, cubierta de sudor y con la respiración agitada, tenía la sensación de que podría haber hecho por lo menos ocho kilómetros más.

Después de ducharse, cambiarse y zamparse un burrito de desayuno para microondas recién salido de su último viaje al economato, Idina repasó una lista de todas las cosas que podría haber hecho ese día. Podía organizar su vestidor, limpiar sus materiales de arte, dibujar, ir de compras otra vez para traer lo mínimo, o hacer más deporte.

El hecho de que tuviera poco más en lo que concentrarse durante sus días libres no era nada nuevo. Había tenido la mente puesta en completar su primera misión real para Hines, lo que había llenado sus fines de semana anteriores con la elaboración de nuevos planes sobre cómo hurgar en cada miembro de su unidad para averiguar qué los hacía «dignos» de haber sido arrojados a la unidad con ella.

Ahora que lo había hecho, era fácil recordar lo aburrida que se había sentido la primera vez que la trasladaron al cuartel general.

Pero había algo que la animaba. A pesar de su entusiasmo por conseguir cualquier información que Hines tuviera sobre el diario tricentenario que le había enviado un benefactor anónimo una semana *antes* de que Idina recibiera sus órdenes de traslado, el diario en sí aún tenía mucho que ofrecer.

Ahora, dos semanas después de su inexplicable y ciertamente mortificante erupción de luz verde en su todoterreno aparcado frente a la casa del teniente coronel MacBlair, el diario se había hecho mucho más accesible.

Idina no estaba interesada en hacer nada más este fin de semana, sobre todo ahora que estaba tan cerca de obtener las respuestas que de una forma u otra había estado buscando toda su vida. No tenía ni idea de por qué había perdido la cabeza por completo hacía dos semanas, cuando había sacado el diario de Lady Muirden de su mochila para enseñárselo al comandante. Sus luces verdes se habían apoderado de ella, brotando como un faro de su cuerpo e iluminando el cielo del atardecer para que cualquiera pudiera verlas. Eso le valió una estancia de dos días en el hospital y un diagnóstico de «convulsión no especificada» sin mención alguna de las luces verdes, los gritos o las voces que había estado oyendo durante casi seis meses.

Al menos el médico no le había impedido conducir. No tenía ni idea de cómo el mayor o el teniente coronel lo habían conseguido, pero no lo cuestionaría.

Hines solo había mencionado brevemente el incidente. Por lo que ella sabía, al teniente coronel MacBlair no le preocupaba lo más mínimo la desconcertante explosión de lo que probablemente era algún tipo de magia manifestada en un conductor de E3 de dieciocho años justo delante de la puerta de su casa.

«Ninguno de los dos está preparado».

El comandante del batallón lo había dicho antes de que Hines llamara a los Servicios de Emergencia e Idina perdiera el conocimiento durante las siguientes veinticuatro horas.

Por supuesto, ella tampoco tenía ni idea de lo que había querido decir con eso. Pero tenía que significar algo.

Lo mismo ocurría con el diario, que se había hecho más evidente justo después de que Idina saliera del hospital. Las palabras de la página habían dejado de saltarle a la vista sin ningún orden en particular. Aunque había anotado el primer mensaje que había reunido a partir de las palabras verdes parpadeantes de dos páginas contiguas, era imposible olvidarlo.

«El futuro se rinde con la luz
creciente.
Levántate, Lady Morefield».

Claro, su apellido estaba mal escrito. Aun así, era lo más cerca que Gavina Muirden había podido llegar utilizando las palabras disponibles de su aburrido y monótono relato de las tareas diarias de un terrateniente del siglo XVIII y sus interacciones con sus asociados. Suponiendo que Lady Gavina Muirden fuera la responsable de insertar un mensaje como ese a una chica mayor de edad más de trescientos años en el futuro que tuviera la misma magia que el diario.

Si no fuera por el boceto a carboncillo que se deslizó en la parte posterior del diario y las visiones que habían empezado a golpear a Idina con más frecuencia después de que lo descubriera, probablemente no habría confiado ni en una sola palabra de aquel mensaje imposible de un pasado que no podía comprender.

La mujer cuyo perfil había dibujado y guardado en su diario —la mujer que Idina solo podía suponer que era Gavina Muirden— mostraba el mismo rostro de la mujer que había visto en un puñado de visiones durante los últimos meses.

También era idéntica a Idina, lo que podría significar muchas cosas, e intentar averiguarlo por su cuenta era un enorme dolor de cabeza.

Por otra parte, el comandante Hines le había dicho, durante un improvisado desayuno de rollos de canela y café en la mesa de su cocina, que en las páginas del diario se había escondido una llave destinada para Idina. No tenía ni idea de qué tipo de llave. Uniendo incluso esas pequeñas piezas —el boceto, el mensaje con su apellido mal escrito y una promesa hecha a través de Hines como mensajero de que había algo más por descubrir— resultaba bastante imposible pensar que no era allí donde se suponía que debía estar.

Idina no había tocado el diario desde que encontró el primer mensaje oculto iluminado por sus luces verdes. Había estado demasiado ocupada intentando desentrañar los pocos secretos que los miembros de su unidad le ocultaban: la memoria fotográfica de Stop y la incapacidad de Cake para sentir dolor, que de algún modo había pasado desapercibida.

Ahora, sin embargo, no creía que fuera capaz de mantenerse alejada aunque lo intentara. Hoy, Idina ya no tenía ganas de ignorar todas las extrañas conexiones y sincronicidades. Tenía toda la intención de encontrar la «llave» que la aguardaba en las páginas del diario. Con suerte, tendría sentido sin el pase de acceso total que su comandante le había prometido a cambio de encontrar los puntos fuertes y las habilidades ocultas de los miembros de su unidad.

Después de casi una hora sentada en el borde de la cama, reflexionando sobre todo lo que había pasado, lo que significaba y lo que podía estar esperándola al otro lado, Idina cedió a su curiosidad. Cogió su mochila, no se molestó en abrirla lentamente como todas las veces desde que el diario había empezado a soltar bocanadas de vaho verde y brillante, y sacó el libro antiguo envuelto en cuero verde.

Por primera vez, el castillo en relieve de la portada —que era casi idéntico al icónico castillo utilizado como insignia del Cuerpo de Ingenieros del Ejército— la hizo sonreír.

«Parece que conseguir mi recuerdo de sangre me inició en este camino. Ahora estoy aquí. De ninguna manera este diario es el final del camino, pero al menos es algo».

Abrió el diario y pasó al par de páginas contiguas en las que había encontrado el primer mensaje. Cada una de las mismas palabras volvió a parpadear en su visión, brillando en un verde intenso y despegándose de la página sin ningún orden en particular. Idina ya conocía el orden que tenía sentido.

«El futuro se rinde con la luz
creciente.
Levántate, Lady Morefield».

Al volver a oír esas palabras, un cosquilleo inesperado de excitación y un poco de aprensión le recorrió los hombros y la espalda.

«Vale, ya estoy aquí. Así que vamos a encontrar que la llave».

Abrió el cajón de su mesilla de noche y sacó un pequeño cuaderno y un bolígrafo que había cogido en su último viaje al economato. Utilizar su cuaderno de dibujo como bloc de notas de emergencia para descifrar el mensaje oculto de un diario del pasado era una cosa. Sin embargo, los materiales artísticos no eran tan baratos como los cuadernos endebles que podía romper o tirar si tenía que hacerlo.

Al menos estaba preparada.

Tras abrir el cuaderno por la primera página y garabatear con el bolígrafo para asegurarse de que funcionaba, Idina pasó la siguiente página del diario de Lady Muirden y esperó a que sus luces verdes hicieran su trabajo.

No tuvo que esperar mucho. Las palabras saltaron de las páginas, brillando con el mismo resplandor verde antes de asentarse en una luz más suave. Idina se mordió el labio y anotó las palabras, observó el cuaderno de espiral solo una vez para poner la pluma sobre el papel porque no quería perderse nada de lo que el diario tenía que ofrecer. Escribir sin mirar hacía que su letra fuera muy desordenada, pero no importaba.

Clan.
El.
Crecimiento.
Tierras.

Le vinieron a la mente varias palabras más, pero Idina no tuvo ocasión de escribirlas todas porque fue entonces cuando las palabras que habían salido por sí solas de las páginas del diario empezaron a moverse.

Las palabras originales seguían allí, por supuesto, escritas para la posteridad —en más de un sentido— y convenientemente colocados entre los relatos de Lady Muirden de lo que a cualquier otra persona le parecerían simples y sencillos informes del trabajo diario de Tigh Ghleann. Las palabras elevadas y etéreas que flotaban sobre las páginas reales flotaban sobre el texto, reorganizándose en cuestión de segundos para formar un nuevo mensaje.

Ya no había que cuestionar el orden correcto de esas palabras porque lo habían hecho ellos solos, e Idina no tuvo que mover un dedo.

Dejó caer el bolígrafo sobre el cuaderno y empujó ambos a un lado sobre la manta antes de deslizar el diario más cerca de sus piernas cruzadas.

«El Clan Muirden existe para
proteger estas tierras. Lo hemos
hecho desde siempre y siempre
lo haremos».

—Hostia puta —susurró Idina. Consideró brevemente la posibilidad de anotar el nuevo mensaje para tenerlo a mano sin tener que llevar el diario consigo y asegurarse de no perder las líneas que ahora salían solas de las páginas. Aun así, estas palabras se habían ocultado lo bastante bien como para que Idina fuera la única que pudiera revelarlas. Después de todo, el primer mensaje era para ella. Algo le decía que no tenía un límite de tiempo para descubrir los secretos del diario.

A estas alturas, copiar lo que solo ella podía ver era una pérdida de tiempo. Por no mencionar que, si su carrera en el Ejército se torcía hasta el punto de no recuperarse, un cuaderno lleno de garabatos sobre palabras escocesas del siglo XVIII podría servir como prueba potencial de que la soldado de primera Moorfield había perdido la cabeza.

En lugar de eso, pasó a la página siguiente y esperó que sus luces verdes hicieran el resto del trabajo por ella una segunda vez.

Así fue.

«Durante seiscientos años, hemos sido la última defensa de
nuestro pueblo».

—Esto es una locura. —Idina dejó escapar una risa áspera.

No podía detenerse ahora. Fuera cual fuera el código que había descifrado, no iba a recomponerse pronto. Tenía que seguir hasta el final.

Pasó la página.

«Diecisiete generaciones de
Muirden *luchd-díon* han pasado
de generación en generación».

Idina pasó a la página siguiente.

«Nuestro linaje guarda los secretos de un potencial oculto. Escocia está a nuestro cargo, pero no estamos solos».

Y la siguiente.

«Todo el mundo confía en nosotros para garantizar la paz y la prosperidad. Algunos conocen nuestros talentos. Otros no. No importa.

»No ignores el valor de nuestro poder. No lo rechaces. Abraza la luz. Abraza la fuerza. El momento de resurgir está cerca. El Olc no amaina para siempre. También está al acecho, esperando su momento antes de levantarse para otro ciclo de hambre y lucha.

»Marchitará la tierra. Sembrará la muerte.

»Lo toma todo hasta que seamos cáscaras secas y nada más».

Idina se obligó a levantar la vista de las páginas y parpadeó, con la vista borrosa después de concentrarse en las palabras que no estaban físicamente allí.

—Bueno, esto ha tomado un tono tenebroso muy rápido.

Sin embargo, tras respirar hondo unas cuantas veces, supo que ni siquiera el relato más oscuro y desesperado de esta mensajera centenaria podría impedirle continuar.

«La mano verde pretende despojarnos de nuestro propósito».

—¿Qué?

La mano verde.

No había forma de confirmarlo, de encontrar pruebas irrefutables. Sin embargo, Idina sabía en sus huesos que se trataba de la entidad que había visto en sus sueños, la voz que había oído en los peores momentos posibles, diciéndole que venía a por ella, que podía verla en sus visiones más recientes del pasado de otra persona. El pasado de Lady Muirden, seguramente.

La llamada mano verde y el Olc tenían que ser iguales. Eso hacía que los mensajes fueran mucho más personales de una forma nueva. Eso hizo que su curiosidad por el resto fuera casi insoportable.

«Un adversario milenario. Imposible de erradicar, pero aún susceptible solo a nuestro poder.

»Si se ha encontrado con este ser, Lady Morefield, tiene poco tiempo».

Idina se atragantó y estuvo a punto de apartar el diario de la cama de una patada cuando la última línea se dispuso ante ella en brillantes y flotantes letras verdes. En su concentración por asimilar cada una de las frases de cada nuevo conjunto de páginas, casi había olvidado que el primer mensaje cifrado del diario se había dirigido a ella. Había olvidado que el diario era algo más que un vistazo al pasado, incluso con sus luces verdes leyendo las líneas ocultas.

Ahora era imposible ignorarlo.

«Joder, estoy recibiendo advertencias y consejos escritos hace más de trescientos años. Por mi nombre».

Dejó escapar una exhalación lenta y constante, Idina se apartó el pelo de la cara con ambas manos y se dispuso a pasar la siguiente página.

«Hicimos lo que pudimos. Pero
el Olc es eterno.
»Ha prevalecido en innumerables ocasiones.
»Tu era está llegando. Busca el
vínculo. Permanece en la luz.
»Levántate. No estás sola».

Fue entonces cuando Idina tuvo que detenerse. La última frase le hizo pensar en algo, una certeza aguda y punzante en la nuca que le decía que debería haber sabido lo que significaba.

—Levántate, guerrera —susurró—. No estás sola.

¿Dónde había oído eso antes?

Sus visiones de Lady Muirden —y ahora no le cabía la menor duda de que la propietaria de este diario era la misma mujer que había visto en escenas teñidas de verde de batallas, de trabajo con compañeros, de mirada fija en la distancia— habían dicho lo mismo. *Levántate, guerrera.*

Eso era solo la mitad. La otra mitad estaba enterrada en algún lugar bajo la superficie, e Idina permaneció sentada en su cama durante los siguientes veinte minutos, tratando de averiguar qué demonios era.

«"No estás sola". Eso lo he visto en alguna parte.»

Con una mueca, Idina se dobló sobre las piernas cruzadas, apoyó los codos en los muslos y se frotó las sienes.

«Nunca tengo tantos problemas para recordar las cosas. Concéntrate. Piensa…».

Mientras reflexionaba sobre las palabras, lo único que podía ver en su memoria era su versión más reciente, flotando cinco centímetros por encima del texto del diario de Lady Muirden, esperando a que ella las asimilara y las recordara.

El recuerdo que quería no se revelaba. Cuando Idina comprobó su reloj de campo y se dio cuenta de que llevaba aquí sentada media hora más intentando recordar un recuerdo minúsculo y vago que ahora le parecía ridículamente importante, tuvo que dejarlo pasar.

—Ya me acordaré. —Soltó una carcajada amarga y cerró el diario con cuidado—. Igual que las visiones y las voces en mi cabeza.

Una de esas voces pertenecía a una amiga o, como mínimo, a una aliada. Fuera como fuese, Lady Muirden había hecho posible que su mensaje fuera enviado y recibido por la soldado de primera Idina Moorfield desde el siglo XVIII hasta el siglo XXI.

La otra voz, la que Idina había considerado violenta, peligrosa y aterradora desde la primera vez que la oyó, ahora también tenía un nombre. El Olc. Significara lo que significara.

Tal vez el diario le diera más respuestas sobre aquel ser gruñón y burlón que solo había aparecido en su realidad una vez hasta el momento, en lugar de en sus sueños y visiones.

Cuando estuviera dispuesta a sumergirse de nuevo en las páginas, por supuesto. Ahora mismo, Idina tenía suficiente.

«Espero que lo que el Mayor Hines tenga para mí no repita lo que ya descubrí por mi cuenta».

De alguna manera, ella no creía que él hubiera hecho la oferta si no fuera increíblemente útil.

Capítulo 7

El comandante Calvin Hines estaba sentado a la mesa de su cocina, disfrutando de su solitario desayuno a base de huevos, beicon, tostadas con mermelada gelatina y un café increíblemente fuerte. Al menos, *intentaba* disfrutarlo.

Por lo general, la lectura del periódico militar le aportaba una sensación de calma y control informado, al igual que los periódicos locales y nacionales hacían con los civiles de todo el mundo durante sus rutinas matutinas.

Hoy no.

El aprecio de Hines por los sábados por la mañana y el respiro que le ofrecían de sus responsabilidades cotidianas se había convertido en un recuerdo casi inexistente. Porque hoy no podía ignorar el hecho de que seguía teniendo órdenes, y a las órdenes les importaba un bledo qué día de la semana fuera.

Se permitió terminar primero su desayuno, por si servía de algo.

Después de recoger la mesa, meter los platos en el lavavajillas y servirse otra taza de café, abrió el cajón superior de la mesita de bufé situada en el ventanal del comedor y sacó un cuaderno.

¿Era un documento oficial? No. En lo que respecta a la mayor parte del Ejército, sus órdenes tampoco eran oficiales. No del todo. Saber de quién venían significaba que el Mayor Hines se había involucrado en algo que iba más allá de su papel como comandante del cuartel general. Y su categoría salarial.

Siempre lo hacía cuando el teniente coronel MacBlair estaba involucrado.

«Uno pensaría que, después de una maldita década, el pasado se quedaría donde lo enterramos. No puedo creer que me dejé absorber de nuevo en esto».

Después de abrir el cuaderno y dejarlo sobre la mesa, Hines cogió el teléfono y marcó el número que había estado marcando con más frecuencia en los últimos meses.

La línea solo sonó dos veces antes de que un exultante MacBlair contestara.

—¡Buenos días, novato!

—Coronel.

—Oh, vamos. ¿Así es como quieres empezar esta conversación? Ya hace un día precioso. ¿Has salido ya?

—No es lo mío hablar del tiempo antes de reportar.

MacBlair soltó una risita.

—Pareces cabreado.

Hines golpeó con un dedo la parte inferior de la página abierta del cuaderno.

—Eso suele ocurrir cuando no tengo ni idea de lo que está pasando.

—Ah. Bien. —MacBlair chasqueó la lengua, la tela crujió y el hielo tintineó al caer en un vaso.

Los ojos del mayor se abrieron de par en par.

—Richard, ¿te estoy oyendo servirte una copa a las nueve de la mañana?

—Ahora, ¿es esa una pregunta apropiada para plantear a su superior en una llamada oficial?

—Lo es si a mi superior se le va la olla.

—Te sigo la corriente, novato. —El sonido de una botella abriéndose con un pequeño y resonante pop llegó a través de la línea—. Como dije. Pareces cabreado. Así que me estoy preparando para la inevitable noticia de que este pequeño proyecto paralelo nuestro ha dado un giro para peor y ahora puede ser archivado.

Hines se aclaró la garganta.

—*Su* proyecto paralelo, coronel. No puedo reclamar la propiedad de algo que aún no comprendo del todo. Y deja la bebida ahora mismo.

El sonido de cualquier licor que MacBlair hubiera abierto vertiéndose en un vaso de cristal sobre trozos de hielo nunca llegó. En su lugar, se oyó un fuerte tintineo, otro ligero traqueteo del hielo y la profunda inhalación de MacBlair antes de que unos pasos repiquetearan en el suelo pulido.

—Cuéntame.

«Al menos le evité emborracharse antes del mediodía».

Hines hojeó las dos primeras páginas de lo que había anotado en su cuaderno y se acarició el bigote bien recortado.

—Lo ha conseguido.

—Lo supuse cuando me dijiste que no me excitara. —Era gracioso decirlo, pero la voz de MacBlair había perdido su tono bromista y divertido. Ahora sonaba muy serio—. No pares ahora.

—Tenías razón —comenzó Hines—. Cada miembro de la Sección de Apoyo de Suministros tiene algo que podemos usar.

—¿De verdad? —MacBlair se rio de nuevo—. Bueno, adelante con los detalles, hombre.

Hines se tomó un momento para ordenar sus pensamientos y luego se lanzó a resumir sus notas de los informes vespertinos de la soldado de primera clase Moorfield sobre cada miembro de la Sección de Apoyo al Suministro. El especialista Johnson, el especialista Cross, el especialista Angleman, el soldado Kilder, el soldado Markle y el cabo Bunt: los seis soldados tenían algo útil que ofrecer. Moorfield también, pero Hines eso ya lo sabía. También era muy consciente de que las habilidades de la chica no se limitaban a encontrar los puntos fuertes de los demás.

También MacBlair.

Cuando terminó de transmitir sus notas abreviadas sobre una unidad muy específica e improbable, Hines se desplomó en su silla y suspiró.

—Bueno, joder.

—Esa suena como tu voz feliz, novato.

El mayor se rascó un lado de la cara y volvió a ojear sus notas, pero en realidad no las vio.

—No estaba seguro de qué esperar. Viéndolo todo dispuesto así… coronel, creo que podríamos tener un equipo viable.

MacBlair tardó tanto en responder que Hines tuvo que mirar su móvil para asegurarse de que no habían perdido la conexión. No lo habían hecho, pero no podía quedarse sentado mucho tiempo con un silencio absoluto al otro lado de una llamada decisiva.

—Vas a decir algo, ¿verdad?

Él resopló.

—Sabía que podía hacerlo.

—Bueno, te la has jugado con una soldado muy competente. Eso te lo aseguro.

—¿Qué pasa con Moorfield?

Hines arrugó la nariz y luchó contra el impulso de cerrar de golpe el cuaderno. Aún podía necesitarlo como referencia.

—¿Qué ocurre con ella?

—¿Ha habido alguna otra novedad en las últimas dos semanas?

—Está hablando de algo que no sé cuantificar, coronel.

—No necesitas un nombre para eso, novato. Solo un sí o un no.

El comandante suspiró y sacudió la cabeza.

—Que yo sepa, Moorfield no ha tenido problemas desde que dejó el hospital. Ni siquiera eso le impidió conseguirte lo que necesitabas.

—Ella lo consiguió para nosotros. —MacBlair volvía a sonar como siempre—. Por lo que ella sabe, estás tan metido en esto como el que más.

—No sé cuánto tiempo más podré seguir con esto. A menos que me des algo más con lo que trabajar.

—No para ti. —El teniente coronel canturreó pensativo y luego se rio—. De acuerdo. Si crees que estáis listos, vamos a por ello.

—Yo no he dicho eso.

—Está implícito, o no te habrías molestado en llamarme un sábado por la mañana.

Hines no se atrevió a recordarle a su viejo amigo que había llamado porque estaba cumpliendo las órdenes directas de MacBlair. De todos modos, no habría importado. Cuando MacBlair se proponía algo, nada en el mundo se interponía hasta conseguir su objetivo. Eso era cierto por múltiples razones, en ninguna de las cuales Hines quería pensar ahora, sobre todo mientras hablaba por teléfono con el hombre.

—¿Qué piensa *ella*? —preguntó el coronel.

Hines se inclinó de lado en su silla y apoyó un codo en el reposabrazos.

—Ella tampoco sabe qué pensar. Dijo que no podía responder con exactitud a la pregunta.

—Es muy lista. Han pasado… ¿cuánto? ¿Dos meses y medio?

—Algo así, sí.

—Todavía no ha reunido ninguna expectativa para su unidad. No es que ella confía en compartir mucha información, en todo caso. Lo que significa que ella piensa que no hay nada que puedas decirle que la decepcionará.

—Déjame adivinar. —El mayor soltó una carcajada porque este giro de la conversación solo significaba una cosa, y si no se reía de ello ahora, empezaría a beber en cuanto terminara esta llamada—. No te importa que ella no tenga expectativas porque tú sí las tienes.

—Claro que me importa. No hace falta ser un genio para saber por qué estoy tan interesado en ella como lo estoy. Usted no es un genio, Mayor, pero está excepcionalmente cualificado para encajar las piezas por sí mismo. Al menos en eso.

Hines hizo una mueca.

—Calificaciones que he intentado con todas mis fuerzas durante la última década olvidar por completo.

MacBlair se echó a reír, y entonces se oyó el rápido chasquido de unos dedos golpeando un teclado.

—Comprueba tu correo electrónico. Quiero que dirijas la unidad a través de este ejercicio de entrenamiento. Todos los detalles están ahí, y tú te encargas del resto de la logística.

—Toda la unidad, ¿eh?

—Eso es lo que he dicho. —Hubo una breve pausa y luego MacBlair añadió—: No me refería a después de colgar, comandante. Compruebe su correo electrónico. Esperaré.

Hines puso los ojos en blanco, dejó la llamada en altavoz y cambió de aplicación en su teléfono para hacer lo que su superior le ordenaba.

—De acuerdo. Dame un segundo.

—Necesitarás un poco más que eso.

El comandante Hines solo dispuso de dos minutos para leer detenidamente la información que había recibido sobre el nuevo ejercicio de entrenamiento en campo que MacBlair tenía en mente para la unidad. Si no hubiera estado al móvil, se habría tomado su tiempo. Si no hubiera estado en llamada, se habría tomado su tiempo, habría calmado su mente, habría leído la información al menos dos veces, más con toda probabilidad, y después se habría tomado unos minutos más para asimilarlo todo porque no podía creer lo que estaba leyendo.

—¿Y bien?

Hines se aclaró la garganta, tratando de encontrar una respuesta adecuada que no diera la impresión de insubordinación y gilipollez general.

—Esto parece una operación de alto riesgo y muy incierta.

—Ajá. Esa es la idea.

—Eso es lo que dices cuando quieres dejar espacio para que pase cualquier cosa.

—A mí me gusta más pensar que hay margen para la interpretación, la verdad. —MacBlair chasqueó la lengua como si estuviera descartando la experiencia de su amigo como algo inevitable, algo con lo que todos tendrían que lidiar—. Sabes, eres ridículamente fácil de leer, novato. Incluso por teléfono, lo cual es mucho decir. Así que adelante. Di lo que piensas.

—Si estas son mis órdenes, lo haré ...

—No me vengas con esa mierda de subordinado, Calvin. Si no respetara tu opinión, no estarías en esto. Así que, a falta de mandarme a la mierda, porque ni siquiera con eso te librarías de esta, di lo que quieras decir.

La siguiente exhalación de Hines debía ser un suspiro, pero acabó sonando más como un gruñido largo y exasperado.

—Si estás intentando recrear una operación así, especialmente para una unidad como esta, tengo que preguntar.

—Bien. Pregunta.

—¿Estás seguro de que esto es solo un entrenamiento?

MacBlair soltó una carcajada.

—No soy tan sádico, tío. Vamos. Claro que solo es un entrenamiento. ¿Tiene un propósito más elevado? Claro. Aunque no entraremos en eso hasta que tengamos los resultados de la próxima misión.

—Bien. —Hines no se lo creía del todo. Había participado en suficientes misiones de entrenamiento con MacBlair como para saber que nunca se trataba de un único objetivo. Por no olvidar de las operaciones como aquella, en las que se había unido al teniente coronel años atrás, antes de que ambos ascendieran.

Si alguien todavía hablara de ellos, se habrían considerado más adecuados para unidades de Operaciones Especiales, con algunas diferencias inexplicable. Sin embargo, ya nadie hablaba de ellos. De eso se trataba.

Ahora, MacBlair tenía ganas de volver a abrir de par en par la caja de Pandora, todo por una corazonada sobre la soldado de primera Moorfield.

—¿Eso es todo? —preguntó MacBlair.

—Sí. Eso es. —Hines no iba a discutir con el hombre. Como superior, MacBlair no le debía ninguna explicación. Como su amigo, el coronel probablemente estaba disfrutando de fastidiarlo de esta manera—. Haré unas llamadas para prepararlo todo.

—Excelente. Por cierto, siéntete libre de unirte a ellos si quieres. Pero no es obligatorio.

—Ja. Me estás dando a elegir.

—Siento que te lo has ganado.

Hines soltó una carcajada amarga.

—Entonces aparcaré mi culo aquí mismo.

—Parece que es ahí donde te sientes más cómodo, ¿verdad?

—Con el debido respeto, coronel, que le jodan.

—Ja. Ahí está. Eso podría ser incluso un récord para ti, novato. ¿Cuánto ha sido? ¿Veintiséis minutos? —El chasquido de los pasos de MacBlair en los pisos pulidos llegó a través de la línea de nuevo—. Si no vas a estar allí en persona, entonces brindo por el pobre bastardo que envíes en tu lugar.

Hines se relajó considerablemente ahora que se había librado de comandar la misión de entrenamiento. Se encontró riendo con su amigo y su superior directo, en ese orden, antes de que llegara a sus oídos el sonido delator que creía que ambos habían evitado.

—Coronel.

—Mayor.

—Pensé que el trago fuerte de media mañana era para las malas noticias.

MacBlair se rio.

—Lo era. Ahora es una celebración. Te invitaría a que vinieras y te unieras a mí, pero no me gustaría volver a poner a tu chófer en esa situación antes de que hayamos tenido la oportunidad de ver lo que puede hacer.

—Hasta que no des otra orden, no volveré a acercarme a tu casa.

—Huh. ¿Sabes lo que es gracioso? No puedo decir si estás tratando de salvar tu culo o el de Moorfield.

Hines sonrió y cogió su taza de café.

—Probablemente sean las dos cosas.

—Sí, ya veremos hasta dónde te lleva eso. —El hielo volvió a tintinear en un vaso, seguido de un rápido trago del coronel y un suspiro de satisfacción—. Nos vemos en el otro lado, hermano.

—Si no tengo un aneurisma antes, claro.

Terminaron la llamada y Hines permaneció sentado a la mesa un momento más antes de llevarse la taza de café a los labios.

«Para ver lo que realmente puede hacer, ¿eh? De ninguna manera me interpondré entre ese hombre y su nuevo proyecto. No más de lo que ya estoy, de todos modos».

Dio un gran trago a su café y casi lo vomita por toda la mesa.

—Maldita sea.

Al menos tenía algo más en lo que ocupar su mente antes de ponerse a trabajar en la nueva misión de entrenamiento para unidad, que con tan poca antelación le llevaría todo el día y la mayor parte de mañana si tenía suerte.

Puede que el comandante Hines no dirigiera el barco en esta ocasión, pero que le condenaran si cumplía órdenes que solo entendía a medias con una taza de café tibio.

Capítulo 8

Idina pasó el resto del fin de semana intentando descifrar los mensajes del diario. Para su sorpresa, las páginas restantes de la segunda mitad del diario no tenían tanto que decir como las primeras. No tenían nada que decir.

Volvió al diario tres veces más ese sábado y de nuevo el domingo por la mañana, pero una vez que llegó a las páginas con la última línea que había leído —«Levántate, guerrera. No estás sola»—, los mensajes cesaban. O bien sus luces verdes y el truco que Lady Muirden había utilizado en el siglo XVIII para hacérselos llegar a Idina ya no existían, o bien tenía que hacer algo más para abrirlos.

Podría haber ido en cualquier dirección. Sin más pistas sobre cuáles podrían ser sus pasos adicionales, Idina guardó el diario en su mochila y se obligó a centrarse en otras cosas hasta que volviera al trabajo el lunes.

Esas «otras cosas» se convirtieron en dos carreras de tres horas a lo largo del fin de semana y en sentarme en el trozo de hierba junto al cuartel general para esbozar unas cuantas piezas abstractas al azar que no habrían impresionado ni a un niño de parvulario.

Cuando llegó el lunes por la mañana, ya estaba levantada, fuera de la cama, y se dirigía al estacionamiento detrás del cuartel general para el entrenamiento de la mañana, alimentada por su certeza de que el Mayor Hines finalmente entregaría todo lo que tenía sobre el diario, como había prometido.

Eso era lo único en lo que pensaba cuando abrió de un empujón la puerta trasera del edificio, salió al aire fresco de primera hora de la mañana y empezó su rutina de calentamiento y estiramientos antes de correr. Todos los pensamientos sobre su futuro inmediato desaparecieron cuando la puerta trasera se abrió de golpe y salió Trunk.

Lo primero que pensó al verle fue en lo difícil que había sido encontrarle un chándal que le quedara bien. Entonces, Idina dejó de pensar cuando Badge salió, también con uniforme.

Pill, Skim, y Stop salieron a través de la puerta abierta después de eso. Aunque Idina se había acostumbrado a ver a toda su unidad en un mismo lugar en el momento oportuno, no le sorprendió que Cake hubiera optado por no hacer acto de presencia. De todos modos, no se le podía pedir mucho al cabo Bunt.

Trunk asimiló la expresión atónita de Idina y resopló.

—¿Qué ha pasado? ¿Te has tragado un bicho o algo?

—Tal vez. —Ella casi se rio, pero todavía no había envuelto su cabeza en el hecho de que esto era real—. ¿Qué estáis haciendo aquí?

—Ejercicio. —Badge señaló su uniforme—. Obviamente.

—Bueno, sí. Pero ni siquiera son las seis.

Pill giró el torso de un lado a otro mientras se estiraba y miraba con el ceño fruncido el aparcamiento, casi vacío.

—Créeme. Todos somos conscientes de la hora.

—Yo… —Idina sí se rio esta vez, pero se quedó totalmente quieta junto a la puerta mientras el resto de su unidad, menos Cake, continuaba con sus estiramientos—. ¿Por qué?

—Nunca vienes al entrenamiento matutino —dijo Skim con naturalidad mientras estiraba el cuádriceps—. Lo cual es bastante raro. Ya sabes, porque eres tú.

Badge resopló.

—Podrías haber dicho algo sobre que llevabas al Mayor Hines todas las mañanas. Les habría ahorrado a estos idiotas unos cuantos dolores de cabeza extra.

Pill la miró con el ceño fruncido. Trunk y Skim soltaron una risita.

—Un momento. —Idina dio un paso atrás y miró de un soldado que se estiraba a otro—. ¿Desde cuándo empezasteis a hacer ejercicio de nuevo?

Trunk se encogió de hombros.

—No lo sé. ¿Un mes?

—Un mes el jueves —le corrigió Pill—. Técnicamente.

Se cruzó de brazos y no pudo decidir si estaba ofendida o completamente impresionada.

—¿Y me entero de esto ahora?

—Vamos, novata. —Skim dio un paso adelante para darle un puñetazo juguetón en el hombro—. No nos diste mucho con qué trabajar. Despertar antes de romper el alba y todo eso.

—Realmente no está tan mal —añadió Trunk.

Badge le dirigió una mirada condescendiente.

—Habla por ti. A mí me gustaban más antes.

—Espera, ¿quieres decir que ya estabais haciendo ejercicio y decidisteis despertaros incluso más temprano para poder uniros a mí?

—Sí. —Skim le dio un pulgar hacia arriba—. Ahora nos pasamos las siete de la mañana por el arco del triunfo…

—¿Cuántas veces tienes que hablar antes de que empecemos a correr? —interrumpió Pill.

—Correr. —Idina sonrió a los miembros de su unidad y retomó su rutina de estiramientos, esperando a que alguien rompiera a reír antes de tirar la toalla. Hubiera sido una buena broma, pero nadie se estaba riendo—. Vais en serio con esto.

—No me encanta —murmuró Pill—. Pero seguro que es mejor que escuchar a Trunk quejarse de lo mucho que echa de menos levantar todo el peso del mundo.

—Tío, no tienes ni puta idea…

La puerta trasera volvió a abrirse y los seis soldados de la unidad que se habían molestado en levantarse y salir para el entrenamiento matutino, nada menos que como una unidad, se quedaron boquiabiertos al ver al cabo Bunt salir con ellos al aparcamiento trasero.

Cuando la puerta volvió a cerrarse con un golpe metálico, Cake se apoyó con una mano en la pared para mantener el equilibrio mientras levantaba el otro pie con la mano para estirar los cuádriceps. Hizo el otro lado, luego suspiró y se volvió hacia ellos.

—¿Qué estáis mirando, gilipollas?

Trunk se inclinó hacia Badge y murmuró:

—¿Qué te parece?

—Alienígena. Es un jodido alien.

—¿Te sientes bien? —preguntó Pill a mitad del estiramiento del tríceps.

—Estoy aquí, ¿no?

Skim ladeó la cabeza y miró al cabo de arriba abajo.

—Pensé que parecerías aún más idiota con tu chándal.

Idina resopló.

—Eso es bastante imposible.

El resto de la unidad soltó una risita y volvió a estirarse.

Cake giró lentamente la cabeza para encontrarse con la mirada de Idina y le levantó la barbilla.

—Yo no me pondría tan gallito, novata. Puede que tengas algún superpoder raro, pero a mí no me dan calambres. Ni espasmos en las espinillas. Ni cansancio.

Trunk chasqueó la lengua antes de agacharse para agarrarse el exterior de las botas. El tipo era muy flexible para su tamaño, y tampoco tenía problemas para hacer varias cosas a la vez.

—¿Qué quieres decir?

—Que voy a patearos el culo a todos, porque no necesito parar. —Les enseñó el dedo corazón, u corrió por el aparcamiento.

—¡Oye, así no es como funciona, maldita sea! —Pill gruñó de frustración, pero se fue tras el cabo.

—Vamos. —Idina hizo señas a los demás para que avanzaran y empezó a trotar.

Nadie se quejó ni discutió ni intentó convencer a nadie de que era una pérdida de tiempo. Lo que significaba que esto era real. Los soldados de unidad empezaban a actuar ahora como una unidad cohesionada, no solo con sus órdenes de trabajo en horario laboral.

«Creo que ninguno de nosotros esperaba que esto sucediera. Y Cake por fin ha dejado el culo al aire».

* * *

Acabaron corriendo cinco kilómetros en el mismo tiempo que Idina se había dado para hacer dos. Luego terminaron la hora mirando el equipo de entrenamiento de bricolaje que Trunk había montado con los trastos de repuesto que habían sacado del almacén del 3C. El montaje no habría pasado una inspección mínima en el peor gimnasio del planeta, pero a ellos les funcionaba. De alguna manera.

Cuando terminó la hora, Idina y los miembros de su unidad sudaban a chorros, respiraban agitadamente y sonreían como siete lunáticos que se creían los genios más valiosos del Ejército.

No le importaba. Después de casi tres meses luchando por hacer algo productivo con su día en una sección de apoyo, salir a hacer ejercicios físicos con toda la unidad —como había hecho con el primer pelotón de la compañía B antes de su traslado sorpresa— era suficiente para considerarlo un día bien aprovechado antes de que empezara.

—Menos mal ya se ha terminado. —Cake se pasó el dorso de la mano por la frente y salió por la puerta trasera del edificio—. Nos vemos en dos horas, perdedores.

A nadie le ofendió que su cabo se escabullera antes que los demás mientras recogían sus toallas y botellas de agua para dirigirse al interior.

Skim se detuvo junto a Badge, olfateó delicadamente el aire y luego la miró con una mueca de disgusto.

—Mierda, Badge. Me he pasado una hora entera preguntándome por qué coño estoy oliendo un hedor que ya no debería existir, y eras tú.

Las carcajadas de Trunk resonaron en el aparcamiento y rebotaron en la pared exterior del edificio.

Badge le dio la espalda y luego entrecerró los ojos hacia Skim.

—Venganza por los últimos tres meses de intentar no vomitar cada vez que entrabas en la sala.

Con una sonrisa, se encogió de hombros y se dirigió a la puerta.

Idina y Stop llegaron a la puerta trasera al mismo tiempo, y él se adelantó para abrirla de un tirón antes de sostenérsela.

—Gracias. Así que habéis estado haciendo esto todos los días durante un mes, ¿eh?

Los ojos de Stop se movieron, de uno a otro, luego asintió y la siguió al interior.

—Veintisiete días, cero horas, once minutos y cuarenta y dos segundos. —Miró su reloj de campaña y añadió—: Cuarenta y cinco.

—Todo ese tiempo, me dejaste pensar que corría sola sin elección.

El tipo soltó una risita y sacudió la cabeza, estudiando el suelo de linóleo sin mirarla.

—Corrías sola.

—Sí, lo sé. Bastante triste.

—No.

Parpadeando sorprendida, Idina levantó la cabeza para mirarle. Stop no parecía darse cuenta de lo extraño que resultaba oírle responder sin repetir lo que ella había dicho ni recurrir a las interminables reservas de información inútil de su memoria.

«Algo le está pasando a esta unidad. Yo lo llamaría encontrar nuestro ritmo… si tuviera alguna idea real de lo que se supone que es».

Fuera lo que fuese, se resolvería por sí solo. Por ahora, Idina tenía cosas mejores en las que centrarse. Empezando por el conocimiento del diario por parte del mayor Hines en cuanto lo recogió en el todoterreno para su trayecto diario.

Capítulo 9

Tener dos días libres el fin de semana como todos los demás en el cuartel no había hecho nada por mejorar el humor de Hines. Seguía amargado y callado cuando subió al asiento trasero del todoterreno e Idina los llevó de vuelta al otro lado del puesto para empezar su jornada laboral.

Durante el trayecto, estuvo a punto de preguntarle tres veces cómo le había ido el fin de semana, pero cambió de idea en el último segundo. Obviamente, no había sido bueno. Aguantó el tenso silencio en el coche porque su trabajo consistía en llevar al comandante adonde tenía que ir. Además, no quería tentar a la suerte con él esta mañana. A estas alturas, Idina estaba dispuesta a aguantar casi cualquier cosa con tal de obtener más información sobre el diario de Lady Muirden, y sus luces verdes.

Cuando detuvo el todoterreno en el aparcamiento lateral, aparcó y apagó el motor, Hines aún no había dicho ni una palabra sobre el cumplimiento de su parte del acuerdo.

«Realmente va a hacer que se lo pida de plano, ¿no?».

Prácticamente salió corriendo del coche para abrirle la puerta del comandante. Pero él la miró brevemente y asintió con la cabeza, así que ella tuvo que decir algo.

—Mayor Hines.

—¿Hmm? —Se volvió lentamente hacia ella, con las cejas levantadas y los ojos vacíos. Quizá lo había olvidado.

—Yo… esperaba que tuviera esa información para mí hoy, señor. Sobre el diario.

Hines parpadeó varias veces. Luego su expresión se aclaró lo suficiente como para acordarse de qué estaba hablando.

—Bien. En realidad, Moorfield, hoy tengo en mente algo un poco diferente. Tu diario tendrá que esperar y, por el momento, parece que conduciré yo mismo.

—¿Señor?

El comandante extendió la mano abierta hacia ella y miró las llaves del todoterreno que colgaban de sus dedos.

—Eso significa que me entregue las llaves.

Idina no tenía elección. Su jefe le había dicho que hiciera algo, y las llaves fueron directas a su mano abierta. Eso no significaba que tuviera que aceptarlo.

—No lo entiendo, señor.

—Lo sé. Créeme. Es temporal. No, no hiciste nada malo. Sí, este sigue siendo tu trabajo. Feliz lunes. —Sin darle la oportunidad de responder o de asimilar su inesperada petición, Hines se dio la vuelta y se dirigió hacia la puerta principal del cuartel de la misma forma que salía de ella todas las tardes después del trabajo.

Idina le siguió con la mirada, tratando de asimilar lo ocurrido.

«¿Va a conducir él mismo? De ninguna manera. ¿Y cuánto será esto?».

Una oleada de ira ardiente la invadió, pero la hizo retroceder antes de que pudiera hervir y desbordarse en luces verdes y niebla imparable.

«Estupendo. Así que sigue añadiendo trabajos a la lista, y nunca consigo la puta recompensa. Esperaba este tipo de juego de alguien como el capitán Irons, pero no de Hines».

En cualquier caso, lo único que Idina podía controlar era cómo reaccionaba ante tamaña decepción. El diario tendría que esperar. Tenía que seguir adelante como si no fuera un golpe masivo a su ego y una manera terrible de empezar la semana.

* * *

Llegó a la sala de suministros a las ocho cincuenta y dos y ya no le sorprendió encontrar a toda su unidad presente. En las últimas semanas, todos habían hecho piña, pero una parte de ella deseaba que los demás soldados hubieran vuelto a hacer el tonto hoy. Idina quería estar sola, repasar todas las posibles razones que podría haber tenido el comandante para ocultar información sobre el diario y todas las posibles vías que podría tomar de aquí en adelante para asegurarse de que no extorsionara de esa manera una segunda vez.

En lugar de eso, tuvo que fingir que todo iba bien, que no estaba a punto de explotar contra ninguno de sus compañeros, con o sin luz verde.

Pero, por lo que se veía, Idina no era muy buena fingiendo hoy.

—¿Qué te ha pasado? —preguntó Skim mientras daba la vuelta a otra carta en su partida de solitario.

—Te dije que correr tan temprano era una mala idea —murmuró Pill mientras desenroscaba la tapa de un termo y daba un largo trago. Se sentó junto a Skim en la mesa individual, lo que hace un mes habría sido motivo de dictamen de locura.

—Corro tan temprano todos los días. —Idina se dirigió hacia una silla libre en la mesa—. Supongo que tuve un fin de semana largo.

—Estoy seguro de que eso debería hacerte sentir mejor cuando vuelves al trabajo —añadió Trunk—. No peor.

—¿T-te has levantado con el pie izquierdo? —Badge la miró de arriba abajo y chasqueó la lengua—. Parece que te has levantado con el pie izquierdo.

—Estoy bien. En serio. —Cuando Idina se sentó, se le erizaron los pelos de la nuca. Sentía como si alguien la estuviera observando. No era tan sorprendente en una habitación con todos los demás miembros de su unidad.

—Has matado a alguien, ¿verdad, novata? —preguntó Cake detrás de ella.

Ella resopló sin volverse a mirarle.

—Si lo fuera así, seguro que no te lo diría.

—Se lo diría «a Stop». —La risita baja de Trunk llenó la sala mientras asentía a Stop, que hoy había decidido que era preferible tumbarse en la parte superior de los pupitres de la pared del fondo que sentarse detrás de uno de ellos.

—Oye, eso es perfecto. —Cake señaló con el pulgar por encima del hombro hacia Stop—. Si vas a compartir un secreto, díselo al tipo que nadie quiere escuchar…

Los pupitres chocaron entre sí, se tambalearon sobre sus patas y volvieron a caer al suelo cuando Stop se cayó de su improvisada cama. Gruñó, se levantó de un salto y se puso en posición de firmes.

—¡Sección de Apoyo de Suministros, atención!

—¿Qué dem…?

Cake giró, y todos los demás soldados levantaron la vista de sus rutinas previas a la entrada para ver al capitán Irons de pie dentro de la puerta de la sala de suministros.

Idina, Pill y Skim se apartaron de inmediato de la mesa y se pusieron en pie para unirse al resto de la unidad en posición de firmes.

El oficial calvo, increíblemente musculoso y con un mosaico de quemaduras y cicatrices de metralla en el lado derecho de la cabeza, la cara, el cuello y, con toda probabilidad, todo el cuerpo, se tomó un momento para observar a los soldados de la unidad y lo que habían hecho en la sala de suministros desde la última vez que había estado aquí, hacía meses. Su ojo bueno se movía lentamente de una cara a otra, y su ojo de cristal verde esmeralda permanecía inmóvil.

El silencio parecía eterno.

«O está tan impresionado que se ha quedado sin palabras, o nos está tomando el pelo. Probablemente lo segundo».

Al final, Irons inspiró profundamente, con el lado izquierdo de la boca fruncido mientras el derecho permanecía apretado bajo todas sus cicatrices.

—Que todo el mundo recoja sus cosas. Listos para el combate. Si no estáis detrás del edificio a las once, será mejor que saltéis de un puente. Será más fácil para vosotros.

Su voz rasposa —probablemente debido a que sus cuerdas vocales sufrieron daños junto con todo lo demás durante una misión— flotó en el aire alrededor de los soldados antes de que chasqueara la lengua y se moviera para marcharse.

—¿Capitán Irons, señor? —Pill sorprendió a todos al ser el primero en dirigirse a un oficial, su oficial, al que no habían visto más que un puñado de veces en los últimos tres meses.

Irons hizo una pausa y miró a Pill de arriba abajo.

—¿Qué?

—¿Puedo preguntar adónde vamos?

El capitán gruñó.

—Vas a ir donde yo te diga, Angleman. Será mejor que te muevas.

Entonces Irons desapareció por la puerta de la sala de suministros, que se cerró tras él con un suave chirrido que se sintió demasiado fuerte en el silencio.

—¿Qué coño pasa? —murmuró Badge.

—Ya le has oído. —Cake sonrió con satisfacción—. Nos preparamos para el combate. ¿Tienes algo que ver con esto, novata?

Idina parpadeó sorprendida.

—¿Estás de broma?

—¿Qué quiere decir con «listos para el combate»? —La cara de Skim se contorsionó en una mueca de confusión y preocupación que le hizo parecer como si alguien le hubiera apuñalado—. ¿Qué clase de imbécil nos enviaría al combate?

—Tío, habla por ti —dijo Trunk—. Sé lo que hago.

—Sí, pero somos la unidad de apoyo de Suministros».

—Quizá eso esté a punto de cambiar. —Idina se encogió de hombros—. Supongo que o nos preparamos o saltamos de un puente, ¿verdad?

Los demás soldados soltaron una carcajada y, uno a uno, salieron de la única base de la unidad durante los últimos tres meses para hacer lo que el capitán Irons les había ordenado.

A pesar de lo mucho que habían cambiado individualmente y como unidad desde que fueron arrojados al azar a la unidad sin motivo aparente, esta era su primera orden oficial. Era natural que tardaran un poco en asimilar el cambio de su extraña rutina.

Hacer el equipaje para esta misteriosa misión le llevó a Idina unos diez minutos. Entre eso y su desvío a la armería en busca de un arma, tuvo tiempo de sobra para reflexionar sobre la sorprendente aparición de Irons y las órdenes aún más sorprendentes de hacer las maletas y embarcarse.

«Dijo que estuviéramos listos para el combate. No es que vayamos a entrar en combate. Eso no tendría sentido. No hemos hecho nada como unidad excepto limpiar el cuartel. Esto es solo entrenamiento».

Cuanto más pensaba en ello, más segura estaba de que el capitán Irons les estaba tomando el pelo. La unidad se dirigía a alguna parte, seguro, pero no era un despliegue. El Ejército tendría que estar en su momento más desesperado para sacar a toda una unidad que no existía y enviarla a algún lugar para unirse a una lucha real.

«El entrenamiento es bueno. No sé por qué tiene que pasar ahora, pero al menos sé por qué Hines actuaba tan raro esta mañana».

Después de recoger sus suministros de campaña, el equipo de munición, las provisiones y cualquier otra cosa que pudiera necesitar sobre el terreno —que en ese momento era básicamente todo lo que poseía—, Idina se puso su uniforme de combate completo y se preparó para salir. Se detuvo para guardar el diario de Lady Muirden en el único cajón de su escritorio empotrado, y luego retrocedió para observar y esperar.

Algo le decía que el diario no apreciaría que lo escondiera en cualquier sitio: un cajón, una mochila, una caja de cartón en el correo. Por suerte, no había ninguna luz verde ni niebla brillante que se filtrara por los bordes del cajón del escritorio, así que parecía bastante seguro. Las posibilidades de que alguien entrara en su habitación mientras ella no estaba y viera el diario, y mucho menos lo abrieran con él, eran ridículamente pequeñas. Para algo así, Idina no quería correr ningún riesgo.

Todo parecía arreglado y resuelto. Entonces sonó un mensaje de texto en su móvil.

Con un suspiro, Idina cogió su teléfono del escritorio y comprobó el nuevo mensaje. Era Sullivan.

Hasta el mayor episodio de luz verde de Idina, ocurrido hacía dos semanas frente a la casa del teniente coronel MacBlair, no había tenido forma de ponerse en contacto con su terapeuta a menos que estuvieran sentadas juntas en el despacho de la mujer. Después de que Idina saliera del hospital, Sullivan le había sugerido encarecidamente —casi amenazándola— que intercambiaran sus números en caso de cualquier otra emergencia.

Al parecer, esta era una de esas emergencias.

Idina,

Me han informado de tu ausencia esta semana. No se preocupe. No te marcaré como ausente sin permiso cuando no aparezcas en tus próximas sesiones de terapia.

Doctora S.

Idina no pudo evitar reírse antes de teclear una rápida respuesta.

Siempre supe que podía contar contigo para algo.

Era fácil imaginar la risa descarada de la doctora Sullivan al recibir una respuesta sarcástica de esta paciente en particular, sobre todo a través de un mensaje de texto. Imaginar la reacción de la mujer hizo sonreír a

Idina, que volvió a dejar el móvil en el escritorio y cerró por fin la habitación antes de dirigirse al aparcamiento trasero.

«Esta es una misión de entrenamiento. Una especie de entrenamiento que nos prepararon porque le conseguí al Mayor Hines toda la información que necesitaba sobre unidad. Si no, el que le dijo a Sullivan que me iba se habría callado por seguridad nacional».

Eso la hizo sentirse mucho mejor ante la idea de pasar todo el día encerrada con los otros seis miembros de su unidad. No tenía ni idea de cuánto iba a durar la siguiente excursión, pero no iba a ser una jornada normal de nueve a cinco. Los ejercicios de entrenamiento significaban estar en el campo con todos los demás todo el tiempo: comiendo, durmiendo, cagando y trabajando juntos en todo momento.

«Sí, esto no habría sido posible ni hace una semana».

Capítulo 10

Era perfectamente natural que el capitán Irons se hubiera presentado en la sala de suministros para darles órdenes. No, no formaba parte de la unidad desde su formación, pero *era* su oficial al mando.

También tenía sentido que estuviera en el aparcamiento detrás del edificio del cuartel, esperándoles como había dicho. Sin embargo, lo que ninguno de ellos esperaba, incluida Idina, era que el capitán Irons no estuviera allí para entregar el mando a un suboficial y despedir a todo el equipo.

El hombre llevaba el equipo de combate completo, como el resto de la unidad; su ojo postizo brillaba a la luz del sol y su petate descansaba a sus pies. Miró a todos los miembros de la unidad que entraban por la puerta trasera, pues estaba claro que no quería tener nada que ver con esta misión de entrenamiento sorpresa.

—Joder, eso no es bueno —murmuró Pill mientras volvía a empujar las gafas por la nariz.

—No vemos al tipo durante m-m-meses, ¿y ahora dirige el equipo? ¿Qué coño está pasando?

Idina se inclinó hacia Badge y estuvo a punto de poner una mano tranquilizadora en el hombro de la otra mujer antes de recordar lo poco que le gustaba que la tocaran.

—Ejercicio de entrenamiento. Eso es.

—Suenas extrañamente segura de eso, n-novata.

—Bueno, mi psiquiatra también lo sabe. Así que al menos, no es una operación de alto secreto.

Badge resopló y sacudió la cabeza.

—Tu psiquiatra. ¿Es buena?

—Eh... Depende de cómo definas «buena».

—¡A formad! —ladró Irons con su gruñido áspero.

Los miembros de unidad hicieron exactamente eso, y aunque no formaron la imagen más bonita de la formación de unidades, Idina quedó algo impresionada por el hecho de que consiguieran formar una línea recta.

Irons se paseó delante de ellos, examinando sus uniformes, municiones y equipo con su único ojo bueno.

—Escuchad, no habléis, y si tenéis preguntas, las responderé cuando yo lo diga. Si me apetece. Esta… *unidad*…

El hombre ladeó la cabeza confundido, frunciendo profundamente el lado izquierdo de la cara mientras el derecho se crispaba contra la carne apretada y fruncida de sus cicatrices.

Cake se aclaró la garganta.

—Sección de Apoyo al Suministro, señor. Nosotros lo llamamos la unidad, si es más fácil.

Irons lanzó al cabo una mirada condescendiente.

—No creía que supieras una mierda de nada, Bunt.

Por un momento, el resto de la unidad se tensó a la espera de la reacción normal de Cake cuando alguien decía algo sobre él que no le gustaba, que era el tipo de cosas que solía decir literalmente de cualquier otra persona siempre que tenía la oportunidad. Su soldado de mayor rango sorprendió a todos al ofrecer a su oficial al mando una rápida inclinación de cabeza y responder con ecuanimidad:

—Encantado de demostrar que se equivoca, señor.

Irons gruñó.

—Sí, apuesto a que sí. La unidad va a salir para un ejercicio de unidad en… bueno, ya lo averiguaréis cuando lleguemos. Al parecer, alguien tiene un lado masoquista y quiere ver lo inútil que sois en realidad. Con el dinero de los militares.

Skim soltó una carcajada, pero dejó de sonreír de inmediato en cuanto el capitán lo fulminó con la mirada.

—No me preguntes para qué es esto, por qué o cuánto tiempo. Tendremos una sesión informativa cuando lleguemos a Rucker. Entonces o nadáis o al final os hundís. O en vuestro caso, os hundís u os ahogáis. No lo sé. —Irons dejó de caminar, miró el edificio detrás de sus soldados alineados y luego miró su reloj.

Fue lo último que les dijo en media hora. Técnicamente no los había despedido y, sin ninguna explicación, los soldados se quedaron donde estaban y se las arreglaron para no romper filas ni hacer ningún comentario sarcástico durante treinta minutos enteros.

«Esto parece básico. Porque nadie cree que esta unidad pueda hacer algo útil. El Mayor Hines, probablemente. ¿Irons? Sigue pensando que somos basura. Alguien le ordenó venir con nosotros solo por diversión».

La idea casi la hizo reír, pero una gran furgoneta negra con chirridos de frenos entró en el aparcamiento trasero y se detuvo. Un hombre de paisano contratado como su conductor saltó del asiento delantero, abrió el portón trasero de la furgoneta y deslizó la puerta trasera de golpe.

Irons se echó el petate al hombro y se dirigió hacia allí.

—Adentro.

Uno tras otro, los miembros de la unidad de Idina colocaron su equipo en la parte trasera de la furgoneta antes de intentar encontrar la

mejor manera de acomodar a los siete en las tres filas de asientos de la furgoneta. No debería haber sido tan difícil, pero Pill tuvo que sentarse junto a la ventanilla, Badge no podía estar al lado de nadie, nadie quería sentarse junto a Skim —a pesar de que en su mayoría olía como cualquier otro soldado en un día ligeramente sudoroso— y Trunk tuvo que pasar del asiento del conductor en la primera fila a sentarse apretado en la del medio.

—No puedo decir que he hecho mi trabajo si el grandullón se sienta detrás de mí y hace rodar la furgoneta —murmuró el conductor.

Tras quince minutos de música en los asientos de los vehículos, que solo deberían haber durado cinco minutos como máximo, la unidad se había acomodado, las puertas estaban cerradas y se disponían a realizar su primer ejercicio real juntos. Durante todo el tiempo, el capitán Irons permaneció sentado en el asiento del copiloto con la mirada fija en el parabrisas, incluso cuando se pusieron en marcha. El conductor le hizo algunas preguntas casuales al principio, pero se dio cuenta de que era más probable que le respondiera una estatua y mantuvo la boca cerrada el resto del trayecto.

También lo hicieron los soldados de la unidad, sorprendentemente.

«No saben *qué* pensar. Pasamos de ser invisibles a estar sentados en una furgoneta con nuestro inexistente oficial, que no sabe nada de ninguno de nosotros».

Como mínimo, Idina esperaba que Cake hiciera algún comentario socarrón, pero ni siquiera eso. El cabo había decidido actuar como tal por una vez. Debería haber sido un alivio. En cambio, puso a todos los demás miembros de la unidad en el borde del ataque.

Idina no estaba completamente segura —Cake podría haber estado planeando algo para más adelante con el fin de hacer de sus vidas un infierno, y nadie se sorprendería—, pero tenía la sensación de que el cabo Bunt estaba empezando a cambiar como el resto de ellos. Por supuesto, no lo sabrían con seguridad hasta que algo le presionara y vieran cómo respondía. Estar en el campo, incluso para una misión de entrenamiento, lo sacaría de quicio. Probablemente los pondría a todos de quicio, pero en un entorno controlado.

De eso se trataba.

El trayecto hasta el aeropuerto municipal de Fayetteville no pudo ser más tranquilo, y la unidad salió en tropel de la furgoneta y recogió su equipo. Nadie dijo una palabra, aunque se dieron cuenta de que no era el edificio principal. El capitán Irons no les dio ninguna información hasta que facturaron con la aerolínea. Incluso entonces, técnicamente no les dijo nada. Lo dedujeron al escuchar la conversación de facturación.

—P-p-puta mierda —murmuró Badge mientras todos se dirigían tras Irons hacia la sala de espera.

—En serio, ¿para qué? —Pill negó con la cabeza y sacó su carné del bolsillo delantero para estar preparado para cualquier control de seguridad que tuvieran que pasar como parte de sus inusuales planes de viaje.

Idina miró como todos los demás: su hora de salida era a las once de la noche y cuarenta y siete minutos.

—¿Alguien más siente que se está esforzando demasiado para gustarnos?

Los otros soldados soltaron una risita, intentando no llamar la atención de Irons. De todos modos, no es que se volviera, les hablara o los mirara con su único ojo bueno. Desde su discurso detrás del cuartel general, que era lo máximo que le había dicho a su inadaptada unidad en una ocasión, su oficial había actuado como si no existieran. El grupo estaba acostumbrado a eso, por supuesto, pero ser invisible cuando alguien estaba allí mismo dirigiéndolos en una misión de entrenamiento era muy diferente a ser invisible y que te dejaran solo.

—Tío, ¿qué demonios se supone que vamos a hacer aquí durante diez horas?

—¿Diez horas, cuarenta y dos minutos y… segundos? —respondió Stop.

—Ja. Sí. Yo tampoco tengo ni idea.

—Compra un par de revistas —añadió Cake—. Lee un libro. *Sabes* leer, ¿verdad?

Trunk le miró de reojo y gruñó.

—Yo también puedo partirte la cara.

—No te molestes. —Pill entrecerró los ojos ante cada cartel que encontraban a su paso, leyendo cada anuncio, advertencia y recordatorio—. No lo sentirá.

Badge soltó una carcajada.

—*Nos* hará sentir mejor. —Su sonrisa desapareció cuando pasó junto a una mujer que tiraba suavemente de su hija pequeña. La niña miró a Badge, arrugó la nariz y se volvió para seguir mirándola hasta que casi habían cruzado toda la terminal.

—¿Qué pasa con los n-n-niños hoy en día, eh?

Idina contuvo una carcajada.

—Probablemente le gusta tu pelo.

—Vete a la mierda, novata.

Pasar el control de seguridad no era nuevo para ninguno de ellos. Idina había volado más veces de las que podía contar en aerolíneas públicas y aviones privados. Aun así, no tardó en darse cuenta de que los soldados de unidad ya habían llamado bastante la atención a pesar de encontrarse en una terminal separada con mucha menos gente que el principal centro comercial del aeropuerto.

Era imposible no ver a Trunk, un gigante de dos metros y medio con uniforme del ejército, una cabeza más alto que el civil más alto de la fila y al menos dos cabezas por encima de todos los demás. Ninguno de los demás soldados era tan notable, aunque Idina volvió a examinarlos a todos para asegurarse. Ver a Stop de pie y tranquilo en la fila —sin balancearse de un lado a otro ni murmurar cosas en voz baja ni gritar respuestas, conclusiones o hechos aleatorios en momentos inesperados— la hizo sonreír.

«Pensé que estaría más agobiado aquí. Tal vez las multitudes son buenas para él».

En ese momento, Stop se giró ligeramente para mirar por encima del hombro y se encontró con su mirada. Tenía los ojos muy abiertos y vidriosos, como si hubiera estado en un concurso de miradas durante la última hora o intentando no llorar. Al principio, la sonrisa que se dibujó en su rostro parecía auténtica felicidad y emoción. Al cabo de unos segundos, la sonrisa se convirtió en una mueca de incertidumbre.

Idina sonrió y le hizo un gesto con la cabeza, por si eso era todo lo que el tipo necesitaba para tranquilizarse. Stop levantó rígidamente ambos brazos hacia delante y le levantó los pulgares. Luego volvió a mirar hacia delante y no movió ni un músculo hasta que llegó el momento de ponerse en fila.

«No importa. Él también odia esto».

Sin embargo, el capitán Irons era el que más miradas recibía de los civiles. O bien se quedaban mirando sus cicatrices, su ojo de cristal verde esmeralda y su mano protésica sin ningún tipo de timidez, o bien intentaban echar sutiles miradas de reojo al calvo oficial del Ejército que parecía haber pasado por el infierno y volver. Porque así era.

En circunstancias normales con una unidad regular del Ejército, cualquier soldado se habría sentido orgulloso de formar parte del equipo de Idina, o incluso podría haber disfrutado de la extraña atención que se centraba en ella y su unidad. Pero con un oficial a cargo como Irons al frente, probablemente parecían un equipo rudo que había estado en muchos lugares y había visto cosas, todo en nombre de servir a su país y proteger la libertad.

«Pasamos los últimos tres meses en una sala de suministros, y ninguna de estas personas tiene ni idea. Sea lo que sea este entrenamiento, será mejor que cambie la descripción de nuestro trabajo».

Capítulo 11

La espera interminable en el aeropuerto transcurrió sin ninguna sorpresa, ni siquiera por parte del Capitán Irons. El hombre permanecía sentado en un rincón de la sala de espera frente a su puerta de embarque, con la nariz metida en un libro que debía haber comprado allí mismo. No levantó la vista, no buscó a su unidad, y no emitió palabra alguna.

Pill fue el primero en irse a comer algo de las escasas opciones disponibles en el aeropuerto. Los soldados se turnaron para vigilar sus pertenencias sin mediar palabra, paseando por la terminal para comer, estirar las piernas y matar el tiempo.

Idina pasó una parte considerable de la espera observando al capitán Irons, con la esperanza de que una mirada, una llamada telefónica del mando o algún archivo sacado de su mochila le diera una pista sobre lo que les esperaba al aterrizar en el aeropuerto regional de Dothan. Aunque sabía que era una esperanza fútil, no podía evitarlo. Llevaba tres meses con esta nueva unidad y apenas había pasado veinte minutos en presencia del oficial al mando del Triple-S. Y eso siendo generosos.

Cuando se dio cuenta de que Irons ni siquiera se levantaba de la silla para ir al baño, Idina se rindió.

Entonces, como no estaban en instrucción básica y su próxima ronda de entrenamiento misterioso aún no había comenzado oficialmente, Idina encontró algo más que hacer mientras esperaban.

En algún momento, todos los soldados de su unidad habían logrado soportar la monotonía abrumadora, la anticipación insoportable o el tipo de agotamiento absoluto que derribaría a la mayoría de los civiles. Superarlo era parte de la iniciación para convertirse en soldado del Ejército.

Si el capitán Irons no iba a darles órdenes sobre cómo esperar el avión hasta casi la medianoche, Idina no tenía por qué sufrirlo sin nada que hacer para pasar el tiempo.

Se levantó de su asiento para tirar la basura de una hamburguesa con patatas fritas deliciosamente grasientas, y luego caminó por la terminal en busca de una tienda que tuviera lo que quería. Por supuesto, lo que buscaba no estaba disponible en las tiendas de aeropuerto, ni siquiera en las que atendían vuelos de bajo coste, por lo que tuvo que conformarse con una calidad ridículamente baja que debía costar lo mismo ahí que el producto real en otro lugar.

Cuando regresó a su puerta con la bolsa de plástico colgando de la mano, los miembros de su unidad la miraron antes de volver a lo que sea que habían estado haciendo para pasar el tiempo: leer, mirar fijamente al suelo o la pared, intentar dormir. Idina regresó a su asiento, revisó el ángulo de su modelo y sacó el bloc de dibujo endeble y el paquete de lápices del número dos.

Luego comenzó a dibujar.

Apenas notó las luces verdes parpadeando en su visión alrededor del contorno de la forma que creaba. Ese uso de sus habilidades, al menos, estaba tan arraigado en su proceso creativo que no se registraba como usar «magia». No era lo mismo que golpear a Cake en el estómago y lanzarlo a través del baño de hombres. No se sentía en nada como gritar una luz verde al techo de la camioneta y verla atravesarlo.

Simplemente se sentía como Idina haciendo lo que mejor se le daba, y era una excelente manera de aguantar otras seis horas sin hacer nada. Especialmente mientras estaba de servicio.

Después de treinta minutos, Stop se levantó de su silla y caminó despacio hacia ella, mirando el bloc de dibujo de mala calidad apoyado en su regazo. Tomó el asiento a su lado y se encorvó, juntando las manos entre los muslos e inclinando la cabeza para verla oscurecer las líneas y agregar la primera ronda de sombreado con trazos rápidos y sin esfuerzo.

Idina sonrió y continuó, sorprendida por lo poco que le afectaba la presencia de público.

Diez minutos más tarde, Badge y Trunk empezaron a cuchichear entre ellos y a lanzar a Idina miradas cortas y curiosas. Entonces Pill levantó la vista del libro gigante que había estado leyendo, sacó su inhalador para darle una calada rápida y no volvió a su actividad anterior. Skim masticaba una bolsa de tamaño familiar de Funyuns, cuyo constante crujido llenaba el aire mientras otras personas iban y venían a su alrededor. De vez en cuando levantaba la barbilla y se inclinaba hacia delante en su silla, intentando vislumbrar lo que hacía la soldado Moorfield.

Idina siguió dibujando, utilizando sus luces verdes como referencia, como siempre hacía, aunque de vez en cuando levantaba la vista para estudiar al sujeto de este boceto. Intentó disimular su mirada con un largo vistazo a la zona de espera de la puerta. Por supuesto, no podía ocultárselo a Stop, que estaba sentado a su lado, pero *él* no iba a decir nada.

De hecho, el soldado Markle, casi siempre silencioso, seguía absorto el proceso. No había apartado la vista de su cuaderno ni una sola vez desde que se había unido a ella.

Sin embargo, en cuanto Idina se dio cuenta de que el retrato estaba terminado, volvió a la vida con una fuerte inspiración por la nariz y volvió a sentarse erguido en su asiento. Luego sonrió y extendió lentamente la mano para tocar el borde del cuaderno.

—¿Te gusta? —preguntó ella.

—Me gusta.

—Muy bien, ya está. —Trunk se levantó de su silla al otro lado del pasillo, haciendo que todas las demás conectadas a ella se balancearan de un lado a otro bajo su peso movedizo—. Ya basta con vuestro pequeño secreto. Ahora, ¿qué demonios pasa?

Stop soltó una risita y se echó hacia atrás contra el cojín del asiento, cruzándose de brazos.

—No mucho. —Con un encogimiento de hombros, Idina le tendió el bloc de dibujo al soldado gigante—. No te emociones demasiado.

—Ajá. —Trunk miró a Badge, que puso los ojos en blanco.

—No te has callado durante horas. C-c-cógelo de u-una vez.

Trunk cogió con cautela el cuaderno de bocetos, estudió a Idina con los ojos entrecerrados y luego bajó la vista hacia su boceto.

—Maldita sea.

Badge chasqueó los dedos para llamar su atención y que se lo enseñara. Ella parpadeó ante el dibujo, ladeó la cabeza, luego levantó la vista y escudriñó la sala de espera.

—Ostras.

—Gracias, chicos. —Idina se sentó y observó sus reacciones ante su dibujo con un orgullo inesperado. No, no había dibujado para presumir ante su unidad, y estaba bastante segura de que ninguno de ellos podía comentarle absolutamente nada sobre arte, aparte de si algo les gustaba o no. El hecho de que les interesara era suficiente.

—Los secretos en reunión son de mala educación —dijo Skim mientras se dirigía hacia ellos—. Déjame ver.

Trunk le entregó el cuaderno y Skim lo giró lentamente trescientos sesenta grados antes de chasquear la lengua.

—Qué guay.

—Hey. —En su silla, en el extremo opuesto de la fila, Cake extendió los brazos—. ¿Me he perdido algo?

Skim le lanzó el dibujo e Idina ni se inmutó. Era papel barato atado con alambre muy malo, pero aun así había quedado un boceto bastante decente.

Cake fue la que más tardó en estudiar el producto de su aburrimiento creativo. Luego levantó despacio la vista hacia ella y hojeó el bloc de dibujo.

—Te faltan algunos detalles cruciales, ¿no crees?

Todos se le quedaron mirando. Entonces Badge saltó de su asiento para irrumpir hacia el tipo.

—S-solo tú dirías eso, imbécil.

Trunk chasqueó la lengua, decepcionado.

—Aquí nadie tiene aprecio por el arte.

—D-dame eso. —Badge arrebató el bloc de las manos de Cake, lo miró con el ceño fruncido y se dirigió hacia Idina. El cabo se rio y volvió a la revista que había estado leyendo—. Está bastante bien.

—Gracias.

Idina aceptó su obra y se inclinó hacia delante para mirarla de nuevo, apoyando los antebrazos en los muslos. Si a todos los miembros de su unidad les gustaba, era más fácil que se sintiera bastante bien con un boceto de calidad inferior en un papel de calidad cero. Para estar sentada al otro lado de la sala de espera del capitán Irons, que solo le había dado un perfil parcial con el que trabajar —aunque él había estado quieto todo el tiempo—, había hecho un buen trabajo captando su imagen. Sobre todo, cuando dibujó el lado derecho de su cara tan liso y sin cicatrices como el izquierdo. Había mantenido su ojo de cristal en el boceto porque quedaba bien, y había captado su ceño perpetuo casi a la perfección—. Te ayuda a ver al hombre debajo de todo el… metal, ¿verdad?

—Ja. Metal. —Skim soltó una risita y la señaló—. Lo pillo. Porque su apellido es…

Trunk le dio un codazo al tipo un poco más fuerte de lo necesario, y provocó que Skim gruñera.

—Tío, sigue hablando así y no llegaremos al avión.

—Mierda. Cierto.

Badge hizo caso omiso de ambos y volvió a inclinar la cabeza, sus ojos parpadearon sobre el parecido sin cicatrices de su oficial al mando que ninguno de ellos conocía realmente.

—No. Sigue siendo un imbécil.

Idina se rio, encogiéndose un poco de hombros mientras Badge volvía a su asiento.

Al capitán Irons le importaba un bledo lo que hiciera su unidad mientras esperaban. Todavía no había levantado la vista de su lectura

«Como si ni siquiera fuera humano. No ha comido. No se ha levantado para golpearse la cabeza o incluso estirarse en al menos siete horas».

Cuando volvió a mirar su boceto de él en papel barato con grafito barato, hizo que su versión de un oficial fuera un poco más reconocible.

—Hola, novata —añadió Skim al otro lado del pasillo—. Oye, ¿puedes hacérselo a alguien? —Trunk y Badge rieron entre dientes—. Callaos. Así no. Quiero decir en un *dibujo*.

—Sí, sabemos lo que querías decir.

—Deberías p-practicar mantener la b-boca cerrada como Stop.

Skim se encogió de hombros como siempre y levantó la barbilla hacia Idina.

—En serio. ¿Puedes dibujar a cualquier persona?

Idina se encogió de hombros.

—Supongo que depende de lo que estés pensando.

—¿Por qué iba a importar eso? O se puede o no se puede, ¿no?

Ella le dedicó una sonrisa torcida.

—Quiero decir, si estás a punto de pedirme que dibuje a una chica a la que has estado acosando, pero no se acerca a ti porque te huele antes de que puedas acercarte a saludarla, la respuesta es no.

Badge y Trunk cayeron en un ataque de bufidos y risas ahogados. Stop soltó una carcajada y señaló a Skim.

—No.

—Sí, la he oído. —El soldado recién desinfectado bajó la cabeza para intentar olisquear sutilmente su axila. Badge hizo una mueca y apartó la mirada. Trunk lo observó y siguió riendo—. Huelo bien. ¿Cuándo vais a dejar eso?

—Los traumas se quedan —murmuró Badge—. No te asustes si todos tenemos estrés postraumático solo por s-s-s-s… solo por s-s-s…

—Sí, sí. Lo entiendo, joder. Cállate. —Todos volvieron a reír, y Skim chasqueó los dedos antes de señalar a Idina—. No. No es la tía a la que estoy acosando.

—Ahora espera. —Trunk se apartó del tipo con los ojos muy abiertos—. ¿Tenía razón en eso?

—¿Qué? No. Yo no soy… Joder, sois lo peor. No es así.

Los otros soldados siguieron burlándose de él, sin darle a Skim la oportunidad de terminar otra frase hasta que finalmente soltó:

—Es para mi madre, ¿vale?

Las risas y los bufidos cesaron al instante. Entonces Trunk miró con desprecio al soldado más pequeño, que ya no apestaba, que estaba a su lado.

—¿Estás acosando a tu madre?

Badge perdió la compostura por completo.

Stop soltó una risita aguda y miró a Skim y al gigante que seguían con las bromas. Pill levantó la vista de su libro gigante y sonrió satisfecho. Incluso Cake resopló y sacudió la cabeza antes de pasar la página de otra revista.

Skim se levantó despacio, pasó dos dedos del medio por encima de los hombros a sus compañeros y cruzó el pasillo para sentarse junto a Idina.

—Es su cumpleaños.

—Todavía hablamos de tu madre, ¿verdad?

—Maldita sea.

Se rio y pasó un dedo por el borde de la hoja de papel superior con la cara impoluta del capitán Irons.

—¿Quieres que le dibuje algo?

—Sí. Quiero decir, te pagaré por ello. O te daré un par de hamburguesas o lo que sea.

—Ja. Suena bastante bien. Entonces, ¿qué estás pensando?

—Vale, vale. Le gustan las películas del oeste, ¿verdad? Pero su favorita de todos los tiempos…

Skim seguía hablando de su madre, y podría haber entrado en detalles increíbles sobre lo que fuera que se ofrecía a encargarle a Idina por el precio de un par de hamburguesas. Pero ella no escuchó nada de eso. No escuchó a nadie.

Porque cuando volvió a mirar su bloc de dibujo y se dispuso a darle la vuelta a la hoja con la cara del capitán Irons, algo cambió.

Su boceto a grafito *se movió.*

Tampoco era un truco de la luz. Ni el bamboleo de las líneas dibujadas cuando un trozo de papel se deformaba un poco en movimiento.

El capitán del dibujo de Idina giró la cabeza en la página para mirar al frente. Entonces, su único ojo sano se levantó para mirarla. Su ojo de cristal —ahora en blanco y negro— destelló con un remolino de luz verde.

Entonces, la voz grave, gruñona y retumbante que tanto se había esforzado por no olvidar le atravesó el cráneo.

—He esperado lo suficiente, guerrera. No puedes huir de mí para siempre.

Los ojos del capitán Irons de grafito se abrieron de par en par en la página, parecía aterrorizado en lugar del ceño fruncido del Irons real.

—Uno de nosotros debe llegar —rugió la voz—. ¡Si tú *no lo haces, lo haré yo!*

El bramido estridente y perturbador de la risa de aquella cosa —la risa de Olc— llenó cada grieta de la conciencia de Idina. Al hacerlo, una llamarada de llamas verdes estalló sobre su boceto más reciente. Lamieron el dibujo del capitán Irons, carbonizando el papel y devorando las líneas que había puesto allí.

El Irons de grafito soltó un grito silencioso, su rostro se contorsionó de agonía cuando el fuego verde devolvió las gruesas manchas de quemaduras y cicatrices de metralla que Idina había dejado fuera intencionadamente.

Con un grito ahogado, por fin pudo volver a moverse. Fue un impulso natural arrojar el bloc, sobre todo al verlo arder. En cuanto cayó al suelo, la estruendosa risa de su mente desapareció. Las llamas verdes se habían apagado. Y el dibujo sin cicatrices del capitán Irons volvió a la normalidad.

—Vaya. —Skim observó el dibujo y luego soltó una risita—. Joder, si no quieres hacerlo, dilo.

—Sí, eh… —Idina tragó saliva, luego levantó la vista para ver el resto de su unidad mirándola—. Sí, tal vez más tarde.

—¿Qué pasa? —preguntó Pill—. Parece que vas a vomitar.

—No. —Se levantó, cogió el cuaderno de dibujo y lo dejó en su silla con los lápices—. Pero necesito el baño.

No dio a ninguno de ellos la oportunidad de hacer más preguntas u ofrecer algunas especulaciones jocosas como solían hacer. Idina se fue hacia el baño de mujeres lo más rápido posible sin llamar más la atención.

Se saltó todos los retretes y se dirigió a la larga hilera de lavabos, se echó agua fría en la cara y estuvo un buen rato apoyada en la encimera con los ojos cerrados, respirando lenta y profundamente.

«No es la primera vez que se me mete eso en la cabeza. Lo manejé antes. Puedo manejarlo ahora. Tranquilízate de una vez».

Por un momento, pensó en llamar al comandante Hines para contarle lo que había visto. Él era la única persona que la entendía, que había visto sus habilidades con sus propios ojos y de lo que era capaz cuando las utilizaba. Pero la idea de decírselo le causaba náuseas.

Idina estaba en una misión de entrenamiento. No necesitaba que Hines la llevara de la mano, y a unidad no le haría ningún favor que un miembro de su unidad sufriera un colapso mental en medio del aeropuerto antes de despegar. Por no mencionar que se había dejado el móvil en la mesa del cuartel general.

Así que se echó más agua en la cara y cogió una toalla de papel para secarse. Cuando volvió a mirarse en el espejo, se alegró de ver que ya no parecía tan aterrorizada.

Entonces se fijó en la mujer mayor, menuda, arrugada y ligeramente encorvada que estaba en el lavabo junto a ella. La mujer se lavaba las manos con increíble lentitud, pero miraba a Idina en el espejo.

La chica le dedicó una sonrisa poco convincente y terminó de limpiarse la cara. Antes de terminar de arrugar la toalla de papel húmeda, la anciana chasqueó la lengua, se inclinó hacia Idina y entreabrió los labios temblorosos para murmurar:

—Gracias por defender a su país.

Entonces la anciana se marchó cojeando para continuar su viaje, y el cuarto de baño volvió a quedar vacío.

Parpadeando lentamente, Idina se miró en el espejo y suspiró.

«Eso no me ha ayudado en absoluto».

Capítulo 12

Nadie le hizo preguntas cuando Idina regresó a la puerta de embarque. Si los otros soldados notaron algo extraño, sabían lo suficiente sobre ella en este momento para dejarla en paz, que era lo que habrían hecho por cualquier otro miembro de su unidad que hubiera actuado un poco raro sin razón aparente.

Antes de subir al avión, Idina pasó disimuladamente por la papelera de la sala de espera y tiró en ella el bloc de dibujo y su caja de lápices.

Fue como una broma cósmica cuando ella y Cake se dieron cuenta de que estarían sentados uno al lado del otro en el avión.

—Me pido la ventana —murmuró él.

—Estupendo.

—¿No vas a discutir conmigo?

—Si cambiamos de asiento, ¿te callarás?

Con un resoplido, Cake metió la mochila en el compartimento superior.

—Probablemente no.

No fue hasta la mitad del vuelo cuando Idina se dio cuenta de que la fanfarronería del chico —al menos desde que subieron al avión— solo era una fachada.

En cuanto el capitán del avión les advirtió de las fuertes turbulencias que se avecinaban, Cake se agarró con ambas manos a los reposabrazos de su asiento y los nudillos se le pusieron blancos al instante. Pasó los cinco minutos siguientes así, con la mirada fija en el respaldo del asiento de enfrente y apretándose contra su asiento.

Cuando llegaron a la turbulencia esperada, se le escapó un aullido apenas audible.

Idina sonrió con deleite, completamente relajada en su asiento a pesar de que Cake había ocupado todo el reposabrazos que compartían.

La siguiente vez que el avión dio un bandazo un poco más violento de lo que le resultaba cómodo, él aspiró con fuerza. Los reposabrazos crujieron bajo su agarre mortal.

—Esto no es nada —dijo Idina.

Su única respuesta fue apretar los dientes y los músculos de la mandíbula se flexionaron furiosamente de forma repetida.

Se inclinó un poco hacia él y añadió:

—Este es el tipo de tiempo que hace que saltar de un C-130 sea tan divertido…

—Cierra la boca, Moorfield.

El uso que hizo de su verdadero nombre les sorprendió a ambos, pero Cake no estaba de humor para abordar su metedura de pata en unas condiciones tan angustiosas. O sea, para él.

Idina contuvo una carcajada cuando el avión atravesó otra bolsa de aire y los sacudió en lo que parecía ser todas las direcciones a la vez. Los compartimentos superiores traquetearon. Alguien más atrás en el avión gimió. Todo el armazón se sacudió violentamente como si estuvieran conduciendo por una carretera hecha solo de baches.

—Joderjoderjoderjoder… —En cuanto Cake se dio cuenta de que lo había dicho, la miró de reojo e hizo una mueca aún mayor.

—No tienes… miedo a volar, ¿verdad?

—He dicho que te calles.

Esta vez no pudo evitar reírse de sí misma, de los nervios de Cake y de la turbulencia que causó tanta angustia en tantos civiles con un pequeño vuelco en el estómago que era lo más cerca que estarían de la sensación de caída libre a cuatrocientos metros de altura.

Cake reajustó su agarre mortal a los reposabrazos.

—Eres una cabrona.

—Tu peor enemigo son unos cuantos golpes a… ¿cuánto? ¿Treinta mil? No lo entiendo.

—Nosotros… —Apretó los dientes durante los siguientes cinco segundos, especialmente entrecortados—. Todos tenemos nuestra mierda.

—Sí, ¿pero de qué tienes miedo? Si el avión se cae, no es como si fueras a *sentir* algo…

—Eso no significa que quiera morir, joder.

Su arrebato pasó completamente desapercibido para los demás por encima del rugido de los motores del avión y el traqueteo de un viaje lleno de baches a través de cielos no tan despejados. Sin embargo, Idina le había oído.

Con una sonrisa medio disimulada, volvió a mirarle de reojo.

—Así que hay algo que te importa de verdad.

Cake dejó escapar un sonido ahogado y sin aliento que contenía al menos un poco de risa. Eso era lo que Idina había querido que hiciera. Sacudió la cabeza y dejó salir el aire por la nariz.

—De todos los imbéciles con los que podría haberme sentado al lado…

—Sí, pero ¿cuántos de ellos son tan buenos cabreándote?

—Vete a la mierda.

Ahora Cake sonreía, y los reposabrazos no se habían partido por la mitad bajo su agarre. Probablemente era porque se había aflojado.

Después atravesaron las turbulencias, escucharon las confusas explicaciones del capitán sobre el tiempo y se apresuraron a dar las gracias a la cabina y a la tripulación por ser tan pacientes con su copiloto y con él.

«No es que vaya a usar esto contra él de nuevo cuando estemos en el suelo. Incluso con todos sus receptores de dolor apagados, el cabo Bunt Cake todavía tiene una cosa para seguir con vida. Y no trató de golpearme esta vez».

* * *

Aparte de los breves minutos en los que pudieron cerrar los ojos en el avión, la única otra oportunidad que tuvo unidad de dormir un poco fue en el viaje en furgoneta de Dothan a Fort Rucker. Esta vez, la conductora era una sargento de primera que no podía hacer mucho más que murmurar en voz baja y parpadear despacio. Subirse a otro vehículo en plena noche fue mucho más fácil para la unidad que hacerlo a plena luz del día, aunque todos estuvieran agotados.

No tenía ni idea de lo largo que era el trayecto hasta Rucker, pero de algún modo consiguió dormir al menos unos minutos por el camino. Las brillantes luces del control de seguridad del puesto la despertaron de nuevo e intentar conseguir otros cinco minutos era una idea horrible. Después de todos los ejercicios de entrenamiento, los simulacros, las carreras de larga distancia y la tortura generalizada a la que se había sometido bajo el mando de sus antiguos superiores, Idina no creía que el capitán Irons los arrastraría en un vuelo nocturno para alojarlos en un acogedor barracón durante la noche.

No se equivocaba.

En lugar de dejarlos en un edificio de admisión o en algo que se pareciera remotamente a un cuartel, su silencioso conductor, medio inconsciente, llevó a la unidad hacia el sitio de navegación terrestre de Fort Rucker. A medida que las brillantes luces de los edificios agrupados, el aeródromo y los pequeños barrios se desvanecían en la distancia a sus espaldas, las estrellas brillaban cada vez más en lo alto. A pesar de todo, su conductor siguió adelante.

Solo cuando llegaron al final del camino de tierra, lleno de baches, y que se había desviado de la carretera principal kilómetros atrás, el sargento hizo que la furgoneta se detuviera por completo. La mujer echó la cabeza hacia atrás contra el reposacabezas para soltar un enorme bostezo, se lamió los labios y, de repente, se dio un fuerte bofetón en la mejilla que hizo que la furgoneta se balanceara de lado a lado.

En el asiento trasero, Pill resopló y se incorporó de donde se había desplomado contra el lateral del vehículo.

—¿Qué? Estoy bien.

Trunk soltó una risita.

—Sí, tío. Sigue persiguiendo a ese conejo.

—¿Puedo ayudarle en algo más, capitán? —preguntó la conductora.

Irons la miró con una ceja levantada y luego dejó escapar un largo y áspero suspiro.

—Puede vaciar su arma en mi dolor de cabeza, sargento.

Ella se rio y alargó la mano para pulsar el botón de desbloqueo automático.

Irons parecía bastante decepcionado.

—No lo creo.

Abrió la puerta de un empujón y fue el primero en dirigirse a la parte trasera de la furgoneta y a todo el equipo que allí se amontonaba.

Stop, somnoliento y con los ojos caídos, se esforzó por abrir la puerta corredera hasta que Trunk lo apartó a empujones para hacerlo él mismo. Si el soldado gigante hubiera sido más descuidado, podría haber arrancado la puerta del lateral de la furgoneta.

El sargento conductor se giró en el asiento delantero y le miró.

—Eh, cuidado. El seguro no cubre los daños del Increíble Hulk, soldado. ¿Cuál es tu problema?

—Esta puta furgoneta. —Trunk se dispuso a saltar, se detuvo y rápidamente la miró por encima del hombro—. Sargento.

Luego salió y la furgoneta volvió a balancearse. Stop sonrió tímidamente a la sargento antes de salir corriendo detrás del soldado más grande que la mayoría de las unidades nunca habían tenido.

En cuanto todo su equipo estuvo fuera de la furgoneta e Irons cerró las puertas, su conductor temporal pisó el acelerador, giró en tromba al final de la carretera y regresó a toda velocidad hacia la base sin mirar atrás.

Cake se echó la mochila al hombro y sonrió ante las luces traseras rojas que se desvanecían hasta que desaparecieron en una curva.

—Creo que le gustamos.

—Deberías haberle pedido que viniera con nosotros, entonces. —Badge chocó su hombro al pasar a su lado, y él se echó a reír.

—En marcha —ladró Irons—. No reduzco la velocidad, y no tomo descansos, así que mantened el maldito ritmo.

—Huh. —Skim apretó las correas de su mochila y miró despreocupadamente a los oscuros bosques que les rodeaban y que se oscurecían cada vez más en la distancia—. Una buena caminata nocturna a la antigua.

—Y-yo prefiero ir a la c-c-cama, gracias.

Los árboles casi se tragaron las carcajadas de Trunk.

—Y servicio de habitaciones.

—A nuestro punto de encuentro —refunfuñó Irons sin volverse a mirar a ninguno de ellos. Si lo hubiera hecho, probablemente se habría dado cuenta de que estaban bromeando y no eran unos completos idiotas. O tal vez no—. Otros siete kilómetros, más o menos.

Pill gimió, aunque tuvo cuidado de mantenerlo lo bastante bajo como para que Irons tuviera más posibilidades de ignorarlo.

—¿En mitad de la noche?

Idina se rio y frunció el ceño con una falsa sonrisa.

—No es tan raro.

—Lo es para *mí.*

—Déjame adivinar. —Cake hizo una pausa para mirar por encima del hombro y sonrió a Pill bajo las sombras cada vez más densas—. Eres alérgico a la oscuridad.

—Huh. —Skim esperó a que Pill se pusiera a su altura y miró al tipo de arriba abajo con auténtica curiosidad—. ¿Y por eso tienes una luz nocturna en tu habitación?

El resto de la unidad estalló en carcajadas, incluida Idina. Lo más gracioso era que Skim había preguntado con auténtica curiosidad y no en broma.

Con una mueca, Pill volvió a meterse las gafas por la nariz y miró a su alrededor.

—No es una puta luz nocturna. Es una lámpara de sal.

—A mí también me entran ganas de comer a medianoche, tío —dijo Trunk.

Pill resopló con disgusto y pareció realmente insultado.

—¿De verdad no tienes ni idea de lo que es una lámpara de sal?

—Lámpara de sal —comenzó Stop, marchando junto a su unidad sin romper el ritmo de su impresionante zancada—. Un producto de lámpara LED creado por Aisa y Raphael Mijeno. Al ser alimentada por la reacción galvánica de un ánodo con agua salina, el agua salada sirve tanto de fuente de energía como de electrolito que…

—Bueno, mierda. —Badge golpeó el hombro de Pill—. ¿Por casualidad no trajiste uno contigo?

Puso los ojos en blanco y refunfuñó:

—Quítame la mano de encima.

Entre risas y trabajando en la oscuridad bajo la dirección del capitán Irons, la unidad siguió con sus bromas sobre todo y nada al mismo tiempo. Para Idina, cuyo entrenamiento como especialista había incluido el transporte a larga distancia por todo tipo de terrenos accesibles —e incluso inaccesibles—, aquello era como volver a su antigua unidad de la Compañía B. Por supuesto, el tamaño de la unidad era el del equipo alfa y no el de todo el pelotón, pero la unidad no era un pelotón completo, pero si olvidaba todo lo que sabía sobre los soldados que caminaban a su lado, casi podía fingir que era lo mismo.

Sin embargo, Idina era la única Doce Bravo en esta unidad de siete soldados recién formada, la única que había hecho esto tantas veces que probablemente podría ejecutar un paseo nocturno mientras dormía.

«Es solo cuestión de tiempo que alguien empiece a quejarse de que esto no es para lo que se apuntó. Al menos son solo siete kilómetros, más o menos».

Capítulo 13

Cuando llegaron a la cima de la última colina antes del punto de encuentro que solo el capitán Irons conocía, nadie había dicho una palabra durante los últimos dos kilómetros. No era una distancia enorme, ni mucho menos. Pero el hecho de no saber adónde se dirigían, por qué, qué esperaban de ellos sus superiores o cuánto tiempo iban a estar aquí, por no mencionar que la unidad nunca había participado en ninguna misión, ni de entrenamiento ni de ningún otro tipo, hacía que pareciera mucho más larga.

Incluso para Idina.

Sin embargo, al otro lado de la colina encontraron una pequeña estructura de avanzada, cuya única luz exterior iluminaba un pequeño y suave círculo alrededor de la única puerta lisa y sin marcar. Irons se dirigió hacia el edificio sin decir palabra, y los soldados le siguieron, curiosos y un poco aprensivos sobre qué se suponía exactamente que iban a hacer aquí. Y cómo.

Las oxidadas bisagras de la puerta metálica chirriaron cuando Irons la abrió. Una luz amarilla pálida inundó la puerta abierta y todos se agolparon en el interior para explorar el lugar y esperar sus instrucciones durante este ejercicio.

El edificio era para una o dos personas, tres como máximo. En el centro había una pequeña mesa de metal y dos sillas. En las paredes había varios mapas del sitio de navegación terrestre, y contra la pared del fondo había un catre sin ropa de cama. En el rincón más alejado había una caja de radios, y eso era todo.

Irons sacó su mochila, la golpeó contra la mesa y la abrió violentamente antes de sacar una fina pila de papeles sellados en una bolsa de zip. La abrió de un tirón con la misma rabia, sacó los papeles y los dejó uno a uno sobre la mesa.

Los soldados de la unidad se agolparon alrededor, intentando ver mejor lo que Irons iba a mostrarles. Trunk se inclinó demasiado y se golpeó la cabeza contra la jaula metálica que rodeaba la única luz superior. Gruñó, se frotó la cabeza y dio un pequeño paso atrás cuando el capitán le dirigió una mirada interrogativa.

—La base de operaciones de Xena4 está aquí —continuó Irons con su ronco medio susurro, medio gruñido. Clavó un dedo en uno de los mapas que había sacado de su mochila y no de la pared—. A poco más de ochenta y tres kilómetros de nuestra ubicación actual. Si solo fuera una caminata por el bosque, estimaría el tiempo de viaje en cerca de cuarenta y ocho horas…

Un siseo y una inhalación resonante le hicieron detenerse, y cuando levantó la vista del mapa, Pill se quitaba el inhalador de la boca. El soldado volvió a tapar lentamente su bote, lo guardó en un bolsillo lateral y dejó caer la mirada hacia la mesa.

Irons miró a Pill de pies a cabeza y añadió con frivolidad:

—Sesenta horas, entonces. Os moveréis por territorio ocupado por el enemigo. Habrá emboscadas y combate activo. Así que tenéis noventa y seis horas para lograr vuestro objetivo.

Escaneó el mapa, hundió el dedo en la ubicación de la base de operaciones y luego lo arrastró en un amplio círculo que indicaba un radio de cuarenta kilómetros.

—El número de enemigos es mayor dentro de estos parámetros. Saben que venís. Romped sus líneas como sea necesario, contactad con la base aquí y entregad la información.

—¿Qué información es esa, señor? —preguntó Skim.

El único ojo bueno de Irons se levantó para mirar al soldado.

—¿He dicho que esta reunión había terminado?

—No, señor. Yo solo…

—Entonces, cállate. —El capitán cogió las otras dos hojas de papel que había colocado sobre la mesa y las agitó hacia la unidad—. Esta información. Estos códigos tienen que llegar al personal que les espera en esa base antes de las cero horas del sábado. —Miró su reloj durante medio segundo, que no fue suficiente para leer la hora con precisión—. Vuestras noventa y seis horas se han reducido a noventa y tres. Markle.

Stop levantó la vista del mapa de la mesa con los ojos muy abiertos, pero no dijo nada.

Irons le enarcó una ceja, esperó y luego se encogió de hombros cuando la respuesta habitual de Stop al dirigirse a él fue sorprendentemente inexistente: el anuncio de su especialidad, desde el más mínimo detalle de su título dentro de la unidad hasta el calificativo macrocósmico

—… De la galaxia Vía Láctea.

—Estás a cargo de esto. Si el enemigo pone sus manos en esta información, vuestra misión fracasa y estamos bien jodidos. Espero que el resto de ustedes os pongáis delante de una bala con el nombre Markle. Él es el único que puede tocar estos códigos.

De debajo del mapa, Irons sacó un pequeño sobre. Luego dobló rápidamente los papeles que ahora eran responsabilidad exclusiva de Stop, los metió en el sobre, lamió el sello y lo aplastó para sujetarlo con el puño hasta que se secara el pegamento. Su contacto tendría que abrirlo una vez cumplida su misión.

Todo el tiempo Irons miraba a los miembros de la unidad, con su único ojo bueno entrecerrándose cada segundo hasta que se crispó de forma sospechosa. El ojo de cristal verde esmeralda que descansaba en la otra cuenca brillaba bajo la luz amarilla del techo, tan ancho y redondo como una luna llena que se asomaba desde el rostro lleno de cicatrices del capitán.

Idina tuvo que apartar la mirada de aquel ojo. Antes no había pensado dos veces en las cicatrices de batalla del hombre, pero ahora, mirar aquel orbe de cristal verde rodeado por la carne fruncida de su ojo derecho solo le hacía pensar en su boceto. Las llamas verdes. El dibujo fue pasto de las llamas que no existían mientras esa cara de carboncillo gritaba en silencio y le volvían a crecer las cicatrices que ella había borrado con su talento creativo.

«Nada de eso era real. Esto sí lo es, Moorfield. Así que concéntrate».

Irons lanzó el sobre cerrado a través de la mesa hacia Stop, que se apresuró a cogerlo antes de que cayera al suelo. Al final lo cogió entre las palmas de las manos, parpadeó y, acto seguido, arrugó el sobre en un puño y se lo metió en el bolsillo.

El capitán le miró con incredulidad y luego volvió al mapa.

—Toda esta cordillera oriental de aquí es un foco de… actividad diferente. Los candidatos de las Fuerzas Especiales están ahora mismo en medio de otro ciclo SERE. No tienen nada que ver con vuestro objetivo.

»Si veis algo raro por aquí o en los alrededores, no os metáis. No me importa qué coño creéis que está pasando. No tiene nada que ver con el objetivo, y no me gusta que me mastiquen el culo y me lo vuelvan a escupir porque a unos cuantos idiotas bajo mi mando les apetezca meter las narices donde no les ha mandado nadie. ¿Entendido?

Los soldados asintieron bruscamente, pero estaba claro por las miradas confusas que compartían que nadie sabía lo que implicaba el ciclo de SERE.

«Supongo que lo averiguaremos. "Ver cosas raras" no es exactamente una descripción detallada, pero al menos sabemos qué zonas evitar».

Después de mirar a cada uno de ellos por turnos durante demasiado tiempo, Irons gruñó y se apartó de la mesa. Se dirigió directamente a la caja de radios, comprobó las pilas de tres de ellas, las encendió todas y jugueteó con los diales.

Una estática crepitante y unos quejidos agudos llenaron la pequeña y estrecha habitación. Entonces el capitán volvió a la mesa. Las tres radios chocaron con la superficie metálica en rápida sucesión.

—Johnson. Cross. Son vuestros. —Trunk y Badge cogieron cada uno una de las radios—. Conseguimos estos cacharros de mierda casi rotos para esta misión. Esperemos que aguanten todo el camino. Todos los canales están abiertos para su uso excepto el canal cuatro. Si oigo vuestras voces en el cuatro para cualquier cosa que no sea solicitar una extracción de emergencia, me aseguraré personalmente de que no podáis volver a usar vuestra voz en un mes.

Stop levantó muy despacio una mano hacia su garganta, con cara de terror ante la perspectiva de que alguien pudiera quitarle la voz durante algún tiempo.

—Sí —resolló Irons—. Y no será un paseo por Disneylandia. Te lo aseguro. Bunt.

—Sí, señor. —Cake asintió al capitán, con las manos entrelazadas a la espalda, lo que le hacía parecer el soldado más veterano de la unidad. Era extraño.

—Si tienes alguna intención de conseguir un ascenso, no jodas esto.

El rostro de Cake permaneció inexpresivo al asentir con la cabeza. Luego, sin que nadie se lo dijera ni le diera permiso, retiró el mapa de la mesa, lo dobló rápidamente y lo metió a toda prisa en un bolsillo delantero de su chaleco de combate.

A Irons no parecía importarle ni lo uno ni lo otro.

—Revisad las municiones. Esto es un ejercicio de entrenamiento, pero los accidentes ocurren. Atrapar a un soldado de Fort Rucker en fuego amigo es el tipo de mierda que os reventará vuestra carrera. Sobre todo, en esta misión. No tengo ni idea de quién coño pensó que era buena idea probar las habilidades de esta unidad en el campo, pero os aseguro que no queréis darme la razón.

—¿Sobre qué? —soltó Badge. Irons clavó en ella su mirada de desaprobación y ella se apresuró a añadir—: S-señor.

Solo el lado sin cicatrices del labio superior del hombre se crispó, luego arrastró lentamente la silla de metal de debajo de la mesa. Se deslizó por el suelo con un chirrido ensordecedor, se sentó en ella y señaló con la cabeza la puerta abierta.

—No quiero oíros ni veros hasta el sábado por la mañana. Fuera de aquí.

Los soldados se dieron la vuelta y se dirigieron torpemente hacia la puerta. Ver a Skim y a Cake intentando pasar por el estrecho marco al mismo tiempo parecía sacado de los dibujos animados. Trunk alargó la mano para agarrar a Skim por detrás de la camiseta de camuflaje y tiró de él hacia atrás para que Cake pudiera salir primero. Luego todos los demás se apresuraron a salir del pequeño edificio de una sola habitación que era el nuevo puesto del capitán Irons durante las próximas noventa y tantas horas.

Idina acabó siendo la última en salir, y cerró rápidamente la puerta tras de sí. Sumió la fachada del edificio en una mayor oscuridad, aunque la única luz exterior iluminaba un pequeño círculo con un suave resplandor, ahogando las estrellas.

Pill soltó un gruñido frustrado y miró hacia la fachada del edificio.

—No sé qué ha pasado.

—Tenemos una misión —murmuró Cake—. Eso es lo que ha pasado.

—Pero ¿cómo vamos a demostrarle que no tiene razón si no sabemos a qué se refiere? —Badge fulminó con la mirada a todo lo que se encontraba en su camino, incluidos sus compañeros soldados, mientras los siete se reunían fuera del círculo de luz.

Nadie parecía tener ni idea, e Idina pensó que era un buen momento para aportar su granito de arena.

—No cree que podamos hacerlo —dijo sin tapujos.

Todo el mundo la miraba con diversos grados de duda, insulto y un poco de enfado, sobre todo Cake, aunque se contuvo, para sorpresa de todos, y no dijo nada.

Trunk chasqueó la lengua y miró al edificio.

—Pues qué mierda.

—Que se joda —añadió Skim, completamente ajeno a las miradas que le lanzaron los demás cuando lo dijo un poco demasiado alto para ser discreto.

—¿A quién coño le importa lo que piense? —Cake miró al edificio con el dedo corazón—. No sabe una mierda sobre ninguno de nosotros. O lo que podemos y no podemos hacer. Estáis todos aquí llorando como si el matón os hubiera quitado los juguetes del arenero. A la mierda con eso. —Se alejó del edificio y la miró con el ceño fruncido en la penumbra—. Guárdate esa mierda para ti, novata—. Idina no tenía nada que decir, pero si lo hubiera tenido, el cabo aún no le habría dado tiempo suficiente para responder—. Solo tenemos noventa y pico horas, gilipollas —espetó Cake.

—Noventa y dos horas, cincuenta y tres minutos y diecisiete segundos —respondió Stop.

—Sí, así que movámonos, joder.

Con un par de miradas exasperadas al edificio donde se había refugiado el capitán Irons —y en el caso de Pill, un ceño de desaprobación—, los miembros de la unidad hicieron algo que no habían hecho ni una sola vez desde la formación de la unidad, hacía solo tres meses.

Se alinearon detrás de su soldado de mayor rango, que por primera vez había asumido lo más parecido a un papel de liderazgo que había tenido nunca.

Ninguno de los demás pareció darse cuenta de lo que ocurría.

Idina se unió a su unidad, agradecida por la oscuridad de las tres de la mañana para no tener que ocultar su sonrisa burlona.

Todos los soldados de la unidad ya se habían dado cuenta de que los habían metido en la unidad porque suficientes personas de la cadena de mando pensaban que eran unos inútiles o que causaban demasiados problemas como para estar en otro sitio. Lidiar con esa suposición en el día a día y, aun así, ser abandonados a su suerte era una cosa. Oírlo indirectamente de su capitán —y directamente de Idina, cuando se lo había explicado con brutal honestidad— les producía un escozor muy distinto.

«Los puso en marcha. Oye, si Irons no es más que un chivo expiatorio para nosotros, tal vez eso es lo que necesitábamos».

* * *

No hubo mucho que planificar, navegar o abrigarse para elegir el mejor lugar para acampar esa noche. Tras media hora de avanzar a tientas por el oscuro bosque en dirección a su objetivo, Cake se detuvo, tiró la mochila al suelo y se puso en cuclillas para sacar su saco de dormir.

—¿Qué estás haciendo? —preguntó Pill.

—He terminado de caminar. Así que voy a dormir.

—¿Por qué aquí? —Pill se subió las gafas a la nariz y giró despacio en círculo. Ya era difícil inspeccionar la zona en la oscuridad, y nadie se había molestado en sacar su equipo de visión nocturna.

«Tal vez estén listos para empezar a tratar esto como algo real por la mañana. No es mi trabajo recordarles constantemente cómo enfrentarse a los ejercicios nocturnos».

—Quiero decir, no hay nada aquí —continuó Pill—. ¿Por qué íbamos a…?

—Mi mochila está aquí —interrumpió Cake—. Y mi saco de dormir. Suficiente.

—Pero… —Varias mochilas más cayeron al suelo, y Pill se giró para ver al resto de la unidad deshaciendo el equipaje para lo que acabarían siendo unas tres horas de sueño. Con suerte—. Oh, vamos. ¿Desde cuándo estamos de acuerdo con lo que el psicópata?

Cake resopló, pero no dijo nada.

—Desde que me subí a un puto avión en vez de estar en mi cama, tío —dijo Trunk—. He terminado.

Badge soltó una risita.

—Sabes que necesita estar descansado para sentirse guapo.

Skim y Stop se echaron a reír. Con una risita, Trunk agarró el equipo Badge y lo arrojó lejos hacia el lugar de descanso que Cake había elegido sin otra razón que la de que ya estaban aquí.

—¿Y qué? —Pill extendió los brazos—. ¿Vamos a tumbarnos y dormir hasta que tengamos ganas de levantarnos?

—Tienes razón. —Idina se arrodilló detrás de su equipo y desenrolló su saco de dormir—. Deberíamos tener una guardia nocturna.

—Bam. —Cake la señaló sin levantar la vista de sus cosas—. La especialista sabelotodo tiene el primer turno.

—¿De cuántos? ¿Uno y medio? —chilló Pill.

Skim metió los pies en el saco de dormir y medio se dejó caer, medio se escabulló hacia delante hasta que metió en él la mitad inferior de su cuerpo.

—Tío, todos sabemos que tu alarma funciona. Pon una para despertarte en vez de para atiborrarte de pastillas.

Los demás soldados rieron entre dientes y se metieron en sus sacos de dormir.

Pill se quedó allí, mirándolos a todos con incredulidad, sin intentar quitarse el petate ni encontrar un lugar relativamente cómodo para tender su ropa de cama.

—¿Cuándo demonios se supone que voy a dormir?

—Cuando estés muerto.

Idina sonrió satisfecha y se tumbó de medio lado en su saco de dormir.

—Pill.

—¿Qué? —espetó mientras giraba hacia ella, respirando agitadamente.

—Tómate la primera hora, luego levántame.

—Joder. El cuerpo humano no funciona a niveles óptimos con solo tres horas de sueño. Menos de cuatro es químicamente lo mismo que no dormir nada.

—Tío, ¿ya se te ha olvidado la instrucción?

Pill miró a Trunk con el ceño fruncido, como si el tipo hubiera declarado que sus conocimientos sobre el cuerpo humano y todas sus afecciones médicas simultáneas eran una mierda.

—¿Qué clase de pregunta es esa?

—Apuesto a que le dieron una buena paliza durante la fase de endurecimiento —murmuró Skim somnoliento mientras dejaba caer la cabeza sobre un brazo doblado bajo él.

—Pues no… no durante toda la fase.

Trunk terminó de beber de su cantimplora y volvió a guardarla en la mochila antes de tumbarse de nuevo.

—Oye, ¿recuerdas lo que era mantener la puta boca cerrada porque no querías morir en el patio haciendo flexiones?

Badge soltó una carcajada.

—Pues *hazlo*.

Con un gruñido, Pill se desató la mochila, estuvo a punto de tirarla al suelo, pero luego se lo pensó mejor y se agachó para desenrollar el saco de dormir con la mayor suavidad posible para lo exasperado que estaba.

El aire se llenó con los sonidos de siete soldados que se preparaban para lo que sería una noche muy corta de descanso en el desierto de Fort Rucker. Los pesados párpados de Idina se abrían y cerraban solos, una y otra vez, como si ya estuviera de guardia.

Antes de que cerraran por última vez, captó el débil resplandor del reloj de campo de Pill mientras este jugueteaba con los botones para programar una alarma dentro de una hora.

«Si pone esa cosa a sonar como todas las mañanas en la sala de suministros, ninguno de nosotros podrá dormir esta noche».

Esa posibilidad no fue suficiente para evitar que descansara al menos una hora.

Capítulo 14

Como no lo habían discutido antes de que la unidad se echara al suelo para dormir lo más posible, Idina despertó al soldado más cercano a ella cuando terminó su guardia de una hora. Badge golpeó su saco de dormir con un puño y murmuró algo ininteligible, pero muy enfadada, aunque se levantó de todos modos para hacer una hora más de guardia a poco más de las cinco y media. Resultó no ser una hora completa de todos modos, porque una vez que el sol salió sobre las colinas y el bosque se llenó de ansiosos cantos de pájaros procedentes de todas direcciones, los soldados no pudieron seguir durmiendo.

Sobre todo cuando la mayoría de ellos o bien no se habían entrenado con suficientes pernoctaciones sobre el terreno para acostumbrarse o bien llevaban mucho tiempo sin salir al campo. Para la mayoría de ellos, era una combinación de ambas cosas.

Idina parpadeó cansada por haber dormido menos de dos horas y se levantó del saco de dormir. El resto de su unidad gimió, gruñó, maldijo y manoseó su equipo mientras recogían y se preparaban para seguir adelante.

Se dieron a sí mismos veinticinco minutos para una comida bien equilibrada de ración de combate —cinco minutos para abrir todos los paquetes, quince para que la maldita comida se cocinara y cinco para meterse todo a la boca antes de emprender la siguiente y mucho más larga etapa de su caminata.

Una vez que todos estuvieron de pie de nuevo, Cake sacó el mapa y se quedó mirándolo durante al menos cinco minutos, sin mover un músculo.

Trunk se inclinó hacia Badge y murmuró:

—Aún no estoy convencido de que sepa leer.

Ella resopló.

—¿Hay algún problema con el m-mapa?

Los músculos de la espalda de Cake se tensaron.

—No. Solo tengo problemas con tus preguntas tontas.

—Entonces, ¿hacia dónde vamos? —Skim giró despacio en círculo, protegiéndose los ojos de la brillante luz del sol matutino que se colaba entre los árboles—. Todo parece igual.

—Excepto el sol. —Pill señaló dicho punto brillante en el horizonte oriental.

Skim entrecerró los ojos en esa dirección y sacudió la cabeza.

—No. A mí me parece más o menos lo mismo.

Pill lanzó una mirada incrédula a Idina. Ella se encogió de hombros y murmuró:

—Al menos sabemos a quién no poner en navegación.

—Por aquí. —Cake señaló hacia adelante—. Es…

—Error. —Badge marchó hacia él y le arrebató el mapa de las manos. La única razón por la que se salió con la suya fue que tenía el factor sorpresa de su lado.

—¿Qué dem…?

—Más vale que nos vayamos a la mierda ahora mismo si vamos por ahí. —Miró el mapa—. Por aquí arriba nos ahorramos al menos dos horas. Tal vez tres.

—¿De qué demonios estás hablando? —Cake gruñó—. Línea recta de A a B. ¿Cómo es que no es la forma más rápida?

Badge se apartó de él, lo miró de arriba abajo y arrugó la nariz.

—Te saltaste el curso de lectura del terreno, ¿eh?

—¿Qué curso?

Ella gruñó y dobló rápidamente el mapa antes de guardárselo en el bolsillo.

—Y-yo me encargo. —Luego echó un vistazo a su reloj de campo, se giró ligeramente hacia la izquierda y asintió—. Por ahí.

—Pues vale. —Cake bajó por la suave pendiente que conducía a un estrecho valle. Sacudiendo la cabeza, Badge bajó tras él.

Los demás se pusieron en fila sin pensar, y no es que fueran capaces de pensar mucho con menos de tres horas de sueño y la barriga llena de raciones sosas. Idina reajustó la empuñadura de su rifle —cargado con balas de fogueo y un adaptador de disparo como el resto de sus armas para un ejercicio de entrenamiento— y apretó los labios mientras bajaba la pendiente con los miembros de su unidad.

«No se puede saber quién sabe leer un mapa sin salir y usar uno. Ahora ya lo sabemos».

Ahora tenía la corazonada de que había toda una serie de nuevas habilidades, por pequeñas que fueran, que los otros miembros de su unidad inevitablemente revelarían y utilizarían en los próximos cuatro días. Había tenido que desenterrar algunas de ellas para que la unidad llegara hasta aquí, aunque no tenía ni idea de que esto se les venía encima hasta que Irons les dijo que hicieran las maletas y se metieran en un avión. Sin embargo, si querían completar esta misión de entrenamiento, estos soldados tendrían que dar un paso al frente por su cuenta y averiguar cómo hacerlo juntos.

«Mientras cualquier escenario de combate potencial no se convierta en un completo desastre, estaremos bien».

Sin embargo, sin ningún entrenamiento real de campo o de combate como unidad, tendrían que esperar y ver.

* * *

En cuanto a los ejercicios de varios días con enemigos hostiles confirmados, el resto de la mañana fue ridículamente tranquilo. Badge cotejaba su posición en el mapa una vez cada hora, y Pill por fin dejó de quejarse del ritmo de su marcha después de que Trunk se ofreciera a arrastrarlo por el borde de la cuesta que estaban atravesando para que pudiera esperarles abajo y alcanzarlos.

Todos los demás estaban sorprendentemente agradecidos por el silencio después de eso, y Pill fue el único que se agitó un poco por el silbido alegre de Stop.

—Oh, claro. A mí me decís que me calle, pero no tenéis ningún problema con Zippity-Do-Da aquí presente.

—No es hablar —murmuró Trunk.

—Al menos el tío sabe silbar una melodía bonita.

Se detuvieron para almorzar —otra tentadora ronda de raciones químicamente calentadas que simulaban ser comida de verdad— y Badge trazó el siguiente tramo de su ruta mientras los demás se tomaban un poco más de tiempo que en el desayuno para atragantarse con la comida y descansar un poco.

Trunk masticó metódicamente, metiéndose comida en la boca con el tenedor de plástico cada veinte segundos, antes de volver a prestar atención a la radio que le había dado Irons. El crujido de la estática de la radio entraba y salía, acompañado por el ocasional «Unidad a Xena4. ¿Me recibes?».

Tras el decimoquinto intento de comunicarse por radio con su objetivo, Skim levantó la vista de su comida casi terminada y suspiró.

—No creo que te reciban, unidad.

—¿Tú crees? —Trunk volvió a cambiar la radio al canal que él y Badge habían designado para las comunicaciones entre unidades y se encogió de hombros—. Valía la pena intentarlo.

—¿Por qué nos daría dos radios? —preguntó Pill.

Badge miró la suya donde la había colocado sobre una roca a su lado y frunció los labios.

—No es que vayamos a perdernos el uno al otro.

—Quizá debamos hacer esto con dos equipos —sugirió Skim.

—¿Qué equipos? —Cake rio con dureza—. Somos una unidad de *siete*. Quiero decir, sí, un equipo tendría un hombre de sobra si hiciéramos eso. ¿Qué sentido tiene? ¿Tienes un líder de equipo y otros dos tipos? Entonces, ¿quién lidera el escuadrón? Ah, sí. Es verdad. Se me olvidaba que no tenemos un puto escuadrón.

—¿Sabes qué? —Idina cortó mientras terminaba de empacar su ración de comida asquerosa en su mochila—. Para que a Cake no le dé un aneurisma tratando de entender esto, estoy de acuerdo en dejar *esta* parte de la conversación. —Luego no pudo evitar una carcajada y añadió—: Aunque él no sentiría nada.

Cake puso los ojos en blanco, pero como ella esperaba, la mención de su extraño secreto neurológico que ya no era exactamente un secreto le quitó de la cabeza por qué demonios hacía algo el capitán Irons.

—Da igual. Las radios son radios. Probablemente ni siquiera necesitemos usarlas.

—Pero es bueno tenerlas a mano. —Skim palmeó el hombro de Trunk y asintió.

Incluso sentado, la cabeza del soldado gigante se elevaba por encima de la cintura de Skim. Despacio miró por encima del hombro a Skim hasta que el soldado, mucho más delgado, retiró de inmediato la mano.

—Sí, me quedaré con la maldita radio.

—Estupendo. —Cake se levantó y se echó la mochila al hombro—. Tal vez no…

—¡Shh! —Pill se inclinó hacia delante donde estaba sentado, con la mano levantada para silenciar a todos los demás y los ojos muy abiertos mientras escuchaba algo.

—Shh… —susurró Stop, llevándose un dedo a los labios.

Cake se giró lentamente, intentando localizar el sonido que Pill estaba convencido de haber oído. Sin una orden oficial, ni siquiera un acuerdo extraoficial entre la unidad, y con la ausencia total de un oficial al mando que les orientara, todos los soldados miraron al cabo Bunt para saber qué hacer.

Hizo una mueca, sin volver a mirar a ninguno de ellos, pero concentrado en el ruido que salía del bosque. Como si llevara el piloto automático, como si ya hubieran hecho esto un millón de veces, hizo una señal para que todos levantaran el culo y tomaran posiciones defensivas.

Se movieron juntos con rapidez y en silencio mientras se acercaba lentamente el crujido estremecedor y el ligero chasquido de las ramas en la parte más espesa del bosque, a su derecha.

Para sorpresa de Idina, Cake la miró y asintió en la dirección del sonido.

Su entrenamiento se puso en marcha al igual que el de todos los demás antes de que los mezclaran en un batiburrillo de marginados en la sala de suministros. Sin ninguna otra información o una pregunta directa del soldado de mayor rango, Idina no tenía ninguna duda de que Cake le estaba preguntando a qué distancia creía que estaba la fuente de todos los crujidos fuertes.

«Ni idea de por qué me lo pregunta. Al menos está preguntando».

Giró lentamente la cabeza hacia la parte más espesa del bosque y escrutó los árboles, los arbustos altos y la maleza muy espesa en busca de movimiento. Sus luces verdes parpadeaban en su visión, negándose a darle el tipo de especificaciones exactas con las que la habían bombardeado durante la instrucción, pero ofreciéndole al menos una aproximación.

Le indicó que había unos treinta pasos entre ellos y el alboroto que se acercaba. Cake repitió la información para el resto de la unidad como si Idina fuera una herramienta de medición precisa y no otra soldado que daba su mejor estimación en una situación.

«Supongo que es mejor que ignorar completamente cualquier cosa que tenga que decir. Todavía no puedo creer que se esté tomando esto en serio».

La fuente de todos los temblores y crujidos en el bosque se reveló cuando Cake hizo una señal para que la unidad se dividiera e intentara una maniobra de flanqueo de contramovilidad que Idina no estaba segura de que los otros soldados entendieran del todo.

El desconocido estaba demacrado, sucio y cubierto de trozos de plantas muertas, telarañas y pedazos de barro. Parecía que llevaba meses aquí, solo. Eso se debía sobre todo a su barba sin recortar, salpicada de hierba y hojas trituradas.

Cuando saltó de detrás del arbusto gigante, no estaba mirando a unidad a treinta pasos de distancia. El hombre estaba mirando algo por encima de su hombro, que nadie en la unidad podía ver.

—¿Qué demonios? —murmuró Trunk.

No importaba si el hombre misterioso le había oído o no. En ese preciso instante, el estruendo de un todoterreno se elevó por encima del sonido del viento entre los árboles y ahora de la respiración entrecortada del hombre barbudo.

A lo lejos, alguien gritó. Los ojos del hombre se abrieron de par en par y se lanzó lejos de los arbustos, tambaleándose y luchando por mantenerse en pie antes de emprender un *sprint* a toda velocidad por el pequeño claro donde la unidad de Idina se había detenido para almorzar.

Solo entonces se dio cuenta de que estaba descalzo, sin equipo, sin municiones y que vestía lo que podría haber sido una vez un uniforme que ahora estaba prácticamente hecho harapos.

No se detuvo a mirarlos mientras pasaba a toda velocidad.

—¡Vamos! ¡Vamos! ¡Vamos! —gritó Skim, con un puño en el aire y prácticamente saltando de un pie a otro en su excitación.

El tío no paró de correr. El todoterreno que irrumpía en la colina de delante y se abría paso por las partes más delgadas del bosque tenía una ventaja increíble sobre él. Cuatro ruedas y un motor. Los tres soldados que iban en el vehículo gritaban y chillaban, persiguiendo a su presa con las armas en la mano y una sonrisa salvaje en la cara.

—¡Vamos! ¡Vamos! ¡Vamos! ¡Vamos!

—Cállate —gruñó Badge.

Skim apretó la mandíbula, pero siguió apretando el puño mientras el hombre sucio, sin afeitar y descalzo y el todoterreno lleno de soldados que lo perseguían desaparecían por un recodo del valle. El eco del motor del vehículo permaneció unos segundos más y luego se desvaneció como la última prueba de que alguien más había estado aquí.

Pill se levantó el casco lo suficiente para rascarse la parte superior de la cabeza. Al igual que Stop, su mirada se quedó clavada en el lugar por donde había desaparecido el hombre.

—¿Qué coño acabamos de ver?

Idina escaneó lentamente el bosque que les rodeaba.

—Supongo que el ciclo de SERE.

—SERE —confirmó Stop—. Supervivencia, evasión, resistencia y escape.

—Claro que sí. —Trunk resopló y sacudió la cabeza—. Cómo no ser un prisionero de guerra. O no morir si lo eres. No puedo creer que casi me apunto a esa mierda hace un par de años.

Badge le miró de arriba abajo, chasqueó la lengua y le dio un puñetazo en el bíceps.

—Sí. Mira dónde estás ahora.

Todo el mundo, excepto Pill, se echó a reír, incluido Trunk.

A Pill, en cambio, le preocupaban más las reglas. Se dirigió hacia Badge y le tendió la mano.

—Déjame ver el mapa.

—Vete a la mierda. Yo estoy a cargo de la navegación.

—Obviamente tú tampoco sabes lo que estás haciendo. Dame el mapa.

—No.

—Maldita sea, Badge. Se suponía que debíamos alejarnos de esta cresta. El capitán Irons dijo…

—El capitán Irons está ahí detrás sentado sobre su culo. —Le hizo un gesto con el pulgar por encima del hombro y se acercó a él, levantando la barbilla y mostrándose imponente a pesar de ser medio metro más baja. Pero todo estaba en los ojos. La mayor parte del tiempo, Badge tenía ojos cambiantes, pero cuando estaba enojada, su mirada era tan firme como sus palabras—. Elegí la mejor ruta aquí, y voy a seguir eligiendo las mejores rutas para que podamos terminar este maldito ejercicio en el que ninguno de nosotros esperaba estar.

—Pero la formación…

—¡*Ellos* son los que se salieron de los límites! —Mientras estaban allí echando humo, Badge le clavó un dedo—. No pienso discutir más sobre esto.

Pill parpadeó rápidamente, se tomó unos segundos para considerar sus opciones y luego dio un paso atrás.

Lo miró de pies a cabeza y negó con la cabeza.

—Maldita sea. Si sigues v-volviéndote loco por cualquier cosa, estarás muerto antes de llegar a cabo.

—No me amenaces.

—No lo hago. S-solo d-d-digo la verdad.

—Así que… —Skim señaló hacia donde habían desaparecido el novato y sus captores temporales—. Ese no era el enemigo.

Solo obtuvo duras miradas como respuesta, lo cual fue todo lo que necesitó para olvidarse del asunto.

Idina le dio un codazo a Skim.

—Estoy segura de que animar su huida técnicamente cuenta como participación involuntaria.

Le sonrió con satisfacción y extendió los brazos.

—No. —Trunk les hizo un gesto para que se fueran—. Deberías ver a esos tipos pasando por SERE cerca de las carreteras. Toda la maldita base empieza a gritarles. O animan a los tipos que juegan a Capturar al novato.

—Deberíamos seguir moviéndonos —refunfuñó Pill mientras se alejaba en lo que creía que era la dirección correcta.

—Chico —Badge lo llamó—. ¿Seguro que sabes a dónde vas?

Él se detuvo, se tensó y luego hizo un gesto.

—¿Y bien?

—Sí, v-v-vas por buen camino. —Se rio—. Continúa.

Las risas llenaron el pequeño claro mientras la unidad se dirigía en la dirección que Pill había marcado sin querer.

Idina miró una vez más por encima del hombro, pero no había ni rastro del aterrorizado novato del SERE, y el todoterreno estaba ya demasiado lejos para oírlo.

«Tiene sentido que no seamos los únicos que entrenamos en este sitio, pero hombre… A las cosas que te acostumbras aquí».

Capítulo 15

No se cruzaron con ningún otro alumno del SERE que huyera ni con los nuevos combatientes enemigos que les habían dicho que esperaran. Al menos no durante el resto del primer día.

Skim y Cake se turnaban para explorar por delante del resto de la unidad, volviendo cada vez con informes de que no veían más que árboles, colinas, más árboles, más colinas y tal vez un río. Badge los mantenía en ruta con el mapa, demostrando sus habilidades cuando no se encontraban con terreno nuevo más difícil de navegar que el que ya habían atravesado. Trunk seguía jugando con las radios para localizar el canal de Xena4. No lo conseguía.

Para cuando el sol se ocultó bajo la gran cadena montañosa situada al oeste, los miembros de unidad respiraban con dificultad, arrastraban los pies y, en general, se sentían miserables. Excepto Idina.

Ella podría haber añadido otros tres kilómetros a la caminata para el día, en parte porque había entrenado para hacer eso y en parte porque echaba de menos esta parte de ser un soldado.

—Vamos, chicos. Podemos añadir al menos otros dos kilómetros antes de la noche…

—Y una mierda que podemos —jadeó Badge—. Joder, no es una carrera, novata.

—Solo contrarreloj —añadió Pill, respirando con dificultad.

—Joder. Vale. —Cake se dobló para recuperar el aliento, apoyando las manos en los muslos—. Si terminamos por esta noche, ¿podríais dejar de quejaros?

Nadie dijo nada, sobre todo porque estaban sin aliento. A pesar de su forma irritable de señalar a todo el mundo menos a sí mismo, Cake estaba igual de agotado.

—Estupendo. —Se secó el sudor de la frente y se enderezó—. Acampad.

A pesar de lo cansados que estaban, los soldados trabajaron rápidamente para colocar sus sacos de dormir y su equipo en la disposición más eficiente para conciliar el sueño, despertarse y volver a ponerse en pie lo antes posible. Cuanto más se acercaban a su objetivo, más probabilidades había de que les tendieran una emboscada los citados enemigos al acecho de la pequeña unidad de la compañía del cuartel general del 307º. Si los chicos del SERE habían llegado mucho más al oeste de lo que había especificado el capitán Irons, era muy probable que el personal enviado aquí para interceptar esta misión tampoco se estuviera quedando exactamente donde se suponía que debían estar, en pequeñas y ordenadas filas.

Después de casi cuarenta horas de estar juntos sin ninguna separación real ni intimidad, los miembros de la unidad se habían quedado sin cosas sobre las que discutir, ridiculizarse o molestarse unos a otros. Comieron sus raciones en silencio, concentrándose en recuperar energías para poder levantarse por la mañana y volver a hacer lo mismo dos veces más.

Badge se encorvó sobre el mapa, deslizando el dedo de un lado a otro y murmurando para sí misma.

—Podríamos acostarnos ahora y levantarnos a las c-cuatro. Siempre y cuando todos puedan aguantar y terminar el resto del viaje de mañana sin desmoronarse.

Stop dejó escapar una risita estrangulada.

—¡Aguantar!

Ella le sonrió con satisfacción.

—Lo sé, ¿verdad?

—A mí me vale. —Idina bebió un largo trago de su cantimplora y se obligó a no terminarla toda cuando solo llevaba una cuarta parte de los cuatro días de marcha.

—¿Dormir ahora, caminar más tarde? —Trunk asintió y sacó su saco de dormir—. Hombre, estoy tan abajo para eso.

—Todavía necesitamos una guardia nocturna —añadió Pill—. No voy a hacer eso dos noches seguidas. Así que más os vale no contar conmigo.

Skim le miró con incredulidad.

—Sí, todos sabemos que la rotación no funciona así.

—Solo digo. —Pill sacó su inhalador de la mochila y dio dos caladas rápidas. Solo después de devolver la medicina a su sitio se dio cuenta de que toda la unidad le miraba—. ¿Qué?

Idina se cruzó de brazos.

—Sé que los sargentos de admisión te dicen que mientas en todos los formularios antes de la instrucción. ¿cómo es que ningún doctor te delató con todos los… problemas médicos que tienes?

Él se quitó lentamente las gafas y bajó la cabeza para concentrarse en limpiar a medias las lentes en el dobladillo de la camisa del uniforme.

—Yo no tenía todos estos «problemas médicos» cuando me alisté. Así de sencillo.

—¿Te dio asma por arte de magia después de que te inscribieran? —La risita baja de Trunk hizo sonreír a todos los demás—. ¿Y para qué demonios más necesitas un segundo desayuno para tomar pastillas?

—Más o menos. —Pill volvió a colocarse las gafas en la cara y miró secamente su saco de dormir medio desenrollado—. Suele ocurrir. El estrés del servicio activo puede hacer cosas extrañas al sistema inmunológico…

—¿El estrés del t-t-trabajo activo? —Badge echó la cabeza hacia atrás y soltó una carcajada, haciendo que todos los demás se pusieran rígidos ante el sonido de otro mundo—. Apuesto a que te aparcaron detrás de un escritorio desde el principio.

—No. La verdad es que no. —Levantó la vista hacia ella, encontró rápidamente algo mucho más interesante en la cremallera de su saco de dormir y se encogió de hombros—. Más o menos.

—Probablemente ni siquiera necesites la mitad de esa mierda que te metes —añadió Skim—. Deberías tomarte un descanso.

—¿Estás de broma? No, en absoluto. —Pill sacudió el resto de su saco de dormir con un tirón rígido, sacudiendo la cabeza—. Eso solo causaría más problemas. No los resolvería.

—Vale la pena intentarlo. Quiero decir, sí, las drogas son geniales y todo, pero si el cuerpo humano no pudiera soportar la mierda por la que todos pasamos, estarían vendiendo inhaladores de cincuenta centavos en un palo en el economato.

Cake soltó una carcajada e inmediatamente la disimuló.

—¿Y eso me lo dice el tío que no sabía lo que era un desodorante hasta hace un mes? —Pill se burló—. No, gracias.

—No lo sé, tío. —Trunk se recostó en su saco de dormir y cruzó sus enormes brazos detrás de la cabeza—. Skim puede oler a pescado podrido metido en un cadáver de dos semanas, pero parece mucho más sano que «tú».

—Tío. —Skim se rio e hizo un gesto—. Hace semanas que no huelo así.

—Bueno, sí, es un trabajo en proceso.

—Siento acortar la hora del cotilleo. —Cake metió los pies en el saco de dormir—. ¿Quién hace la primera guardia? Porque en cuanto mi cabeza toque el suelo, me voy.

Stop se dio una palmada y sonrió.

—Primera guardia.

—¡Vendido a la biblioteca humana!

Ese apodo de última hora hizo que Stop se animara aún más e hinchara el pecho, sonriendo a cualquiera que quisiera mirarle.

—¿Crees que podrás aguantar dos horas esta noche? —preguntó Idina.

Él asintió con energía.

—Una hora, cincuenta y nueve minutos y cincuenta y cinco segundos.

—Genial. —Echó un vistazo al estrecho círculo de soldados que se acostaban para intentar recuperar el sueño perdido la noche anterior. Luego se unió a ellos, sonriendo mientras Stop cogía su rifle de largo alcance cargado con las balas de fogueo y el adaptador necesarios y lo mantenía listo en su regazo.

«Tiene el aspecto adecuado. Si Pill tuvo asma después de alistarse en el ejército, me pregunto qué obstruyó la conexión cerebro-boca de Stop».

Aquella pregunta sin respuesta le sirvió a Idina como una idea divertida y aún no esencial sobre la que podía reflexionar tanto o tan poco como quisiera. Mientras tanto, esperaba a que se le cayeran los párpados y a que los músculos tensos y doloridos de su cuerpo se relajaran todo lo posible con el único acolchado de un saco de dormir entre ella y el suelo.

Cuando creyó que empezaba a dormirse, el sol había desaparecido tras las montañas. Llegar temprano le había parecido una buena idea en aquel momento, pero, por desgracia, en pleno mes de marzo ocurrían muchas más cosas a primera hora de la tarde que a las tres y media.

La primera vez que Idina se despertó de un sobresalto antes de dormirse del todo, solo pudo culpar al fuerte y resonante estampido procedente de algún lugar lejano del sitio de navegación terrestre. Tal vez incluso del campo de tiro de Rucker Fort. Se sintió un poco ridícula por haberse sobresaltado con el disparo de las balas de mortero, un sonido al que se había acostumbrado rápidamente cuando había sido ingeniera de combate de la compañía Bravo en lugar de la unidad. La siguiente vez que sonaron las balas, sonrió y se dejó llevar de nuevo.

La segunda vez que algo la arrancó del sueño, el pesado sonido de las armas intercambiadas sonó mucho más cerca de lo que tenía derecho a estar. Se despertó de un tirón, miró a la oscuridad con los ojos muy abiertos y se dio cuenta de que estaba mirando a Stop otra vez.

Tamborileó con los dedos sobre la empuñadura de su fusil y movió las cejas.

Casi se echó a reír antes de que un grito espeluznante recorriera la ladera: largo, prolongado y aterrador.

Badge se dio la vuelta con un gruñido.

—Malditos pumas.

—Espera, ¿eso era un *puma*? —susurró Idina, pero la única respuesta de la otra mujer fue un ronquido tambaleante.

Después de eso, fue aún más difícil conciliar el sueño por tercera vez. No es que temiera especialmente a los pumas o a cualquier otro animal salvaje que viviera en la zona de navegación terrestre. Aunque le parecía extraño que cualquier animal salvaje decidiera quedarse por allí entre el fuego de la artillería, las explosiones y el ruido de los motores, tanto aéreos como de los vehículos. Por alguna razón, Idina sintió que se había despertado por una razón, que tenía que estar alerta porque algo se acercaba.

En cuanto se dio cuenta de ello, tumbada en su saco de dormir, todos sus sentidos se agudizaron. La luna creciente y las estrellas resplandecientes que llenaban el cielo aumentaron su intensidad como si alguien hubiera girado el dial de un enorme atenuador cósmico. Cada brizna de hierba que susurraba en la fría brisa tenía un sonido diferente al rozar con su vecina. De repente, podía distinguir los diferentes ritmos respiratorios de sus compañeros, sus ronquidos y sus espiraciones retardadas, el movimiento de una pierna bajo el saco de dormir o el crujido de un dedo contra la tela.

«¿Por qué? Se supone que debería estar durmiendo, no percibirlo todo con los cinco sentidos».

Idina volvió a cerrar los ojos y respiró lenta y lentamente. Volver a ese espacio le hizo pensar en el maestro Rocha y en lo aburrida que había estado cuando empezó a entrenar con él.

Cualquier niño de ocho años podría fácilmente descartar la meditación y los ejercicios de respiración como formas aburridas e inútiles de iniciarse en las artes marciales. Muchos adultos pensaban lo mismo. El maestro Rocha tenía un propósito para todo, que se revelaría a su debido tiempo, cuando todas las demás piezas encajaran.

—Puedes decirle a tu cuerpo que haga lo que quieras, señorita Idina —le había dicho, con los ojos cerrados y las piernas cruzadas, mientras una joven Idina se agitaba en su intento de adoptar la misma postura—. Cuando le dices a tu mente que haga lo que dices, y finalmente obedece, esto es el dominio. Sobre cualquier cosa y sobre todo lo que desees.

Aquel recuerdo le hizo sonreír, aunque fue rápidamente borrado por una molesta y ruidosa rana que tenía sus miras territoriales puestas en el campamento de la unidad.

«Bien. Vamos a decirle a mi mente qué hacer. Cállate, cabecita mía. Duérmete…».

Su mente tenía otros planes.

Un leve pulso de luz iluminó la parte inferior de sus párpados. Intentó ignorarlo, pero se repitió hasta que estuvo a punto de levantarse del suelo y estrangular a quienquiera que hubiera decidido que jugar con el móvil en un ejercicio de entrenamiento era una buena idea.

Sin embargo, cuando abrió los ojos, Idina ya no estaba con los miembros de su unidad. Ni siquiera estaba junto a su campamento o en el mismo terreno elevado que habían elegido para pasar la noche. Ella no creía estar en el sitio de navegación terrestre, lo que no tenía sentido.

Intentó levantarse del saco de dormir, pero tampoco lo consiguió. En lugar de estar tumbada de lado, como había elegido para dormirse, ahora estaba de pie, sobre un vasto paisaje en todas direcciones.

Todo era verde.

No el verde intenso y lleno de vida de Nueva Inglaterra en verano y a principios de otoño, sino el verde chispeante y resplandeciente de sus luces y del diario de Lady Muirden y de los dos ojos llameantes y envueltos en llamas que flotaban sin cuerpo a dos metros delante de ella.

La tierra temblaba y gemía. Solo Idina no estaba de pie en el suelo. Estaba a kilómetros de altura, flotando o cayendo. Sin el paracaídas atado a su espalda y reserva en su pecho.

El estruendo a su alrededor se unió en una risa oscura y amarga, y los llameantes ojos verdes destellaron con más luz verde. Era tan brillante que habría dado un respingo para protegerse los ojos. Sin embargo, no podía moverse.

—La verdad, me estoy divirtiendo mucho con este juego, guerrera.

El viento aullaba a través de túneles inexistentes a su alrededor, golpeándole la cara, los brazos, las piernas, la espalda.

—Sentiré mucho placer al destruir al último de tu especie en esta era moderna. Abre el puente, guerrera. Invítame a entrar. Mientras intentas contenerme, yo solo me hago más fuerte.

Idina empezó a girar, lentamente al principio, pero ganando velocidad rápidamente. O tal vez el mundo verde que la rodeaba estaba girando y ella se hallaba suspendida por encima de todo, incapaz de moverse ni de detener nada. Los únicos otros puntos fijos eran aquellos llameantes ojos verdes, que crecían y parpadeaban con luz y se expandían hasta consumirlo todo.

—Ahora puedo verte. —La carcajada de Olc, que hizo añicos el mundo, resonó en su interior, y ahora el paisaje que se extendía bajo ella no era más que vetas curvas mientras el mundo entero giraba fuera de control—. *Os veo a todos, guerrera. Abre el puente. Déjame entrar...*

Otra brillante ráfaga de luz brotó de aquellos ojos flotantes. Las llamas estallaron en todas direcciones, ahogando el estruendo del mundo que se derrumbaba, y encendiendo el aire con gritos de agonía. Un espeso humo negro brotó de los ojos incorpóreos y se dirigió hacia Idina con garras afiladas que no deberían haberla tocado, pero que, de algún modo, eran mucho más que humo. Se aferraron a su garganta, apretándola y quemándole los ojos.

Si su cuerpo hubiera escuchado sus órdenes, habría luchado contra el empalagoso hedor del pelo quemado y la tierra carbonizada. No podía moverse. No podía pedir ayuda.

No podía respirar.

El estómago se le revolvió y, al segundo siguiente, se encontró tumbada boca abajo en el saco de dormir, con la cara hundida en el nailon que le aspiraba la boca con cada respiración. Idina no pudo apartarse de la cara hasta que se dio cuenta de que había atrapado los brazos debajo de ella.

Con un gruñido de pánico, se dio la vuelta en el saco de dormir y respiró agitada y entrecortadamente. El aire frío de la noche le quemaba en los pulmones, todavía teñido del olor a pelo quemado.

«No, espera. Eso no es pelo. Eso es... papel».

Luchó contra la camisa de fuerza que había hecho con su saco de dormir, finalmente arrancó la tela de sus brazos lo suficiente como para liberarlos y se incorporó hasta quedar sentada. Se oyó un suave chasquido. Luego, un resplandor amarillo iluminó la oscuridad. Sobre ese resplandor se alzaba el rostro de Stop, con los labios apretados en señal de concentración, mientras bajaba un trozo de papel ya humeante hacia la llama que salía del mechero que tenía en la mano.

—Stop… —Se aclaró la garganta, todavía con la quemadura del humo de su sueño que ahora era humo en su vida real—. Hey. ¿Qué estás haciendo?

La ignoró.

«¿Qué es eso?»

El sueño y la realidad se fundían y ella sabía que la respuesta estaba en su cabeza, pero no la encontraba.

Badge dejó escapar un gemido bajo en sueños. Luego rodó sobre su espalda y sus ojos se abrieron de golpe.

—Humo. Fuego. —Se sentó como un rayo y gritó—: ¡Juro por Dios que no fui yo!

—Cállate —gruñó Cake.

—Tú también lo hueles, ¿verdad? Todo el Stop, ¿q-q-q-qué coño haces?

—¡Ah! ¿Qué? —Pill se despertó de su sueño y sacudió la cabeza de un lado a otro, intentando ver en la oscuridad—. ¿Quién se ha llevado el jarabe?

Badge gimió de frustración.

—No podemos encender fuego, i-idiota.

—No estoy haciendo nada…

—Tú no. Stop.

Pill por fin se dio cuenta de que el otro soldado volvía a bajar el papel medio desintegrado hacia la llama del mechero.

—Así no se enciende un fuego. Necesitas leña para… —Lanzó un chirriante grito de horror que se le atascó en la garganta. Luego lo expulsó en un resuello y se lanzó hacia delante sobre manos y rodillas para forcejear hacia Stop—. ¡No! ¡No, no, no, no! ¿Qué estáis *haciendo*?

Mientras Pill acercaba una mano al mechero, Stop dejó caer el último trozo de papel humeante en la tierra y se quedó mirándolo mientras se convertía en ceniza grisácea y se alejaba con la brisa.

—Estupendo. Ya no hay fuego. —Badge suspiró y reajustó su dormir ahora—. Ahora cállate y…

—No puedo creerlo. No me lo puedo creer, joder. —Pill se quedó mirando la suciedad donde una pequeña llama parpadeante había consumido el último trozo de papel—. ¿Por qué?

—¡Cállate! —rugió Cake.

—¿Por qué harías algo tan *estúpido*? ¡Ah! —Pill retrocedió bajo la bota de Cake golpeándole en la parte posterior del hombro—. ¿En serio? Si vas a lanzar tu bota a alguien, ¡lánzala al genio!

—Está tranquilo.

—¡Sí, y quemó nuestros malditos códigos hasta convertirlos en cenizas!

El campamento enmudeció, y los soldados despertados por el humo y los gritos miraron fijamente a Stop. Inhaló lentamente, dejó salir el aire en un largo suspiro y no levantó la vista del suelo.

—Stop. —La voz de Cake había bajado una octava por esa sola palabra, e Idina se inclinó hacia delante, preparándose para saltar de un momento a otro porque pensó que tendría que apartar al cabo del soldado que había hecho el primer turno de noche—. Tío. Dime que el soldado Paranoico está de broma.

Al final, Stop le miró y negó despreocupadamente con la cabeza.

—¿Qué coño?

—Mierda. Joder. —Pill agarró puñados de su propio pelo y se dobló como si estuviera a punto de vomitar—. Dale los códigos al puto pirómano. Qué gran idea.

—Oye, está bien —cortó Idina.

—No está bien. ¿Estás bromeando? Llevamos un día y esta misión fracasó. ¡Mientras dormíamos!

—Maldita sea. —Cake giró los ojos hacia las estrellas y volvió a hundirse en el saco de dormir.

—¿Qué tan difícil es *no* destruir la única pieza de información que importa? —chilló Pill.

—En serio —Idina intentó de nuevo—. No es que…

—Quiero decir, *vamos*. Ahora somos oficialmente el peor equipo de inútiles de la historia del Ejército. Lo sabes, ¿verdad? No hay segundas oportunidades después de esto.

—Si no os calláis —gruñó Trunk—, os arrancaré la garganta.

—Esta era nuestra segunda oportunidad —continuó Pill, demasiado histérico para oír nada más que su pánico—. Y ardió en llamas porque el soldado Markle quería jugar con fuego mientras el resto de nosotros nos acurrucábamos en nuestro…

—¡Eh! —Idina extendió los brazos para alimentar su grito, con la esperanza de llamar la atención de Pill y descarrilar su tren del pánico que se dirigía rápidamente a ninguna parte. Ella tuvo éxito porque un rayo de luz verde brillante surgió de su mano abierta y se disparó hacia el suelo junto a él. Golpeó su saco de dormir con un fuerte desgarro.

Eso también llamó la atención de los demás, y todos se quedaron mirando el flamante agujero en el saco de dormir que probablemente Pill nunca había usado antes de ayer.

Un ronquido enorme y tembloroso salió de la boca abierta de Skim.

—Vaya. —Cake se había apoyado en sus codos y miró a Idina ahora—. Buen trabajo, novata. Manera de dar a conocer nuestra ubicación a todos los cabrones en un radio de ochenta kilómetros.

—Estaba a poca altura del suelo —espetó—. Y no era tan brillante.

Pill metió la mano en el saco de dormir y metió un dedo por el nuevo agujero.

—Muy útil.

Badge levantó las rodillas hacia el pecho, rodeó las espinillas con los brazos y apoyó la barbilla en las rodillas, sonriendo mientras observaba cómo se desarrollaba el drama nocturno.

—Malditos idiotas.

—Realmente no puedo lidiar con esa mierda condescendiente en este momento —murmuró Pill—. Estamos jodidos.

—No lo estamos. —Idina señaló lentamente hacia Stop, que se encorvó sobre sus piernas cruzadas y miró fijamente al suelo, tan indiferente como si hubiera estado sentado solo toda la noche y los otros seis soldados fueran producto de su imaginación.

—Quemó los códigos, Moorfield.

—Sí. Lo cual era mucho más inteligente que llevarlos encima en un sobre cerrado.

—Estás loca.

—Tenemos nuestro objetivo, pero si nos capturan… —Ella abrió los ojos hacia Pill, esperando a que él entendiera a dónde quería llegar, porque no tenía ganas de explicárselo cuando deberían estar durmiendo.

—También podrían usar munición real. No pueden echarme del Ejército…

—No, si nos capturan, la información aún no está comprometida.

—Oh, por Dios. —Badge se burló y se dejó caer de nuevo en su saco de dormir—. No todo es una maldita emergencia.

—¿Qué? —Pill le hizo una mueca.

—Stop memorizó un manual de montaje entero —continuó Idina—. Estoy bastante segura de que puede recordar unos cuantos códigos en dos trozos de papel.

—Ciento cuarenta y siete unidades de siete dígitos —murmuró Stop.

Ella inclinó la cabeza hacia él y luego enarcó una ceja hacia Pill.

—¿Ves?

Tragó saliva, mordiéndose el labio inferior mientras miraba a un lado y a otro entre la mirada perdida de Stop en la tierra y el lugar donde se había marchitado el último de los objetivos de su misión.

—Joder.

—Pues callaos de una puta vez —gimió Cake.

Idina asintió a Pill, esperando que por fin se hubiera dado cuenta y apagara el cerebro durante al menos unas horas más para que los demás pudieran apagar el suyo.

Con toda la cara arrugada por la desaprobación y unas ganas evidentes de arremeter contra cualquiera que no se tomara esto en serio como él quería, Pill gruñó, se bajó hasta la mitad del suelo y rodó ruidosamente para ponerse de espaldas al resto del equipo.

Idina respiró hondo y cerró los ojos.

«Por eso el entrenamiento con una unidad es anterior a las situaciones de combate. Tal vez Pill debería quedarse detrás de un escritorio de aquí en adelante».

Cuando volvió a abrir los ojos, sintió una sensación muy real e increíblemente fuerte de que la estaban observando, y su sueño adormecedor volvió a ella: el mundo girando, dos ojos verdes llameantes, la voz del Olc diciéndole que abriera una especie de puente…

—Moorfield.

Idina levantó la cabeza y parpadeó furiosamente. Tardó unos segundos en darse cuenta de que era Stop quien había dicho su nombre y, en la penumbra de las estrellas, lo encontró sonriéndole para tranquilizarla.

—Markle.

Enarcó las cejas en una pregunta silenciosa y levantó lentamente un pulgar hacia ella. Luego, su mirada se desvió hacia los puños de ella, enterrados en su regazo.

Y la resplandeciente niebla verde surgiendo de ellos con un brillo espeluznante.

—Mierda. —Idina sacudió las manos, dispersando la niebla, y subió la parte superior de su saco de dormir hacia su barbilla hasta donde llegaba—. Gracias.

La sonrisa de Stop se amplió y le hizo un segundo gesto de aprobación con la otra mano.

Idina suspiró y bajó lentamente sobre su espalda. Luego resopló y murmuró:

—En serio. No enciendas más hogueras.

Volvió a agarrar su arma de fuego con ambas manos y la puso sobre su regazo.

—No más hogueras.

«Se acabó el sueño para la soldado Moorfield».

El corazón le latía con fuerza, pero mientras miraba las estrellas y escuchaba cómo el viento ondulaba sobre la hierba y hacía temblar las ramas de los árboles a su alrededor, Idina se quedó dormida de todos modos. El agotamiento hacía eso.

Por suerte, estaba lo suficientemente cansada como para no tener más sueños.

Capítulo 16

El hecho de que una pequeña llama destruyera su valiosa información —aunque seguro que la memoria de Stop no— hizo que los miembros de la unidad cambiaran de humor. Siguieron el plan propuesto por Badge de levantarse a las cuatro y media de la mañana siguiente para empezar el tercer día antes del amanecer. Las comidas fueron rápidas, eficientes y silenciosas. También lo fueron los breves y poco frecuentes descansos que la unidad acordó unánimemente hacer durante el día.

A primera hora de la tarde, llegaron al río al que Badge había dicho que se dirigían, y fue entonces cuando descubrieron que el mapa que Irons les había dado estaba un poco desfasado.

—Por el amor de Dios. —Cake se arrancó el casco de combate para secarse el sudor de la frente y el nacimiento del pelo. Luego colgó el casco de una mano y se quedó mirando los violentos rápidos que corrían por el lecho del río.

—Dijiste que podíamos cruzar por aquí —murmuró Pill.

Badge le lanzó una mirada condescendiente.

—No vamos a poder cruzarlo —dijo Trunk—. Será mejor que busques otra ruta, Badge.

Ella estudió el río y se acarició la barbilla, pensativa, mientras sus ojos iban y venían por las aguas espumosas que los rodeaban. Luego sacó el mapa para investigarlo durante treinta segundos, lo volvió a doblar y se lo metió en el bolsillo.

—No lo entiendo.

Con la punta de la bota, Idina levantó un trozo de madera astillada del montón de escombros y lo dejó caer de nuevo con estrépito.

—Alguien se nos ha adelantado en el puente.

—¿Qué puente? —preguntó Skim.

—Exacto.

—Entonces buscaremos una ruta alternativa —sugirió Pill, metiéndose las gafas por la nariz—. Para eso está el mapa.

—No *hay* otra ruta.

—¿Qué? Vamos. Nunca hay una sola manera de llegar a alguna parte.

—Lo hay si queremos llegar allí en… ¿cuánto, Stop?

Stop echó un vistazo a su reloj de campaña e inmediatamente informó:

—Setenta y tres horas, dieciocho minutos, cincuenta y dos segundos.

Idina miró por encima de su hombro para ver si había puesto una cuenta atrás en su reloj para ayudarle.

«No. Solo es un genio de las matemáticas y una base de datos humana. Supongo que hay combinaciones más raras».

—¿Y qué? —Pill levantó las manos y las dejó caer sobre sus muslos—. ¿Se supone que debemos *construir* un nuevo puente?

Badge se burló mientras se apartaba de la orilla del río para dirigirse hacia los restos derruidos del puente.

—Sí. Es un poco lo mío.

—Doce Charlie —anunció Stop—. Los tripulantes del puente proporcionan apoyo convencional y, si procede, motorizado al puente y a la balsa en operaciones de cruce de brechas tanto en seco como en mojado.

—Sí, sí, sí. Ya lo entendemos. Tender puentes. —Pill suspiró y sacudió la cabeza—. Tal vez tu antiguo pelotón podría unirse y hacer algo de esta mierda, pero no somos la c-c-com… pañía Ch-char…

—Compañía Charlie —aclaró Stop.

—Tampoco somos la Sección de Idiotas que No Pueden Seguir Instrucciones Sencillas —le espetó Badge—. ¿O querías volver a eso?

Cake se cruzó de brazos y soltó una risita.

—Es que es tan divertido…

—Cállate.

—Tío, no lo sé. —Trunk se rascó un lado de la cara y estudió los restos—. ¿Esto no nos va a llevar más tiempo que andar por ahí?

—¿En serio? —Badge frunció el ceño y le hizo un gesto de desprecio. El soldado gigante soltó una risita insegura y se encogió de hombros.

—Vale, ¿entonces qué necesitas que hagamos? —preguntó Idina

Badge pareció sorprendida al oír que alguien apoyaba su idea, pero entonces las comisuras de sus labios subieron y asintió a la única mujer de su equipo.

—Todo lo que yo diga.

—Bien dicho. —Cake se puso el casco en la cabeza y se dirigió hacia ellos—. Vamos a saltar a la construcción de puentes para tontos 101.

Stop estalló en una risita aguda mientras avanzaba arrastrando los pies para reunirse con el resto de la unidad junto a los restos.

Badge volvió a estudiar los escombros y señaló al otro lado del río.

—Ese es el punto más estrecho en siete kilómetros en cualquier dirección. Por lo menos. La buena noticia es que no tenemos que hacer nada lo bastante ancho o resistente para el transporte de vehículos.

—¿Y las malas noticias? —Pill se mordió el labio inferior.

—Pues… —Badge hizo un gesto hacia Trunk.

El soldado gigante resolló y se cruzó de brazos mientras todos le miraban.

—Ouch.

—Así que esto es lo que necesitaremos.

Badge pateó entre los escombros, dando instrucciones a cada soldado antes de ladrarles que movieran el culo y se pusieran manos a la obra. No se detuvo a pensar en el siguiente paso ni a sopesar las opciones disponibles. La mujer ya sabía exactamente lo que necesitaban con los recursos de que disponían, que no eran muchos.

Ya no era de extrañar que cuando Badge entraba en ese estado de utilizar sus conocimientos y formación para conseguir algo, su tartamudeo desapareciera por completo. Nadie se molestaba en mencionarlo, sabiendo que era más probable que recibiera una bofetada en la nuca o un puñetazo en las tripas en lugar de una sonrisa halagadora o un agradecimiento.

Así que se concentraron en llevar a cabo las instrucciones de Badge, ayudándose unos a otros a mover los trozos más grandes de escombros y situándolos exactamente como les había indicado su instructor de última hora para construir puentes. Por primera vez desde que subieron a la furgoneta detrás del cuartel general, más de un miembro de la unidad estaba disfrutando un poco.

A Badge le gustaba planificar y construir, por no hablar de ladrar órdenes como una buena instructora. Una vez que Trunk se dio cuenta de lo valioso que era su tamaño y su ridícula fuerza en esta situación en particular, la sonrisa bobalicona y radiante que se dibujaba en su rostro no vaciló ni una sola vez. Disfrutaba especialmente utilizando sus puños para romper las tablas que no se habían desintegrado cuando alguien destruyó el puente anterior.

Pill parecía que pensaba que le iban a atracar cuando vio a Trunk doblando una barandilla metálica ya abollada para darle la forma adecuada.

Skim se burló del tipo mientras Idina y él transportaban una pila de bloques de hormigón intactos sobre una plancha de contrachapado hacia la orilla del río.

—No te mees encima.

—¿Qué? —Pill lo miró, le hizo un gesto con el dedo corazón y luego volvió a contemplar estupefacto la fuerza casi sobrehumana de Trunk.

Idina se rio con él mientras caminaban a lo largo de la orilla del río para depositar los restos del naufragio. Miró al río, tratando de dividir su atención entre la pesada carga de ladrillos de hormigón y dónde dar el siguiente paso para no arrojar la pila de ladrillos al río.

Lo que no esperaba ver era el familiar destello de un fino cable metálico que sobresalía del montón de escombros. Trunk estaba levantando otra pesada pila de escombros de los restos del viejo puente.

—Alto, alto. —Dejó de caminar, y la madera contrachapada que había entre ella y Skim casi se le escapa de las manos antes de que se diera cuenta.

—Jesús, ¿qué…?

—¡Trunk, para! —Debió gritarlo con el grado perfecto de urgencia porque todos los demás soldados se congelaron en el acto. Pero no Trunk.

—Tranquila, novata. —Se rio mientras doblaba las rodillas y se preparaba para levantar—. Técnicamente no estoy levantando un peso muerto. Sé lo que hago…

—No, de verdad que no. ¡No te muevas!

La única razón por la que no siguió levantando su nuevo botín de la pila de escombros fue que giró la cabeza hacia ella y frunció el ceño, confundido, como si hubiera puesto en duda su hombría.

—Tío, ¿qué se te ha metido por el culo de repente?

—Skim, voy a soltar esto en tres segundos…

Skim resopló, pero no la creyó.

—No puedo sostenerlo yo solo.

—Uno, dos…

—Espera, ¿qué se supone que tengo que hacer con él?

—¡Suéltala! ¡Tres!

Skim se alejó de un salto de la tabla que caía en picado y que transportaba demasiados bloques de hormigón a la vez. Antes de que su carga tocara el suelo, Idina esprintó por la orilla del río hacia Trunk.

—Retroceded —llamó Idina, haciendo señas furiosas a los otros soldados para que se apartaran del camino—. ¡Moveos!

Badge levantó ambas manos en señal de concesión y retrocedió alejándose del montón de escombros.

—¿Qué demonios, novata?

Cake lo observó todo con una ceja levantada y una sonrisa divertida.

—Trunk, estás justo encima de una línea de fuego. —No le costó tanto esfuerzo como había pensado hacer que su voz sonara nivelada y uniforme, pero firme como si fuera de vida o muerte. «Porque esto es de vida o muerte. En una misión de entrenamiento».

Los ojos de Trunk se abrieron de par en par.

—¿Qué quieres decir que estoy en línea de fuego?

—Me refiero a que hay una mina.

—¡Maldita sea! —Pill estuvo a punto de saltar y se dio la vuelta para alejarse a toda velocidad de la orilla del río. No se detuvo hasta llegar a la línea de árboles, entonces giró y se agarró con ambas manos el casco de combate.

—Vaya mierda. —Trunk empezó a bajar su carga más reciente—. Podrías haber dicho eso en vez de…

—¡No, no, no, he dicho que no te muevas, joder! —Se acercó a él con ambas manos, y la pila de escombros gimió y retumbó, y algunos trozos sueltos de hormigón cayeron en algún lugar del interior.

—Vamos. ¿Les dices a todos que retrocedan, pero yo estoy en una mina, y no puedo dejar esta mierda?

—Exactamente. —Ahora las luces verdes de Idina parecían trabajar horas extras, parpadeando sobre y alrededor y «a través de» los trozos de escombros en los lugares donde la línea de disparo de la mina se había enganchado en los bordes afilados y se había tensado por la experiencia de Trunk en levantar rocas gigantes—. Mira, la línea se ha enganchado en... al menos cinco obstáculos diferentes.

—Tía, ¿cómo coño sabes eso?

—Simplemente lo sé. —Examinó la pila, tratando de interpretar todos los escenarios posibles. Si Trunk seguía tirando de la losa de hormigón rota en sus manos, eso era una detonación obvia. Ahora que toda la pila se había movido...

Idina se puso en cuclillas junto a la pila para echar un vistazo bajo los escombros apilados al azar. Confiaba en sus luces verdes, pero tenía que verlo con los ojos para confirmar lo que ya sabía. Dos trozos de hormigón habían caído en el ángulo adecuado para que, si Trunk dejaba su pesada carga, la pila se desplazaría y uno de esos trozos rodara justo encima de otra sección de cable de fuego. Eso también era una detonación instantánea.

—Sí, vale. —Ella asintió y le miró—. Si ese trozo gigante que sostienes sube o baja, estamos muertos.

El gemido de Pill viajó hacia ellos desde los árboles.

Cake intentó reírse, pero le salió un ahogo áspero.

—Muy bueno, novata.

—Cabo Bunt. —Idina se levantó y le dirigió una mirada de advertencia—. Este es el peor momento posible para joderme. Lo digo muy en serio.

Su sonrisa insegura se desvaneció y su rostro perdió algo de color.

—Bueno, no puede quedarse ahí con esa cosa p-p-p-p-para siempre —soltó Badge.

—No, solo lo suficiente hasta que encuentre la mina.

—¿Por qué demonios vas a buscar esa cosa? —gritó Skim

—Para desarmarla. Obviamente. —Idina volvió a mirar a Trunk y asintió—. Así que... no te muevas.

—Ah, joder...

Idina caminó con cuidado a lo largo del costado del montón, agachándose de vez en cuando y buscando debajo de la capa superior de escombros para confirmar lo que sus luces verdes ya le mostraban con una claridad brillante, intermitente y urgente. Resultó que la mina estaba enterrada bajo todo el material destruido, justo en el borde de la ribera del río. La mayor parte de los escombros se balanceaba precariamente entre ser aplastados por todo el peso que tenían encima y caer al agua.

—Vale, ya la veo. Que alguien venga aquí y me sujete los laterales.

—¿Y ponernos íntimos con una puta mina? —Cake dio un paso atrás—. No, gracias.

—Yo soy la única que tiene que intimar con ella, pero si esto se vuelve a mover y me desparrama los sesos por el río, te quedarás sin ingenieros que sepan manejar una maldita mina.

Uno de los ojos de Badge se crispó.

—Bonita imagen.

Stop soltó un suspiro y marchó hacia el otro lado del montón de escombros.

—Intimar.

—Sí, Stop. Mucho.

—Maldita sea. —Skim apretó los dientes, se fue por el lado opuesto, y los dos soldados se reunieron con Idina en el borde de la orilla del río—. No nos hagas que volemos por los aires, novata.

Puso los ojos en blanco y volvió a ponerse en cuclillas.

—No estornudes. Y mantén esto firme.

Toda la pila de restos tembló y gimió de nuevo, todas las piezas sueltas se sacudieron como si alguien estuviera saltando encima.

—¡Trunk!

—Tía, soy fuerte, pero esta mierda… —Trunk apretó los dientes y dejó escapar un gruñido de esfuerzo.

Con el corazón latiéndole con fuerza en los oídos, todo el cuerpo hormigueándole de adrenalina y el frío temor de pasar sus últimos segundos de vida bajo los restos de un puente derruido, Idina se agachó. Se arrastró todo lo que pudo bajo el saliente de maderas, barandillas metálicas y trozos de hormigón.

Sus luces verdes pulsaron con un destello cegador alrededor de la parte trasera de la mina, situada justo fuera del alcance de su brazo.

«Al menos no está frente a mí».

La pila volvió a gemir, y más guijarros y trozos sueltos se deslizaron por los diminutos espacios. Desde la posición de Idina en una cueva inestable, los guijarros que caían sonaban como rocas que se desprendían y se estrellaban a su alrededor.

Con los dientes apretados, estiró el brazo al máximo. A sus dedos le faltaron un centímetro para llegar al gatillo de seguridad de la mina.

—Joder.

—No digas mierdas como esa, novata —gruñó Trunk—. Ahora no.

No pudo dedicar nada de su atención a responder a aquello. Cuando intentó arrastrarse un poco más bajo los escombros, su rodilla se golpeó contra una barra de refuerzo. Idina ahogó un grito de dolor y frustración en cuanto la pila de escombros volvió a temblar.

—¿Por qué tardas tanto? —murmuró Cake—. ¿Todavía respiras, novata?

Idina volvió a estirarse, pero el seguro seguía demasiado lejos de su alcance.

«Bien, si alguna vez hubo un momento para usar estas luces a mi orden, es ahora. Vamos…».

—Tengo las manos sudorosas —llamó Trunk—. O tal vez es toda la piel arrancándose de mis malditos dedos…

Idina respiró hondo, miró fijamente la seguridad de la mina y dejó que el ardor helado de su magia la recorriera.

«Solo una pequeña…».

—¡Mierda! ¡Mierda, se me está resbalando!

—¡No te atrevas, joder! —bramó Badge antes de saltar hacia delante para ayudar a Trunk a sostener el trozo de hormigón. Ese pequeño apoyo adicional hizo que la montaña del puente roto volviera a temblar.

Algo se rompió.

Guijarros y polvo llovieron alrededor de Idina, que dejó de pensar.

Un único rayo de luz verde, fino y concentrado, brotó de su dedo extendido. Golpeó el seguro de la Mina con una precisión que no debería haber sido posible para ningún tipo de proyectil, y mucho menos para las luces verdes disparadas desde la mano de un soldado.

Idina ya estaba luchando hacia atrás fuera de la cueva de escombros.

—¡Vamos, vamos, vamos!

—¿Adónde? —gritó Skim

—¿Qué coño?

—¿Dónde está la mina?

—¡Mierda!

—¡Estamos muertos!

Trunk soltó un aterrador bramido de esfuerzo para SOSTENER el hormigón, los músculos de sus brazos, hombros y cuello abultados con múltiples venas que le salían por las sienes.

Cuando Idina saltó fuera de la abertura por la que se había arrastrado, toda la mitad trasera de la pila de escombros se derrumbó y cayó sobre el borde de la orilla del río. El hormigón crujió contra los escombros. Los raíles metálicos y los trozos de barras de refuerzo gimieron y aullaron. Enormes salpicaduras se elevaron desde el río antes de que los violentos rápidos lo dominaran todo y se llevaran el ruido y los escombros más pequeños río abajo.

El pie de Idina resbaló en el suelo suelto y agitó los brazos para agarrarse a algo. Lo único que no cayó en la furiosa corriente fue la muñeca de Stop.

Su mano se aferró a su antebrazo. Luego volvió a levantarla antes de que ambos se tambalearan sobre la hierba rociada de cemento.

Tardó un momento en creerse del todo que no había sido aplastada, ahogada o que su cuerpo no había reventado por un millón de trozos de metralla armada.

Cuando por fin se orientó y miró a los demás miembros de su equipo, estaba claro que todos sentían lo mismo.

Pill no se había movido de su sitio junto a la línea de árboles, todavía estupefacto mientras se recostaba contra el árbol más cercano. Badge estaba tendida de espaldas, cara al cielo. Tanto si Trunk había resbalado y caído al soltarse los escombros como si se había tirado al suelo para evitar chocar, ahora estaba sentado en el suelo, con las largas piernas extendidas hacia delante y las manos apoyadas en el regazo. Parecía un niño gigante descansando en el patio de recreo.

Idina no podía culparle.

—Joder —susurró Skim—. Estamos vivos…

Cake se había puesto en cuclillas, estabilizándose con las puntas de los dedos apoyadas en el suelo. Miró a Idina y sacudió la cabeza.

—¿Dónde está la mina?

Tragó saliva.

—Todavía está ahí.

—¿Que *qué*?

—Pues que no me apetecía quedarme a sacar una mina mientras toneladas de hormigón se derrumbaban sobre mí. Culpa mía.

—Wow. Así que nuestras opciones son realmente completar la misión o la muerte. Guay.

—No. —Idina logró un pobre intento de sonrisa—. Conseguí poner el seguro primero. Estamos bien.

—Oh. Hay un seguro. —Pill se dirigió muy despacio hacia ellos, zigzagueando un poco mientras intentaba recuperar el equilibrio y la cordura—. Lo que quiero saber es por qué hay una puta mina viva por ahí en el sitio de navegación terrestre para que cualquiera se vuele.

Idina se encogió de hombros.

—No creo que haya sido a propósito.

—No me digas.

—Mira, apuesto a que derribar este puente formaba parte del entrenamiento de alguien para abrir brechas y contrarrestar la movilidad, ¿vale? Alguien colocó un par de minas, no todas explotaron, y no se molestaron en buscar la otra porque la mayoría de la gente no excava entre escombros en medio de la nada.

—Excepto nosotros —murmuró Badge.

Todos dirigieron su atención a la mujer menuda, de aspecto tímido, boca grande y actitud gigantesca. Seguía tumbada boca arriba, mirando al cielo.

Entonces Trunk soltó una carcajada resonante, y el resto de la unidad esbozó lentamente algunas sonrisas y dejó escapar sus propias risas débiles e incrédulas.

«Sí. Puede que la unidad sea la única unidad que casi explota mientras rebusca entre escombros. Al menos sabemos cómo salir de un aprieto».

—Vale, i-idiotas. —Badge se levantó y señaló los materiales que ya habían reunido para construir su puente—. No estamos muertos, así que sigamos a lo nuestro.

Ni siquiera Pill intentó discutir con ella.

Capítulo 17

Bajo la diligente instrucción de Badge —y con todo el mundo un poco más alerta y consciente de su entorno después de estar tan cerca de la muerte—, la unidad de Idina consiguió construir su puente *ad hoc* sobre la mayor parte del río. Tuvieron que ayudarse unos a otros a cruzar los últimos dos metros de agua embravecida para llegar al otro lado de la orilla, pero ya habían terminado.

Engulleron sus raciones, gritaron blasfemias al río y a la pila de un puente destruido que casi los había matado, y cargaron para continuar hacia su punto de encuentro. Detenerse para construir el puente les había costado más tiempo del que querían, sobre todo por la dificultad añadida de intentar no volar por los aires. Por suerte, el resto del tercer día no ofreció más que uniformes sudados, un campo de barro y músculos doloridos.

Aquella noche, Idina tuvo problemas para conciliar el sueño con el resto de su unidad. Cada vez que creía que estaba a punto de conseguirlo, su mente recuperaba las imágenes del sueño de la noche anterior. Pensar en el Olc que, al parecer, ahora podía encontrarla cuando y donde quisiera, incluso mientras dormía para tener una charlita con ella, no era la mejor forma de calmarse.

Además, ahora que tenía tiempo de repasar el día tumbada en su saco de dormir bajo las estrellas, Idina se preguntaba sobre las coincidencias.

Como la orden de Olc de «abrir el puente» justo antes de que ella y su equipo hubieran pasado medio día construyendo un puente.

«Son dos cosas completamente diferentes. Un puente real y una metáfora espeluznante. No hay manera de que tengan algo que ver el uno con el otro».

Decirse eso a sí misma y *sentir* la verdad de ello eran también dos cosas completamente distintas. Idina sabía lo inverosímil que era relacionar las palabras de un ser oscuro con una tira de hormigón, metal y madera. El Olc no la había esperado en el punto de encuentro con el resto del personal militar enviado para ocuparse del puesto de Xena4 y esperar a que la unidad completara su misión. Esa *cosa* tan antigua y maligna no estaba al tanto de la información del Ejército ni de lo que los altos mandos tenían reservado para Idina y su unidad.

Podía racionalizarlo todo lo que quisiera —y lo intentó—, pero seguía sin poder resolver sus dudas y su aprensión.

Además, Idina se había educado para no creer en las coincidencias. Era una de las pocas cosas que su familia le había dado que valoraba y pensaba conservar. No había manera de saber si esta no coincidencia sobre los puentes era algo más o menos digno de su atención, solo una cosa más para la que tenía que prepararse.

* * *

Las rotaciones de la guardia nocturna se desarrollaron sin contratiempos esa noche, y el equipo se levantó antes de las cinco para terminar el último tramo de su camino hacia su objetivo. Las conversaciones entre los soldados eran mínimas, más allá de las ocasionales comprobaciones, las peticiones para descansar o las discusiones con Badge sobre la mejor ruta a seguir desde su posición actual. El cansancio, el insomnio y el hecho de saber que iban contrarreloj, con menos de veinticuatro horas para terminar el trabajo, eran los culpables.

Sin embargo, eso no impidió que Pill expresara su frustración.

—Joder, odio esto —refunfuñó mientras despejaban la cima de una pendiente empinada y rocosa que parecía como si más entrenamiento con explosivos la hubiera excavado por diversión—. Lo peor que he hecho en el Ejército.

Idina resopló.

—He hecho cosas peores con mi compañía.

—Bien por ti.

Estuvo a punto de decirle que podría haber sido mucho peor: estar «sin» dormir, con poco tiempo, sin provisiones ni oportunidades para descansar, porque esas eran las situaciones para las que se habían entrenado. Antes de que pudiera empezar, Cake soltó un silbido agudo e indicó al equipo que se detuviera, se callara y se pusiera a cubierto.

Los soldados se agazaparon contra la cima de la pendiente rocosa, agachándose detrás de las rocas más grandes y, al menos, quitándose de la línea de visión, donde casi habían sido blancos mucho más fáciles.

Badge sacó el mapa y lo estudió antes de soltar un gemido frustrado.

—Nadie puede quedarse donde le corresponde.

—¿Líneas enemigas? —preguntó Cake.

—Unos seis kilómetros antes de lo previsto, sí.

—Parece un puesto emergente —añadió Idina.

—Podemos dar la vuelta. —Badge señaló al noroeste—. Y usar la cubierta de árboles. Si están patrullando por aquí, tal vez no tengan tantos soldados en el bosque.

—Entonces larguémonos de aquí. —Cake los condujo a través de la elevación, manteniéndose todos agachados y con la cabeza por debajo de la cima de la cresta.

Si las fuerzas enemigas —suboficiales y soldados de otros batallones de Fort Rucker— vislumbraban cabezas por encima de las rocas, las posibilidades de unidad de completar esta misión caerían en picado. Podrían no ser capaces de recuperarse a tiempo.

«Estamos manejando bastante bien la caminata. Nos ocupamos del puente, no nos volamos y llegamos hasta aquí sin matarnos. Con balas de fogueo o sin ellas, ni siquiera hemos disparado juntos al mismo blanco».

Era como reunir a un equipo de atletas semirretirados y enviarlos a un partido del campeonato sin dejarles entrenar antes.

Idina no pudo evitar preguntarse hasta qué punto los otros seis soldados conocían este importante detalle. Aun así, hablar de ello ahora era inútil, y al menos el soldado de mayor rango los alejaba de la amenaza.

Eligió cuidadosamente sus pasos y siguió de cerca a los demás miembros de su unidad antes de que descendieran por la ladera de la cresta. Los hostiles que ocupaban un puesto de observación que Idina y su equipo no habían considerado estaban ahora lo bastante lejos, al otro lado de la cresta, como para que la amenaza de que los detectaran fuera menor. Cake hizo una señal para que todos se dirigieran a cubrirse con los árboles, y todos los soldados se movieron rápida y en silencio.

Incluso Trunk, a pesar de su enorme tamaño, casi no hizo ruido.

Estaban casi todos en los árboles, casi a salvo ocultos por el bosque.

Idina tenía la incómoda sensación de que colarse entre las líneas enemigas en medio de un valle abierto como este era demasiado fácil.

Porque lo era.

Cuando Cake alcanzó la línea de árboles, el agudo chasquido del fuego de las armas irrumpió en el aire. Resonó a su alrededor y, a continuación, la ráfaga de ametralladoras cortó una línea de tierra, agujas de pino y hierba que estalló en dirección a los árboles.

Por supuesto, todo formaba parte del ejercicio de entrenamiento. El personal de las dos ametralladoras era el único que disparaba proyectiles reales, y solo podían apuntar al suelo, no a un equipo de soldados visitantes de Bragg que no habían estado juntos en el campo antes de esto, y mucho menos en simulaciones de combate simuladas.

Los artilleros enemigos trataron de mantener a Idina y a su unidad fuera del bosque y lejos de los árboles.

Cake patinó hasta detenerse y giró, buscando las ametralladoras. Estaban bien escondidas, por supuesto, y aunque hubiera encontrado solo una, no tenían tiempo de intentar ir a por nadie.

—¡Mierda! ¡Son de verdad! —gritó Pill.

—No me digas —gruñó Badge.

—Tío, te lo juro. —Trunk giró, levantando su rifle cargado y escaneando la zona por encima de las fuertes ráfagas de disparos—. Es como si te hubieran soltado en el Ejército desde una nave extraterrestre o algo así. Todos tuvimos entrenamiento.

Pill apretó los labios con fuerza, sus manos temblaban ahora mientras agarraba su arma de fuego.

—Eso no significa…

—¡Tenemos compañía! —gritó Idina.

Aunque no lo hubiera hecho, era imposible ignorar los dos todoterrenos enemigos que se acercaban desde la base hostil que el equipo había intentado evitar.

Cake se rio.

—Tienes que amar una emboscada, ¿verdad?

—¡No! —Pill lo fulminó con la mirada—. ¡No, no nos gusta estar en una emboscada!

—¡Moveos! —Intentaron huir de nuevo hacia los árboles, pero los artilleros ocultos en los nidos se aseguraron de que eso no fuera posible.

Antes de que nadie pudiera idear un plan alternativo, el hasta entonces tranquilo valle a un día de camino de su objetivo se convirtió en un campo de batalla caótico, incluso sin munición real. El equipo de Idina devolvió el fuego enemigo con sus armas de fogueo, incapaces de adentrarse por completo en el bosque debido a las ráfagas de ametralladora real que los cercaban.

Entonces el enemigo se les echó encima. Los dos vehículos se detuvieron y cuatro soldados saltaron de cada uno. Sin duda, su objetivo era someter, detener e interrogar a los soldados de la unidad. Como mínimo, debían conocer de algún modo los códigos de información que esta unidad tenía órdenes de proteger.

Por un momento, Idina se preguntó hasta dónde llegarían esos enemigos para impedir que ella y su equipo alcanzaran su objetivo, por motivos de entrenamiento. Porque en el momento en que las botas del otro bando tocaban el suelo, parecía que se había acabado el juego.

Dos enemigos se dirigieron directamente hacia Trunk, con la esperanza de acabar primero con la mayor amenaza física. El gigantesco soldado no estaba dispuesto a ello. En cuanto uno de ellos sacó un cuchillo de campo —probablemente sin intención de usarlo como se debe en combate—, Trunk saltó a un lado, giró y golpeó el riñón del otro hombre. El enemigo cayó de rodillas con un grito de sorpresa y dolor.

El otro tipo que iba a por Trunk intentó intervenir y agarrar al enorme soldado. Consiguió asestar un golpe directo al plexo solar de Trunk, pero el puñetazo dañó más los nudillos del enemigo que otra cosa. Trunk lanzó un gancho de derecha mortal y su atacante cayó sin hacer ruido.

Los otros seis hostiles fueron a por los objetivos a todas luces más fáciles: Pill, con las gafas inclinadas sobre el puente de la nariz y los puños en alto en el peor intento de posición defensiva de boxeo que Idina había visto nunca, y Badge. Idina no estaba segura de si los enemigos la habían localizado primero porque era pequeña o mujer, o simplemente porque estaba allí con los ojos entrecerrados, absorbiéndolo todo. Sin embargo, deberían haber ido primero a por otra persona, porque una vez que Badge empezó a golpear, no cejó en su empeño.

La mujer tartamuda podía luchar como nadie.

En la primera fracción de segundo de saber que los habían atrapado y que ahora tendrían que volver a luchar para escapar, Idina asimiló todo aquello. Entonces, un enemigo se le echó encima y le apuntó a la cabeza con la culata del fusil. Ella se agachó, le clavó la culata en las tripas y giró para prepararse para otro ataque.

Una enorme explosión y una lluvia de tiza blanca y espesa estallaron en el suelo a quince pasos de donde ella estaba luchando. Todos se agacharon por instinto, entonces ella gritó:

—¡Minas!

No es que fuera necesario gritar, pero ayudó a centrar parte de la atención de su unidad en dónde pisaban exactamente y hasta dónde habían llegado las fuerzas enemigas durante este ejercicio para prepararse para una brecha por parte de un pequeño equipo de insurgentes.

Dos minas terrestres más llenas de tiza blanca detonaron en rápida sucesión. La lluvia constante de ametralladoras se detuvo un momento, para que los artilleros no alcanzaran a sus compañeros antes de que el viento despejara la tiza y recuperaran la visión. Fue entonces cuando Cake decidió que había llegado su momento.

Terminó de derribar a un enemigo —con un puñetazo en la cara cuando el tipo ya estaba en el suelo—, se levantó de un salto y se volvió hacia el grueso de la batalla cuerpo a cuerpo que se libraba a su alrededor. Stop estaba aguantando bastante bien, aunque adoptó una postura más defensiva y se limitó a golpear a los soldados que se acercaban a él en lugar de abrirse paso luchando.

Idina se detuvo para forcejear con otro cuando el tipo agarró su rifle e intentó desarmarla. Le golpeó en la cara con la parte lateral del cañón y luego lo apartó de un empujón. Después de eso, habría seguido con otro golpe para asegurarse de que el tipo estaba en el suelo el tiempo suficiente para que ella pudiera escapar, pero estaba demasiado distraída por un sonido que ninguno de ellos esperaba oír, incluso en un escenario de combate como este.

Risas.

No fue difícil precisar el origen de aquel sonido enloquecido, ensangrentado y medio ahogado, ya que se cortó de golpe cuando un enemigo envió un puñetazo hacia las tripas de Cake. Eso duró lo que tardó el cabo en recuperar el aliento. Luego volvió a carcajearse, a blandir los puños y a lanzar rápidas patadas para poner de rodillas a cualquiera que se acercara demasiado.

«Va a seguir luchando. El tipo no puede sentir nada».

Conocer la extraña incapacidad de Cake para procesar el dolor era una cosa, pero verlo en acción era una experiencia totalmente distinta. Con la sangre cayéndole por la cara y agolpándose en las comisuras de su sonrisa de loco, saltó tras los enemigos que se acercaban a Pill. En cuanto se dieron cuenta de que era una amenaza mucho mayor que el soldado con pinta de empollón que se agarraba el rifle al pecho como si fuera un escudo, los tres soldados restantes se apartaron de Pill para enfrentarse al cabo Bunt.

Idina escudriñó la batalla: cuatro hostiles en el suelo, gimiendo y agarrándose varias partes del cuerpo. Uno forcejeaba con Badge, y eso no duraría mucho más. Tres más se unían al cabo chiflado, sangriento y sonriente, que pensaba que podía con todos a la vez. Probablemente podía, pero no ayudaría al equipo si le daban una paliza antes de que alcanzaran su objetivo.

«No saldremos de esto hasta que todos los combatientes enemigos estén en el suelo».

Eso era aun técnicamente posible, pero ahora los artilleros habían empezado a disparar de nuevo, y ¿quién sabía cuántos hostiles más había entre el lado de la cresta, el bosque y Xena4 en la línea de meta?

Tenían que salir de aquí. Rápido.

Idina casi gritó para que su equipo se reagrupara, formar un equipo y quitarse a los tres últimos soldados de encima de Cake, mientras golpeaban al tipo repetidamente y este no caía. Entonces, el rugido de un motor acelerando llenó el aire. Rápidamente le siguió un grito de victoria, y el gruñido de la suciedad y la grava se esparció bajo los neumáticos antes de que otro todoterreno llegara hasta ellos.

Skim estaba en el asiento del conductor.

—¡Vamos, vamos, vamos! —ladró, pareciendo tan loco como Cake mientras rodeaba al cabo que seguía enfrentándose a tres tíos.

—¡Ayudad a Cake! —gritó Idina, haciendo señas a todos los demás hacia adelante.

Badge terminó su pelea a puñetazos con la rodilla en la cara de su oponente y empujándolo al suelo. A continuación, ella y Trunk se dirigieron hacia Cake. Juntos, acabaron rápidamente con los tres soldados que jugaban a pasarse al cabo sangriento, sobre todo porque el inmenso tamaño de Trunk pilló desprevenidos a los enemigos antes de tirarlos a un lado como sacos vacíos.

Pill y Stop se precipitaron hacia el tumulto mientras llovían ráfagas de ametralladora a su alrededor y Skim frenaba en seco el todoterreno que había robado. Trunk agarró a Cake por el cuello de su camisa y prácticamente lo lanzó contra el vehículo. Todos los demás se amontonaron. Mientras más grava y tierra se agitaban bajo los neumáticos, Skim pisó el acelerador y los llevó a dar otra vuelta de campana antes de acelerar hacia el noroeste por la linde del bosque.

—Vamos, hombre. Vamos, vamos, vamos. —Trunk golpeó con el puño la barra trasera del todoterreno mientras se golpeaban y rebotaban por el terreno irregular. Cake soltó otra carcajada desquiciada y levantó dos dedos corazón hacia los tres enemigos que luchaban por llegar al segundo vehículo.

El vehículo que Skim se había apropiado para el equipo no estaba técnicamente construido para transportar a seis personas de tamaño normal y a un soldado macizo que debía contar como dos. Se hundía bajo el peso del equipo, lo que les habría ralentizado y jugado en su contra en una persecución en vehículo militar todoterreno. Aun así, también se habían librado por los pelos.

Otra fuerte explosión sacudió el valle, aunque esta fue más tenue que las minas terrestres de entrenamiento que habían detonado con su combate cuerpo a cuerpo. Una columna de humo blanco y espeso se elevó desde el segundo todoterreno, seguido de algunos gritos confusos y gestos de enfado del enemigo.

—¡Ja! —Badge señaló el vehículo varado—. ¡Estáis bien jodidos!

—Eso es muy buena suerte por nuestra parte —murmuró Pill.

—¡No! —Skim miró por encima del hombro a su equipo metido en el vehículo como sardinas y movió las cejas—. Una piedra en el tubo de escape. Siempre funciona.

El eco de la carcajada de Trunk acompañó al aire mientras Skim los dirigía en la dirección relativa de su objetivo.

—Eso fue pensar muy rápido —dijo Idina—. Robar uno de sus vehículos.

—Gracias. —Skim sonrió—. Nunca se sabe cuándo una habilidad rara como esa puede ser útil, ¿verdad?

—Sin embargo, es un gran riesgo, ¿no crees? —murmuró Pill mientras miraba la cara destrozada y ensangrentada de Cake.

—¿En mitad de una pelea? Sí, lo sé. Pero vosotros los habéis retenido bastante-

Pill se volvió lentamente hacia Skim y frunció el ceño, confundida.

—Supongo que no tenías un plan de respaldo.

—¿Para qué?

—Porque si los hostiles que nos atacan «no hubieran» dejado las llaves en el vehículo…

—Oh, no lo hicieron. —Skim soltó la mano derecha del volante e hizo un gesto hacia el panel de encendido que había quitado y tirado sumariamente a un lado en algún momento de la escaramuza—. Si puedo hacer un puente a la mitad de los coches de Los Ángeles, puedo hacer un puente a un puto coche.

Pill se quedó mirando el panel que faltaba con los ojos muy abiertos.

El resto de la unidad estalló en carcajadas, vociferando y golpeando los hombros y los costados de la cabeza de Skim en señal de felicitación. Volvió a agarrar el volante con ambas manos y siguió sonriendo mientras los conducía a una velocidad mucho mayor de la que habrían alcanzado a pie.

«Puede que no hubiéramos salido de aquella trifulca de no ser porque Skim sabía puentear un todoterreno».

Idina miró por encima del hombro, pero los soldados que habían estado tan cerca de impedirles completar su misión ya no estaban a la vista. Así que sonrió con el resto de su unidad y se permitió disfrutar de la lujosa —aunque accidentada— ventaja de viajar en un vehículo enemigo robado hasta su punto de encuentro.

Capítulo 18

El equipo no pudo conducir el todoterreno más de media hora antes de que empezara a chisporrotear y a dar tirones. Diez minutos después, una nube de espeso humo blanco salió del capó del vehículo, acompañada de un chirrido estridente y, por último, un fuerte estallido. El vehículo se detuvo por inercia, con el aire cargado de humo, y Skim saltó del asiento del conductor.

—Todo el mundo fuera.

Pill tosió con violencia y se sacudió el humo con todo el brazo antes de buscar su inhalador en el bolsillo lateral. El resto del equipo se alejó del vehículo y observó cómo los restos de su vehículo de huida se depositaban en el suelo mientras el motor emitía su último estertor.

—Qué pedazo de mierda —murmuró Skim—. Probablemente vino del taller móvil.

Risueña, Badge sacó su mapa.

—Nos llevó de A a B, sin embargo. O tal vez más bien a C. Parece que recuperamos algo de tiempo de intentar no volar en jodidos pedazos en el río.

—Eso es una ventaja. —Idina escancó su ubicación actual. Hasta el momento, estaba libre de vehículos adicionales y cualquier cosa que pareciera un puesto de avanzada enemigo, otra base de operaciones, una emboscada, o que alguien hubiera estado aquí desde que unidad había aterrizado en el sitio de navegación terrestre—. ¿Todavía crees que podemos llegar a la una de la mañana?

Badge volvió a meterse el mapa en el bolsillo y sonrió con satisfacción.

—Más bien a las nueve de la noche. Como mucho, a las diez.

—Entonces pongámonos en marcha, joder. —Trunk cogió el rifle no reclamado de la parte trasera del todoterreno, miró a su alrededor para ver a quién le faltaba el suyo, y luego empujó el arma en los brazos de Cake—. No debería tener que encontrar tu maldita arma por ti, tío.

Cake escupió un grumo espeso y sanguinolento en la tierra, y luego dio las gracias con la cabeza. Su sonrisa era igual de sangrienta.

—Sabía dónde estaba todo el tiempo.

—Ajá.

—Espera, espera, espera. Espera. —Pill corrió hacia Cake, bajándose la mochila de un hombro y balanceando toda la mochila hacia su pecho—. No nos moveremos hasta que le vea la puta cara.

Cake se rio.

—No sabía que habías cambiado tu especialidad a médico.

—Sabes que no, gilipollas. Lo que sé es que te han destrozado la cara y que estás jodido.

El cabo trató de ignorar todo el asunto con una burla y un suspiro, pero luchar contra tres objetivos le había carcomido tanto los labios y las mejillas que sonaba como un aleteo húmedo.

—Vete a hacer el bebé a otro.

—Sí. Claro. Y dejar a nuestro cabo varado en medio de la navegación terrestre cuando su ojo está tan hinchado que no puede ver una mierda. Y su boca está demasiado jodida para y gritar, «Hey, chicos. Todavía estoy aquí. No os vayáis sin mí».

Badge resopló.

—No es como si eso fuera a hacernos dar la vuelta para venir a por su culo de todos modos.

Pill hizo una pausa en su afanosa labor médica para reflexionar sobre aquella afirmación y luego se encogió de hombros. La carcajada de Trunk sacó a Pill de su contemplación y miró al enorme soldado antes de sacar su botiquín de emergencia de la mochila.

—Así que no te muevas, idiota.

Cake soltó una risita, que sonó como una respuesta normal solo porque la parte posterior de su garganta no estaba también hinchada. Todavía.

—No necesito esta mierda.

—No sabes lo que necesitas, gilipollas. —Con sus dientes, Pill rasgó un paquete de ungüento transparente.

Por alguna razón, Idina pensó inmediatamente en la mezcla de vaselina y coagulante que los entrenadores utilizaban en las peores abrasiones de sus luchadores durante los combates de boxeo. Estaba segura de que Pill tenía mejores suministros a mano.

Cake intentó reírse de nuevo.

—Amigo, no «me siento…

Pill sorprendió a todos cuando abofeteó al cabo en la cara, señalándole con un dedo severo y haciendo una mueca de desprecio con el paquete rasgado entre los dientes.

—Cállate y déjame hacer esto. Ya me darás las gracias por haberte salvado el ojo.

La risita baja de Trunk cortó el silencio atónito del resto del equipo, seguida del intento de Cake de reírse con él. Pill agarró la mandíbula del cabo con lo que habría sido un apretón muy doloroso —si hubiera podido sentirlo— y lo mantuvo lo bastante firme como para aplicar lo que consideraba crucial en la cara del soldado.

No tardó más de treinta segundos en apartar la cara de Cake, mirarla de lado a lado y volver a echarse el petate sobre los hombros.

—Ya está. Al menos antes no muy guapo, ahora no se va a notar.

—Ay, doctor. —Cake se puso una mano en el pecho y probablemente trató de parecer insultado, pero no había mucho espacio para la expresión en su cara hinchada—. Directo a mi insensible y duro corazón.

Idina no pudo evitar reírse cuando Badge le dedicó una sonrisa torcida.

—Tal vez no deberías haberle arreglado la boca.

El resto de la unidad soltó una carcajada, incluido Cake. Su sonrisa hinchada hizo que se le juntaran las mejillas, e incluso Trunk hizo una mueca al verlo.

—Hombre, yo no me levantaría de la cama si mi boca se viera así.

—Menos mal que a nadie le importa una mierda tu boca.

Stop soltó una risita aguda.

—Boca, boca.

—Sí, es cierto. Estáis todos celosos.

Bromeando entre ellos, el equipo retomó la ruta acordada para el último tramo de la carrera hasta llegar al punto de encuentro en Xena4. A pesar de saber que Cake no sentía nada, los demás soldados no dejaban de mirarlo de reojo y de hacer muecas al ver su cara descompuesta.

«Espero que sus receptores del dolor no sean como las convulsiones de Trunk… inactivos hasta que una explosión masiva los active a plena capacidad. Hablando de eso…».

De repente se dio cuenta de que a Trunk no le había dado un ataque como ella hubiera esperado después de saber que los ruidos fuertes le provocaban convulsiones. Intentó alcanzarle con la intención de preguntarle lo más privadamente posible cómo lo había conseguido.

—Psst. Trunk.

El soldado gigante siguió su camino, con sus enormes piernas moviéndose a un ritmo lento y torpe para seguir el ritmo del resto de la unidad, que en comparación caminaba con fuerza.

—Hey —lo intentó de nuevo.

Delante de ellos, Stop la miró por encima del hombro y enarcó las cejas. Ella le hizo un gesto con la mano y, cuando el tipo se señaló brevemente la oreja, pensó que quería decir que no la oía.

—Quiero hablar con… —Sacó el pulgar hacia Trunk. Stop sonrió, se encogió de hombros y volvió a mirar hacia delante. La siguiente vez que Idina miró el perfil del soldado gigante, se dio cuenta de que Stop había acertado de pleno.

Apenas eran visibles incluso al estudiar el lateral de la cara de Trunk, pero aquello eran tapones para los oídos. Tal vez no con un alto índice de reducción de ruido para anular todo el sonido, pero seguro que parecían resistentes como para amortiguar disparos, explosiones de mina y bloquear algunos susurros bienintencionados del pequeño soldado raso que caminaba a su lado.

«Y así como así, está de vuelta en el campo sin convulsiones, ¿eh?».

—Eh, Trunk —dijo un poco más alto y le golpeó el antebrazo con el dorso de la mano.

Eso llamó su atención.

—¿Qué pasa?

Idina se señaló la oreja.

—¿Cuándo te las pusiste?

—Tan pronto como Oz nos sacó de la carretera. —Le mostró una enorme sonrisa dentada—. Tapones electrónicos para los oídos. Bloquean la mierda ruidosa, pero me dejan oír el habla y los sonidos ambientales. Funcionan de puta madre.

—No me digas. —Asintió con la cabeza. Avanzaron en lo que era lo más parecido a una formación que los soldados de la unidad podían conseguir: Badge al frente porque tenía el mapa, Pill y Skim a un lado como exploradores no oficiales. Todos los demás ocupaban el espacio intermedio.

Ahora, Idina esperaba que no se encontraran con ningún otro obstáculo en las próximas once horas —más o menos— que les hiciera perder más tiempo. Los soldados de la unidad habían llegado tan lejos como una unidad, pero tenía la sensación de que «lo bastante cerca» no iba a ser suficiente para el capitán Irons. O para quienquiera que, en lo alto de la cadena de mando, hubiera dado la orden de poner a prueba a esta unidad de aparentes desechos del Ejército en un ejercicio de entrenamiento real.

* * *

Por suerte para todos ellos, dieron en el clavo a medida que avanzaba el día, parando para un almuerzo más largo y un descanso más corto en la cena una vez que el sol se había puesto casi por completo. Nadie tenía nada que decir hasta que llegaron al punto de encuentro y vieron a Xena4. Podían hacer todos los planes del mundo. Sin ver lo que les esperaba, qué obstáculos se interponían en su camino y cómo iban a entrar en la base de operaciones sin que les pateasen el culo antes o los dejasen fuera del ejercicio, no tenía sentido.

—No creerás que será tan fácil como acercarse a la puerta y dejar que Stop recite todos sus códigos, ¿verdad? —Pill sacó lo que quedaba de la bolsa de comida para perros.

Los demás soldados le miraron fijamente hasta que alguien soltó una risita, lo que hizo que el resto se pusiera en marcha.

—Aw, mierda. —Trunk se metió en la boca el último trozo de comida—. Oz se olvidó de darnos la señal secreta para llamar a la puerta.

¿Cómo diablos vamos a entrar?

—Ya sabes lo que quiero decir. —Pill metió su cena vacía en su petate y frunció el ceño a todos.

—¡Eh, quizá si decimos *por favor*, la próxima unidad enemiga que nos encontremos no se moleste en perseguirnos! —Skim se deshizo en carcajadas ante su broma, y los demás terminaron de recoger su equipo y se prepararon para salir.

—Solo digo. —Pill se subió las gafas mugrientas por el puente de la nariz—. Oz no mencionó que tendríamos que abrirnos paso luchando hasta la base de operaciones cuando llegáramos allí.

—D-d-dijo que nos abriéramos paso, ¿no? —Badge se levantó y se puso la mochila sobre los hombros—. Eso me suena a p-pelea.

—No necesariamente.

—Hombre, ahora estás a punto de caer redondo por el agotamiento y estás construyendo castillos de arena. —Trunk se levantó y señaló a Pill—. Eres mejor siendo el paranoico. Hazlo.

—Podríamos preguntarle a la ingeniera de combate. —Pill señaló a Idina, que parecía un poco más esperanzada que hace dos segundos, pero sin llegar a un nivel convincente de ánimo elevado—. Ella es la que maneja explosivos. ¿Verdad?

—Sí, si pudiera ver lo que tenemos que abrir una brecha. —Idina se encogió de hombros como los últimos soldados se puso de pie—. Yo sé tanto como tú en este momento. Así que tendremos que ver.

—Maldita sea. Esto es un entrenamiento. —Pill pateó una roca suelta, luego se esforzó por sacar su equipo de visión nocturna de su mochila después de darse cuenta de que todos los demás ya lo habían hecho—. Quiero saber qué esperar. ¿Es mucho pedir?

Badge rio con dureza y sacudió la cabeza.

—Te has equivocado de puto trabajo, tío.

—Sí, lo único que podemos esperar es que nos pateen el culo. —Skim hizo una pausa, inclinó la cabeza hacia Cake y luego señaló al cabo, cuya cara aún no había perdido nada de su hinchazón—. O al menos que el cabo Bunt estará allí para aguantar la mayor parte por nosotros.

—Oye, no lo hice por ti, cara de culo. Me estaba divirtiendo.

Idina resopló, y cuando Cake le dirigió una mirada condescendiente —o al menos ella pensó que eso era lo que pretendía—, se encogió de hombros.

—Deberías mirarte al espejo antes de soltar nombres así.

Todo el mundo volvió a reírse. Incluso Cake esbozó una sonrisa antes de levantar una mano para tocarle la cara con cuidado. Pill volvió a bajar la mano de un manotazo y parecía dispuesto a abalanzarse sobre el cabo si esa mano se acercaba una vez más a las hinchadas laceraciones.

* * *

La estimación de Badge sobre la hora de llegada a Xena4 no estaba tan lejos de la realidad. Cuando Cake pidió a la unidad que se detuviera para poder confirmar su ubicación en el mapa una vez más, eran las 21:27 horas. Tenían poco más de dos horas y media para entrar en el punto de encuentro y entregar los códigos en la cabeza de Stop.

Suponiendo que el edificio bajo y achaparrado a poco más de kilómetro y medio al norte fuera Xena4 y no algún otro puesto de avanzada ocupado por el enemigo en el que estaban a punto de meterse de lleno.

—Sí, es aquí —dijo Badge mientras se inclinaba sobre el mapa de nuevo—. Pasamos esta cresta hace media hora. Ese es Xena4.

—Vale, ahora toca preguntar a la supuesta experta. —Cake asintió a Idina—. Te toca, novata. Ve a ver qué tenemos que explotar.

Sonriendo, Idina se apartó de su grupo de intrigantes y se dirigió hacia el perímetro de su actual y último objetivo. Caminó en silencio y se pegó a las sombras tanto como le fue posible. Era bastante fácil con la base de operaciones construida a no más de tres metros del borde del bosque. Recopiló toda la información que pudo sin salir a la luz exterior del edificio y gritando a pleno pulmón si había algo más que ella y su equipo necesitaran saber.

Al igual que en los ejercicios nocturnos de la instrucción y en aquellos primeros y efímeros meses de trabajo con la compañía Bravo en Bragg, las luces verdes de Idina sacaban el jugo. Destellaban en todas las direcciones de su campo de visión, iluminando los dos vehículos aparcados delante, la línea de tierra removida que se extendía entre ambos vehículos y continuaba hacia la pared lateral del edificio. Un montón de pesadas planchas de metal y tablones de madera podridos era un disfraz perfecto para cualquier tipo de explosivo.

Cuando terminó, Idina tenía media docena de trampas confirmadas y otra media docena de posibles puntos de amenaza, todas ellas trazadas en su mente y sus luces verdes listas y dispuestas para sacarlas a relucir de nuevo en cualquier momento.

Luego se dirigió de nuevo hacia su equipo, que había tomado la buena decisión y se había puesto a cubierto en el bosque.

Todos la miraron expectantes, y Pill se quitó el equipo de visión nocturna para poder escrutarla de cerca.

—De acuerdo. —Ella también se quitó el equipo de visión nocturna—. El lugar está hasta arriba de trampas. Por quién no importa en este momento, pero solo veo dos puntos de entrada viables.

Nadie interrumpió el informe de Idina sobre las trampas, los explosivos colocados y las medidas para contrarrestar la movilidad colocadas por sus objetivos amistosos dentro de la base de operaciones o por cualquier número de operativos enemigos. Estos últimos no parecían esperar a que apareciera la unidad de unidad para hacer algo.

—Eso nos deja con cero opciones —siseó Cake—. No dos.

—Error. —Idina cogió un palo del suelo del bosque e hizo lo que pudo para dibujar la pequeña base allí mismo, en la tierra—. Podemos llegar a la puerta oeste, que parece la ruta más directa desde donde estamos ahora, pero eso requiere un montón de maniobras con pies ligeros alrededor de los alambres aquí y aquí.

»O podemos bordear el edificio por el norte y entrar por la puerta noreste. Sí, nos quita de en medio, y deberemos tener mucho cuidado por donde pisamos. Ese montón no son solo escombros, si me entiendes.

—Vaya mierda. —Trunk se cruzó de brazos y miró el tosco dibujo—. No voy a recoger un montón de mierda para que puedas desenterrar una mina que podría o no explotar.

Le sonrió con satisfacción.

—Menos mal que no tratamos de desmontarlo, entonces.

Cake estudió las líneas en la tierra y frunció los labios al máximo a través de su hinchazón.

—Entonces, ¿cuál es la mejor? Ya que eres la experta…

Si querían alcanzar su objetivo y completar esta misión con tiempo de sobra, tenía que seguir ignorando su sarcasmo y tomarse la pregunta por lo que valía.

—Bueno, si solo necesitáramos un soldado para entrar y salir antes de llamar a esta cosa, yo diría que la puerta oeste. Stop es muy rápido.

El soldado en cuestión la miró fijamente y sonrió.

—Sí, de nada. —Idina señaló la segunda opción con su bastón—. El camino largo es probablemente mejor para los siete para entrar. Así que eso es lo que sugiero. Uno tras otro, cerca del suelo. Evitar el montón de desechos, que no debería ser un problema. Mientras no nos detecten, llegaremos a la puerta noreste sin imprevistos. Cuando estemos adentro, Stop escupe los códigos, y estamos listos para irnos.

Por un momento, se preguntó si había ido demasiado rápido para que el resto de su unidad siguiera sus sugerencias con precisión. Al fin y al cabo, era el primer ejercicio de entrenamiento que realizaban juntos después de haber sido una unidad oficial —aunque ignorada— durante más de tres meses. Entonces Cake sonrió y se colocó el traje de noche por encima de la cabeza, lo que le llevó un poco más de tiempo del debido porque su cara seguía siendo una talla más grande.

Eso es, entonces. ¿Podéis seguir el ejemplo de la novata, o tiene que explicarlo otra vez?

—Una hora, treinta y seis minutos, cuarenta y dos segundos —respondió Stop.

—Me parece bien.

Trunk asintió.

—Me apunto.

—No es que tengamos otra jodida opción. Quiero decir, la tenemos.

Pero… lo que sea.

—Bien. —Pill se ató el casco y asintió con la cabeza lo bastante enérgicamente como para que las gafas se le deslizaran un poco por la cara antes de volver a enderezarlas y ajustarse las correas—. Entonces… ¿qué? ¿Seguimos a la novata en fila india?

—Probablemente no sea la mejor idea. —Cuando nadie aportó nada útil, una vez más, Idina luchó por no poner los ojos en blanco—. ¿Estáis esperando mi opinión, o…?

—El suelo es tuyo, novata. —Cake señaló la suciedad arañada a sus pies—. Literalmente.

—Bien. Esto es lo que yo haría. Enviar a Trunk y Skim primero. Para ser un gigante, Trunk es bastante rápido.

—Aw, diablos. —Se rio—. ¿Lisonja justo antes de hacer una incursión clandestina, novata?

—No si vas a seguir sonrojándote. —Ella le sonrió con suficiencia y siguió—. Él es lo suficientemente pesado como para desencadenar cualquier cosa que pudiera haber pasado por alto—

—Espera, ¿podría haber pasado por alto? —Pill chasqueó antes de bajar la voz al instante—. Pensé que habías salido a explorar todo en nuestro camino.

—Bueno, no tengo visión de rayos X, Pill.

Badge la miró de arriba abajo y ladeó la cabeza.

—¿Estás segura?

Idina abrió la boca para decir que por supuesto que estaba segura, luego se detuvo y tuvo que considerar la posibilidad durante una fracción de segundo.

—No que yo sepa. ¿Quién coño lo sabe?

Las risitas ahogadas de los soldados se elevaron a través del bosque que los rodeaba, entonces Idina se enderezó para ver bien el perímetro de la base de operaciones y asegurarse de que no hacían tanto ruido como para delatar su posición.

—Vale, mirad. Puede que me haya perdido algo. No hay forma de saberlo a menos que salgamos de aquí y sigamos la ruta de la puerta noreste. Trunk y Skim primero. Ambos son lo bastante rápidos para salir de la línea de fuego si algo se tuerce. Entonces sabremos que algo salió mal.

—Es jodidamente difícil no ver a un gigante corriendo a fuego abierto —murmuró Cake.

—Después, Badge y Cake.

—¿Por qué? —La chica hizo una mueca ante la idea de ser la compañera del cabo.

—Porque sois como la artillería. Con los puños. —Ninguno de ellos parecía a punto de discutir con esa observación, por lo que Idina continuó—. Después entonces Pill y Stop. Si dos líneas de soldados no pueden abrir una brecha primero y despejar un camino para el tipo con los códigos, probablemente no vamos a entrar. Así que Pill, tendrás que mantener los ojos bien abiertos. En Stop *y* cualquier otra cosa que los primeros cuatro soldados puedan haber pasado por alto.

Él negó lentamente con la cabeza.

—Otra vez con la mierda perdida para la que hiciste contingencias.

—Solo intento cubrir todas las bases.

—Bien. ¿Y tú vas a entrar la última? ¿O me estoy olvidando de algo más que podríamos haber pasado por alto?

Badge se dio un manotazo en la nuca ante una ronda de risitas de los demás soldados, pero Pill no ofreció ninguna otra protesta.

—Voy la última por si veo algo más —respondió Idina—. Probablemente no lo haga, pero así puedo vigilar a todo el equipo y cubrir a vuestras espaldas si es necesario. ¿Alguna otra pregunta útil?

La mayoría de los demás soldados sonrieron a Pill, pero al parecer no hubo más preguntas, preocupaciones o sugerencias.

—Vámonos de una puta vez —murmuró Cake, con la voz aún apagada a través de unos labios increíblemente hinchados.

Luego hizo una señal a la primera línea —Trunk y Skim— para que se dirigieran a través de los árboles y recorrieran su primer camino alrededor de los obstáculos y el lado norte del edificio Xena4.

De dos en dos, los soldados llevaron a cabo el plan de Idina a la perfección. Para empezar, no era tan complicado. Sin embargo, después de tres meses viendo cómo los miembros de su unidad no hacían otra cosa que limpiar, discutir, mejorar en las instalaciones y mejorar aún más en la presión mutua, fue un alivio ver que podían seguir instrucciones de campo sencillas durante un ejercicio.

Si no hubiera estado en la retaguardia, Idina no habría sabido que había seis soldados delante de ella abriéndose paso por la ruta directa que les había trazado con un palo en la tierra. Salieron de la arboleda, pasaron junto a los dos vehículos y la mina trampa colocada entre ellos y el edificio, y rodearon el montón de escombros del lado noroeste del edificio. Una vez superado eso, el equipo estaba prácticamente a salvo.

«Esto parece demasiado fácil. Por otra parte, no es que los superiores esperaran mucho de un equipo de marginados que no ha sido muy productivo en los últimos tres meses».

Sin embargo, nada era tan fácil como parecía. Idina debería haberlo sabido, sobre todo con este como su último paso entre pensar en la victoria y completar su misión.

Cuando se dio cuenta de que se le había escapado algo, ya era demasiado tarde. No había previsto nada para lo que ocurrió a continuación.

Capítulo 19

Cuando Trunk y Skim desaparecieron por el punto más alto del montón de los cascotes para dirigirse hacia la puerta noreste, Idina percibió por primera vez el olor de ese mal.

No fue un olor en el viento o un sonido que no pudo localizar lo que llamó su atención. Ni siquiera el destello de un movimiento en el rabillo del ojo que iluminaba su equipo de visión nocturna.

Era una sensación, un ligero cambio en la energía que la rodeaba y en su interior. No tenía sentido, así que intentó ignorarlo la primera vez.

Badge y Cake fueron los siguientes en rodear el montón de basura. La parte superior de sus cascos desapareció bajo las oscuras siluetas de chapas y contrachapados desechados cuando se agacharon para permanecer agachados.

Entonces se intensificó la sensación que Idina había intentado disipar.

Comenzó como un chisporroteo de electricidad estática, como el calor y el frío fundidos en uno. El cambio en el aire recorrió sus mejillas expuestas y bajó por sus hombros, penetró a través de su armadura de combate y uniforme hasta filtrarse en su propia piel.

Parecía magia.

No la de cualquiera, si es que alguien más en el planeta tenía una habilidad como la suya. Era la magia de Idina, poderosa, hormigueante y cada vez más fuerte. Eso también era imposible. Se sentía como la oleada de luz verde que la había invadido en el todoterreno del comandante Hines el día que aparcaron frente a la casa del teniente coronel MacBlair. El tipo de luz que había salido disparada de su boca y se había elevado hacia el cielo antes de enviarla al hospital.

Pero no era de ella.

«Mierda. ¿De dónde viene eso?».

Entonces, por el rabillo del ojo, vislumbró una luz verde brillante entre los árboles. No se trataba de sus luces parpadeando en su visión, aunque también lo hicieron una vez que reconoció la presencia de la energía de otra persona aquí con ellos, el poder de otra persona.

«El Olc. Tiene que ser él. Ahora viene por todos nosotros».

Idina se escabulló por el borde del montón de escombros tan rápido como pudo, respiró hondo para romper por completo su plan de ruptura y gritar:

—¡Todo el mundo al…!

Las luces verdes que no le pertenecían estallaron en mitad del grito. El cielo resplandeció con esa inquietante luz esmeralda y la fuerza de la energía lanzada la derribó de lado contra el montón de escombros. Que, como sus luces habían confirmado durante el reconocimiento, estaba lleno de explosivos.

No era una mina llena de metralla, así que al menos tenía eso a su favor. Aun así, la fuerza de la detonación provocó que Idina saliera despedida hacia delante de nuevo. Sintió como si una apisonadora le hubiera pasado por la espalda y se dio de bruces contra el suelo.

Entonces empezaron los disparos.

Tal vez fueran los miembros de su unidad con sus balas de fogueo a las luces verdes parpadeantes que crepitaban en el terreno abierto entre el bosque y su objetivo. Tal vez fueran los enemigos que habían localizado su posición con la explosión y se acercaban para detenerlos antes de que pudieran llegar a las puertas del edificio.

Idina se levantó sobre unos brazos temblorosos y por una fracción de segundo se preguntó si se había quedado ciega. No, solo era la espesa nube de tiza blanca que había brotado de la mina que había detonado sin querer. Se espesó en el aire, destellando con pulsos de color verde eléctrico mientras el ser que sabía que era el Olc se acercaba a ella y a su equipo.

—¡Moorfield! —Ese parecía Pill, pero era difícil saberlo con el constante chasquido entrecortado de los disparos y las sibilantes ráfagas de verde cada vez más cerca—. ¿Qué coño está pasando?

—¡A la puerta! —Idina trató de poner los pies debajo de ella, pero se dio cuenta de que el dolor que le subía por la espalda no provenía de la espalda, sino de la pierna derecha por encima de la rodilla. Con un gruñido, sacó la pierna de debajo de ella y se encontró con sus manos calientes y pegajosas de sangre—. ¡Me han dado! Lleva a Stop al…

Otra ráfaga de verde furioso se dirigió hacia ella. Su fuerza despejó la nube de tiza, al menos así comprobó que el Olc no había llegado hasta ella. Todavía no. Seguía en el bosque.

«Tal vez ahí es donde tiene que quedarse. Como cuando casi atrapó al Mayor Hines».

Los miembros de su unidad gritaban a su alrededor, pero las palabras eran ininteligibles en medio del caos de los disparos de las armas, las luces verdes que surcaban el aire desde la línea de árboles y la respiración áspera y entrecortada de Idina. La pierna le ardía.

En contra de todo lo que sabía sobre cómo funcionaban sus habilidades de luz verde, su mente no intentó curar lo que tenía que ser un enorme tajo en la pierna provocado por el trozo de metralla que la había desgarrado. En su lugar, la información más inútil del mundo revoloteó por su cabeza.

Los libros de jardinería que Edgar y Mason solían dejar en los terrenos de Moorfield Manor para que ella los encontrara cuando era pequeña. Cientos de páginas brillantes que se pasaban una y otra vez. Fotos de plantas, arbustos, flores, enredaderas, tallos, hojas…

Entonces, las imágenes teñidas de verde de su mente se detuvieron en una imagen concreta: una mancha esponjosa y frondosa que parecían cientos de árboles diminutos. Las palabras que aparecían sobre la imagen parpadearon ante sus ojos: musgo esfano.

«¿Qué coño es esto?».

Los gritos de su unidad se hicieron más cercanos y alguien, en algún lugar, debió de detonar el cable trampa colocado entre los dos vehículos militares aparcados frente a Xena4. La explosión fue ensordecedora, a la que se unió el chirriante gemido de al menos uno de los vehículos, que se inclinó bajo la explosión. Más escombros y trozos de roca, ladrillo y gruesas masas de tierra salpicaron el aire.

—¡Vamos, novata! Levántate. ¡Vamos!

Era Cake. Tenía que serlo.

Idina intentó quitarse de la cabeza la imagen de aquel maldito musgo, pero no se iba. Mirara donde mirara, aquella página de uno de los libros de jardinería de los Moorfield permanecía superpuesta. Las luces verdes que resplandecían en el bosque parecían hacerse más fuertes. Más brillantes. Más cercanas.

—¡A la puerta! —gritó de nuevo e intentó ponerse en pie. Fue un error catastrófico. El dolor que sentía en la pierna fue abrumador y volvió a caer al suelo.

Alguien se detuvo a su lado y se arrodilló.

—Creía que eras la única gilipollas que podía poner luces verdes así.

Era Badge, y la mujer se echó uno de los brazos de Idina sobre sus hombros para ayudarla a ponerse en pie.

—Obviamente no lo soy —gruñó Idina entre dientes apretados—. Tengo que parar esto.

—¿Con qué? Solo tenemos balas de fogueo.

—Solo podremos con él con armas de fuego. —Trató de apartar el brazo de los hombros de Badge e Idina hizo un gesto hacia el extremo noreste del y la puerta a la que aún tenían que llegar. Solo que ahora era más una cuestión de vida o muerte y no un mero ejercicio de entrenamiento. Ya no—. Hay que meter a los demás dentro.

—¿Sabes qué es esa cosa de ahí?

—Sí. Creo que sí. Entra y yo me encargo.

Por un momento, Badge se quedó mirándola. Luego dejó caer a Idina al suelo y corrió hacia los demás. Más explosiones sacudieron la zona, pero al menos los disparos habían cesado. Porque ahora todos se daban cuenta de que disparar con balas de fogueo a un enemigo —que no era otro grupo del Ejército destinado a desafiarlos durante su entrenamiento— no les iba a servir de nada.

Aun así, esa maldita imagen del musgo esfano de un libro de jardinería que no había mirado en años cubría todo lo que Idina miraba.

Se agarró la pierna y observó las siluetas oscuras de los miembros de su unidad que se balanceaban arriba y abajo mientras el equipo corría hacia el extremo norte del edificio. El Olc que lanzaba luces verdes tenía otros planes.

Unas oleadas de poderosa y abrasadora energía verde surcaron el aire, lanzando enormes rociadas de tierra y escombros. Dondequiera que el equipo de Idina intentaba esquivar el caos, aquellos crepitantes ataques verdes los detenían en seco. No alcanzaron a nadie —todavía no, por lo menos—, pero enviaron un mensaje mortífero, y no provenía de unos cuantos artilleros en las ametralladoras que aplicaban tácticas de contramovilidad a una unidad en formación.

Idina se llevó la mano a las correas de su mochila, con la intención de coger su botiquín de urgencia y encontrar allí algo que le ayudara en la pierna y, al menos, le permitiera volver a ponerse en pie. Las explosiones que la habían lanzado por todo el suelo y le habían destrozado la pierna en primer lugar también le habían roto la mochila. No había nada dentro.

—Mierda. —En medio del resplandor de luces verdes que se acercaban desde el bosque, y los gritos ininteligibles de los miembros de su unidad, Idina finalmente prestó atención a lo que su magia intentaba mostrarle.

Su muslo desgarrado brilló con una luz verde palpitante. Agarró la carne con más fuerza e intentó concentrarse en la misma sensación que había tenido con su magia cuando disparó accidentalmente al especialista Gowon en el cuello. Entonces, de alguna manera, lo había curado lo suficiente como para evitar que se desangrara en el campo de tiro. Ahora, Idina no tenía ni idea de cómo acceder al mismo poder que solo había utilizado otra vez en sí misma.

«Venga, venga. ¿De qué sirve poder curarme si no puedo hacerlo cuando cuenta de verdad?».

Un rugido gutural surgió del bosque, seguido del agudo crujido de las ramas de los árboles al partirse y del desgarro de los troncos al astillarse y estrellarse contra el suelo.

—¡Hazlo de una vez!

Una forma oscura e increíblemente rápida se lanzó hacia ella desde el lateral del edificio y apenas consiguió evitar que otra columna de furiosa luz verde que surgía del bosque la hiciera pedazos. El ataque del Olc se estrelló contra la pared exterior del edificio, y lanzó trozos de piedra y hormigón en todas direcciones. Entonces alguien más se deslizó por su lado hacia Idina como si fuera primera base.

—Stop. —Ella lo miró fijamente, con la pierna reventada de dolor y la voz le sonaba muy lejana en medio del caos—. ¿Qué estás haciendo? Os dije que…

—No. —Él sacudió la cabeza y posó ambas manos sobre la rasgadura de sus pantalones de uniforme y su carne.

No se había dado cuenta hasta ahora de la cantidad de sangre que había. Eso no era bueno, sobre todo si tenía que ponerse en pie y ahuyentar a la criatura que intentaba acabar con todos ellos desde la cobertura del bosque. Hasta que decidiera salir del bosque.

—El botiquín se entregará a cada soldado del Sistema de Implementación Rápida para Soldados. Con un peso de cuatrocientos gramos, consistirá en un paquete de artículos médicos prescindibles dentro…

— Sí, mi kit de primeros auxilios ha desaparecido. —Idina parpadeó furiosamente, intentando quitarse de la cabeza la imagen de aquel maldito musgo esfano de la cara de Stop.

«Espera. Musgo esfano. Absorbente. Ácido. Antiséptico. Joder, ¿es esto lo que me está diciendo?».

—Stop, escúchame. —Ambos se agacharon bajo otro chorro de resplandeciente luz verde mientras otros dos árboles gemían, se astillaban y se estrellaban contra el suelo en el linde del bosque. Idina le agarró del brazo y le miró a los ojos—. ¿Por casualidad sabes lo que es el musgo esfano?

A Stop se le iluminaron los ojos y asintió.

—Un musgo grande y absorbente que crece en masas densas en terrenos pantanosos. Las capas inferiores se descomponen para formar…

—Sí, sí. Exacto. Necesito que lo encuentres y me lo des. ¿Puedes hacerlo? Encuéntrame el…

Ahora las luces verdes del bosque aumentaban en brillo e intensidad, y formaron un resplandor masivo que se parecía mucho a una especie de cañón de energía de ciencia ficción preparándose para la explosión final que arrasaría todo en un radio de ochenta kilómetros.

—Joder, ¿qué hacemos? —gritó alguien.

—¡Estoy en ello! —aulló Idina de nuevo—. Stop, encuéntrame ese musgo. Tráelo aquí. Vamos.

Con la mandíbula firme, Stop se puso en pie de un salto y se alejó en la oscuridad. Tal vez el Olc que se alzaba en los árboles ni siquiera lo viera porque solo era un soldado. Tal vez la criatura con magia como la de Idina no veía al tipo lanzarse con increíble velocidad a través de las sombras hacia el bosque. En cualquier caso, ella esperaba que Stop volviera con lo que le había pedido.

Entonces el suelo empezó a temblar, y supo que se le había acabado el tiempo de intentar averiguar cómo combatir a esa cosa con una pierna herida e imágenes de plantas corriendo por su mente.

Incapaz de ponerse en pie, solo podía intentar contener los ataques desde el suelo. Idina extendió ambas manos y dejó que el hormigueo y el calor helado de su magia fluyeran a través de ella, desde la columna vertebral hasta las muñecas y los dedos, pasando por los hombros y los brazos.

«No me estoy curando, pero más me vale poder usar esas luces verdes de otra forma».

Una vez que la fuerza de su magia —y no podía llamarla de otra manera en ese momento— se sintió como si fuera a estallar fuera de ella, dejó que lo hiciera exactamente.

Un fino chorro de luz verde salió disparado de la punta de sus dedos hacia el halo verde oscuro que crecía, burbujeando y expandiéndose en la línea de árboles. Debió de dar en el blanco, porque el enorme resplandor chisporroteó un segundo y se atenuó.

Entonces se hizo aún más brillante, creció y soltó ramas crepitantes de luz blanca que se clavaron en el suelo y se dirigieron hacia ella y su equipo.

«Vamos. Tiene que haber más que eso. Puedo golpear a un tipo a través de una habitación, pero no puedo conseguir más que…».

Lo intentó de nuevo, pero ahora la energía que brotaba de sus manos era claramente insuficiente. Se estaba desvaneciendo.

—¡No, no, no, no!

—¡Ahora sería un buen momento para dejar de joder con esa mierda, novata!

—Si tienes alguna otra idea —gruñó mientras se quitaba rápidamente el chaleco, lo tiraba a un lado y sacaba los brazos de las mangas de su camisa—, ¡no dudes en decírmela!

Entonces algo se abalanzó sobre ella desde un lado y tuvo que agarrarse con las dos manos al suelo para no caer de bruces.

—Musgo esfano —gritó Stop antes de empujar un enorme puñado de una sustancia húmeda y esponjosa en sus manos—. Debido a la rápida capacidad de absorción del musgo y a su alto contenido en ácido, los soldados lo utilizaron durante la Primera Guerra Mundial para detener el flujo sanguíneo de las heridas e inhibir futuras inflamaciones e infecciones bacterianas.

—Vaya. —Idina miró la masa oscura de vida vegetal en su regazo—. Sí, ese es el plan. Sostén esto.

Ella le tiró su camiseta de uniforme, y Stop la bajó de donde había aterrizado en su cara, mirándola con los ojos muy abiertos.

Los árboles se derrumbaban de dos en dos, y el halo de la terrible luz verde de Olc amenazaba con derribarlo todo a la vez.

—¿Qué demonios estáis…? —Nadie se rio del grito totalmente justificado de Pill cuando una lanza de energía verde pasó junto a él y se estrelló contra la pared exterior del edificio.

Idina agarró la tela rasgada de sus pantalones y abrió aún más el agujero. En cualquier otra circunstancia, habría escrutado el parche de supuesto musgo esfano con un poco más de discernimiento. El tiempo extra no era un lujo que ninguno de ellos pudiera permitirse en ese momento.

—Espero que tus habilidades para la recolecta nocturna de musgo estén a la altura —murmuró. El intento de risa que se le escapó sonó más como un ahogo de dolor que otra cosa.

Stop se quedó mirando el musgo que tenía en las manos y repitió:

—Inhibir nuevas inflamaciones e infecciones bacterianas.

—Sí.

En lugar de intentar desgarrar el musgo hasta dejarlo del tamaño de un muslo herido, se metió todo el trozo por el agujero de los pantalones y siseó al sentir el escozor de los filamentos suaves y húmedos al presionar el enorme tajo. Y dentro de la carne también, probablemente.

No tuvo que pedirle la camisa del uniforme. Stop se la puso en la mano en cuanto se acercó a él, e Idina se enrolló la camisa varias veces alrededor del muslo antes de atarse las mangas en un vendaje de emergencia. Luego apartó las manos de inmediato y se quedó mirando su obra.

«No es que tenga ni idea de qué esperar aquí, pero mis luces verdes sacaron ese maldito libro de jardinería por alguna razón».

—De acuerdo. —Apretó los puños contra el suelo, Idina respiró hondo y apretó los dientes—. Esto tendrá que serv…

Si hubiera sabido lo que estaba a punto de pasar, habría mantenido la boca cerrada. Porque «tendrá que servir» era un eufemismo asombroso. Nada podría haber preparado a Idina para la abrumadora oleada de fuerza, energía y concentración que la invadió.

Dio un largo y estremecedor suspiro y vio cómo el mundo entero se iluminaba a su alrededor como si alguien le hubiera implantado quirúrgicamente un equipo de visión nocturna en los ojos en ese mismo instante. Cada guijarro y cada mota de tierra que había bajo sus manos adquirieron luz propia. Los ojos anchos y luminosos de Stop emitían una suave luz mientras la miraban.

En su visión periférica, Idina distinguió los contornos brillantes de los otros cinco soldados de su unidad, que esquivaban las ráfagas esporádicas de energía verde que se dirigían hacia ellos desde la línea de árboles.

No era solo la propia luz. Sentía la energía de todo lo que la rodeaba: orgánico, inanimado, artificial, sensible. Daba igual.

Todo sucedió demasiado rápido para procesarlo despacio, pero cuando la renovada fuerza de la energía fluyó a través de ella, Idina supo que tenía todo lo que necesitaba para terminar esto.

—Joder —susurró, y se levantó. El dolor de su muslo lacerado había desaparecido por completo. De hecho, Cada rastro de dolor en cada parte de su maltrecho cuerpo se había esfumado.

Lo único que sentía era claridad, energía y una confianza que no sabía que fuera posible. El hecho de que hubiera surgido de la nada —o tal vez del trozo de musgo húmedo del bosque que rellenaba su pierna herida para evitar que perdiera más sangre— no lo hacía menos real.

—Vaya… —Stop inspiró, sentándose sobre sus talones.

Idina lo miró y luego señaló al resto de su equipo.

—Lleva a todo el mundo a la puerta. Ahora mismo.

El chico se levantó de un salto y corrió hacia los demás miembros de su unidad que seguían alejados de Idina y se metían por esa maldita puerta.

Entonces, la soldado de primera Moorfield echó los hombros hacia atrás y se enfrentó al antiguo Olc del que Lady Muirden había advertido en su diario. El monstruo que la había perseguido desde el final de la instrucción y que ahora había decidido venir a por ella aquí. Y no solo eso, sino que había venido a por su unidad. Por muy mierda que fuera la unidad, eran su equipo.

«Vale, hijo de puta. ¿Quieres que te deje entrar? Entonces ven a por mí si puedes».

Nada podía explicar por qué Idina corrió hacia el orbe de luz verde que emitía energía destructiva cada dos segundos. Aun así, sabía que era lo correcto, lo único que podía hacer si quería detener a aquel ser demente que se colaba en sus sueños y la atormentaba en sus visiones de vigilia.

Cuando levantó ambas manos hacia la temblorosa y palpitante bola de luz que astillaba aún más ramas de árbol y las hacía volar en todas direcciones, fue vagamente consciente de sus gritos saliendo de su boca.

No gritos aterrorizados y agonizantes. Era un grito de guerra.

La energía hirviente que la recorría brotó de la punta de sus dedos y se dirigió hacia la creciente luz verde que desgarraba el bosque. Toda la zona se iluminó con un chisporroteo de energía, y el primer ataque real de Idina dio en el blanco.

La enorme cúpula de luz se estremeció y encogió mientras un furioso rugido rasgaba el aire. Ella no se detuvo. Lanzó un ataque tras otro: bolas concentradas de luz verde, brillantes lanzas verdes, descargas de energía tan afiladas como dagas. Su enemigo sin rostro desvió la mayoría antes de devolver el fuego con lo que parecía, sonaba e incluso *olía* casi igual que la magia de Idina. Ella se agachó y esquivó, apartándose de una columna de luz verde chisporroteante y lanzando una de las suyas antes de que el Olc tuviera otra oportunidad de atacar.

No tenía ni idea de si era la adrenalina, el extraño influjo de energía y concentración de sus luces verdes o el musgo esfano que tenía en la pierna. Luchó contra el con todo lo que tenía, perdida por la furia de la batalla que no sabía que existía en su interior. Toda su concentración se centraba en derrotarlo, en hacerlo retroceder, con la esperanza de borrarlo de su existencia. La advertencia del diario acerca de que no podría matar al Olc ya no existía en su mente.

Idina Moorfield iba a borrarlo de la faz del planeta.

Esquivó una ráfaga de magia verde grande y turbulenta, patinó de lado en la tierra y se dio cuenta de lo cerca que había estado del linde del bosque.

«Ahora mismo. Tú y yo. Esto se acabó».

No sabría decir cómo supo que la fuerza de la magia que ahora invocaba estaba en la punta de sus dedos. Era el mismo ardor crítico que la había inundado en la zona de aterrizaje de Fort Benning, la misma oleada de magia que había utilizado para rechazar los puños verdes de luz y salvarle el pellejo al comandante Hines. Una espumosa niebla verde surgió de sus manos extendidas, cayó al suelo y rodó de punta a punta hacia su enemigo, que seguía oculto entre los árboles.

Mientras la niebla avanzaba, Idina creyó oír algo. Una voz.

«¿Eso es una canción?».

Entonces, la energía acumulada en su cuerpo fue mayor de lo que pudo contener. Dejó que saliera de ella, alimentada por la niebla verde que se extendía por el suelo y los árboles. Fue la mayor liberación de magia que había realizado a propósito hasta entonces, mucho más que la primera vez con Hines. Cada centímetro de su piel ardió cuando la energía verde se desprendió de ella y se estrelló contra los árboles.

Incluso sin saber exactamente lo que había hecho, Idina sabía que había dado en el blanco.

El orbe de luz verde, furioso y rabioso como el suyo, estalló en un brillo cegador, lanzó un destello furioso y llenó el aire con un siseo vengativo. Tal vez oyó a la criatura rugir derrotada. Tal vez fuera el sonido de tanta energía concentrada en un mismo lugar.

La luz se hizo tan brillante que tuvo que apartarse y protegerse los ojos del resplandor. Antes de hacerlo, vislumbró una pequeña silueta oscura en medio de la luz blanquecina. No era un puño. Ni una cara burlona con ojos verdes ardientes y colmillos.

Era la silueta de un hombre, allí de pie, en el centro de tanta energía mágica.

El Olc había existido siempre, ¿no? El monstruo debía tomar la forma que quisiera.

Un crujido ensordecedor atravesó el claro al borde del bosque y resonó contra los muros que servía de punto de encuentro de su equipo. El temblor ondulante de la tierra bajo sus pies que Idina esperaba no se produjo. Solo un gemido agudo antes de que la brillante luz blanca desapareciera por completo, dejándola medio ciega en la oscuridad total ahora que no había magia para iluminar el campo de batalla.

El gran silencio que reinaba en la zona le hizo preguntarse si se habría reventado los tímpanos. Entonces reconoció el sonido de su respiración agitada mientras parpadeaba para disipar los puntos brillantes de su visión e intentaba escudriñar el bosque en busca de cualquier otra señal de su atacante, que intentaba atacarla desde un ángulo diferente.

No había nada.

—¡Qué coño ha pasado! —La exclamación sin aliento de Cake llegó hasta ella desde al lado del edificio, y fue suficiente para arrancar a Idina de su asombro.

Una pequeña y vacilante risa de incredulidad brotó de sus labios, y se dio otros cinco segundos para buscar entre los árboles.

«Hostia. Lo he hecho. He reventado a ese monstruo. Tal vez para siempre, tal vez no, pero esa cosa era mucho más difícil de dejar que la última vez, y lo he conseguido».

—Así que… —Skim se aclaró la garganta y señaló la puerta noreste del edificio, aunque todo el equipo miraba la espalda de Idina silueteada por los árboles que se extendían en lo alto—. Si esa cosa no va a volver....

—No volverá. —Idina no sabía cómo lo sabía, pero estaba segura.

—Una hora, tres minutos y diecisiete segundos —añadió Stop.

—Bien. —Giró sobre sí misma y caminó por la hierba llena de explosiones mágicas y trozos de árboles y rocas. Cuando llegó a su unidad, todos seguían mirándola. A Trunk se le había abierto la boca en algún momento—. Entremos y completemos nuestra misión, ¿eh?

—¿Tienes algo que decir sobre el enfrentamiento radiactivo de ahí fuera? —preguntó Cake, aunque faltaba su habitual sarcasmo.

—En realidad, no. —Idina se encogió de hombros, pasó junto a todos ellos y se dirigió por la curva de la pared exterior del edificio hacia la puerta que habían elegido.

—En realidad, no —repitió Pill mientras volvía a subirse las gafas por el puente de la nariz—. Claro que no. *Claro que no*. ¿Una pelea mágica normal y corriente? En serio, ¿qué ha sido eso?

Badge se encogió de hombros y se dirigió tras Idina.

—¿Acaso importa?

—¡Claro que importa!

Trunk le dio un codazo en el hombro cuando todo el mundo empezó a moverse de nuevo.

—No es una de esas cosas por las que vas a recibir una respuesta, tío.

—Pero eso es… —Pill frunció el ceño tras la unidad y parpadeo tras sus gafas de montura gruesa, antes de que finalmente resollara y se apresurara tras ellos para ponerse a la retaguardia.

Capítulo 20

Tras anunciarse como la unidad de la sección de apoyo al suministro que esperaba su contacto en Xena4, Idina llamó a la puerta. Una pesada cerradura giró casi en el mismo segundo, y entonces un sargento de ojos sombríos y pelo revuelto parpadeó ante los siete soldados que se agolpaban alrededor de la puerta bajo el pálido resplandor amarillo de la luz exterior.

—Vaya. Parecéis hechos polvo.

—Muchas gracias, sargento —espetó Pill, con una mirada preocupada por encima del hombro hacia el bosque. Todavía no había rastro de su atacante mágico—. ¿Nos falta algún paso más para completar la misión o podemos entrar?

Toda la unidad —incluido el sorprendido y agotado sargento— se lo quedó mirando fijamente. Entonces, su contacto finalmente se hizo a un lado para dejarlos entrar a todos.

—¡Eh, Braxton! Adivina quién lo ha conseguido.

—Vaya, mierda. —Un segundo sargento de la sala contigua se inclinó hacia atrás en su silla para ver bien a la maltrecha, sucia y ensangrentada unidad que entraba tambaleándose en el edificio—. Quiero decir, técnicamente no has acabado hasta que has acabado, ¿verdad? ¿Quién tiene la mercancía?

—El soldado Markle. —Cake empujó a Stop hacia el sargento Braxton—. Mejor coge papel y boli.

—¿Para qué?

—Para anotar los códigos.

—¿Hablas en serio? —Braxton miró a Stop con los ojos muy abiertos mientras el soldado entraba arrastrando los pies en la habitación contigua y se dejaba caer en la silla frente a él—. Nadie ha dicho nada de…

—Cinco-siete-siete-uno-tres… —comenzó Stop.

—Hey, hey, hey. Mierda. Vale, espera. —Mientras el segundo sargento se apresuraba a coger papel y bolígrafo. El primero, el sargento Cutter, según su placa, conducía al resto de la unidad a una sala mucho más amplia.

Este tenía otra mesa, sillas y media docena de catres alineados en las paredes.

—Mientras… le dictan los códigos, el resto de vosotros podéis tomar asiento.

Nadie dijo nada mientras se filtraban por la sala. Idina esperó a que alguien se sobrepusiera por fin a la conmoción y se centrara en *ella* para contarle lo que habían vivido justo fuera. No fue sorprendente que Pill fuera el primer soldado en romper el silencio, pero en lugar de interrogar a Idina, dirigió todas sus preguntas al sargento Cutter.

—Sargento, tal vez pueda decirnos qué demonios ha pasado ahí fuera.

—Uh… —Cutter resopló—. Pues que parece que a vuestro equipo os han dado una paliza.

—Sí, eso fue hoy temprano. Hace unos cinco minutos. —Pill se cruzó de brazos y proyectó la imagen perfecta de un especialista hipocondríaco enfadado, obsesionado con las normas y el protocolo—. Porque no me lo explico.

—Escuche, especialista… —El sargento se inclinó hacia él para leer su placa— Angleman, lo entiendo. Estás cansado, hambriento, herido y cabreado. Es lo normal en un ejercicio de entrenamiento de campo. Siéntate y tómate un minuto para calmarte, ¿eh?

Pill inhaló lentamente y sacudió la cabeza.

—No necesito *calmarme*. Lo que *necesito* es una explicación de cómo llegó esa cosa aquí en primer lugar. En una base militar. Se supone que la seguridad es de primera, ¿no?

Sentada ahora en uno de los catres, Idina hizo una mueca y dejó caer la cabeza entre las manos.

«Nadie se va a tomar esto en serio. Pill tiene que mantener la boca cerrada».

Al parecer, el tipo no podía dejar de despotricar ahora que había empezado.

—Quiero decir, ¿qué pasa si se corre la voz sobre esa… esa… cosa de ahí fuera? La gente se va a volver loca.

Cutter enarcó una ceja.

—¿Como tú estás haciendo ahora?

Badge y Skim rieron entre dientes.

—No tiene ni puta gracia —les espetó Pill—. Fuera lo que fuera esa cosa, no debería estar aquí. No se ofenda, sargento, pero debería tomarse esto mucho más en serio.

Cutter entrecerró los ojos.

—Sé cómo hacer mi trabajo. Y tú estás a punto de cabrearme de verdad.

—Entonces comuníquelo por radio.

—¿El qué?

—Que hay un maldito… —Al ver que Pill volvía a ser incapaz de dar un nombre a la cosa que los había atacado afuera, refunfuñó unos segundos antes de recurrir a las descripciones—. ¿Luces verdes? ¿Explosiones? ¿Las descargas de energía que golpearon el costado del edificio y casi me vuelan la cabeza un par de veces? *Todo eso*.

—No tengo ni idea de lo que está hablando —murmuró Cutter antes de volverse hacia el resto de la unidad—. ¿Alguien sabe de qué está hablando este soldado?

Badge arrugó la nariz. Skim se encogió de hombros. Trunk sacudió muy despacio la cabeza. Cake se hurgó distraídamente en las partes de la cara que seguían hinchadas. Idina apretó los labios. Nadie dijo nada.

—Tenéis que estar bromeando. —Pill los miró a todos.

—Como dije. Estás cansado, hambriento y cabreado. —Cutter palmeó el hombro de Pill y asintió—. Aguanta, Angleman. Ya casi hemos terminado. En cuanto tu compañero termine de recitar la información, podremos largarnos de aquí.

—Pero sargento…

—Descanse un poco, soldado. Si oigo otra palabra sobre… lo que sea, puedes esperar el resto de la misión fuera, ¿entendido? —Cutter no dio a ninguno de ellos la oportunidad de responder antes de cruzar la habitación y colarse por una pequeña puerta en el otro extremo.

Pill se quedó mirándole con incredulidad, con los ojos crispados detrás de las gafas y el labio superior curvándose en un gruñido.

—¿Os podéis creer esta mierda? Una auténtica locura. ¿Cómo es que el tipo no tiene ni idea de lo que ha pasado ahí fuera?

—Tal vez deberías tomar asiento —sugirió Idina—. Tomar un poco de tiempo para… procesarlo, ¿verdad?

—Además, te dolerá menos si te caes de la silla —añadió Trunk—. Parece que estás a punto de reventar, tío.

—Eso es físicamente imposible. —Aun así, habían dejado claro su punto de vista, y Pill arrastró los pies hacia la silla libre más cercana, mirando a la puerta por la que había desaparecido el sargento Cutter mientras la monótona voz de Stop con sus códigos de inteligencia en la sala contigua servía de telón de fondo. Otro largo momento de silencio se extendió entre la unidad, y Pill no podía dejarlo pasar—. En serio. ¿A nadie le parece raro que dos sargentos destinados en este edificio no tengan ni idea de lo que está pasando? Como si no hubieran oído nada.

Cake se encogió de hombros.

—Puede que no.

—¿No oyeron las explosiones y los gritos y todo el maldito bosque haciéndose pedazos? —Pill levantó la mano hacia la otra habitación, en la dirección general de la puerta por la que habían entrado—. Esa cosa no podía estar a más de cien pasos *de la pared*.

—No es como si hubiera una explicación para cualquier otra cosa que pasó por ahí —ofreció Idina—. Eso podría ser cómo tenemos que lidiar con todo esto. No hay explicación.

Trunk extendió el pulgar hacia ella, con las comisuras de los labios torcidas en señal de acuerdo.

—Buena observación.

—Sí. —Pill resolló—. Y eso lo dice la única de nosotros con putos rayos láser en sus manos mientras el resto disparamos con cartuchos vacíos.

Cake soltó una risita y miró alrededor de la habitación.

—Eso dijo ella.

Todos le ignoraron.

—¿Qué tal si me lo explicas? —Pill continuó—. ¿Cómo demonios supiste luchar contra esa cosa?

Idina le sostuvo la mirada durante un largo rato y no pudo, por su vida, dar con una respuesta.

—No lo sé.

—Vete a la mierda, Moorfield. No puedes esperar que ninguno de nosotros crea eso. Todos vimos lo que hiciste. Así que empieza a hablar.

Ella miró alrededor de la sala, a las caras de los miembros de su unidad sentados en catres y sillas, y soltó un suspiro.

—Mira, si tuviera una respuesta, te la daría. Créanme. Es que… no lo sé. Mis instintos se pusieron en marcha y ocurrió, ¿vale?

Badge se inclinó hacia delante entre sus muslos y juntó las manos delante de ella.

—Instintos. ¿Esa es tu explicación?

—Como dije. Algunas cosas no tienen explicación.

Trunk soltó un silbido bajo y sacudió la cabeza.

—Tío, esos son unos putos instintos.

—No me digas. —Skim se sentó en su silla y se rascó la cabeza—. Donde quiera que hayas ido para la instrucción, parece que mejoraron su juego desde que pasé.

Una sonrisa vacilante cruzó los labios de Idina.

—Sí, bueno, de nada.

Eso rompió el hielo y los soldados compartieron una risa tensa y agotada, excepto Pill, que se sentó rígido en la silla que había elegido y los miró con odio.

Entonces, un dolor sordo en el muslo llamó la atención de Idina, que hizo una mueca y se llevó la mano a la pierna derecha. Fueran cuales fueran los efectos del musgo esfano en su herida, estaban desapareciendo. O tal vez eran las secuelas de haber recuperado los niveles normales de adrenalina.

—Hostia puta. —Pill volvió a levantarse de la silla y ahora le miraba la pierna—. ¿Nadie más vio esto? Ella está sentada aquí desangrándose, y ustedes idiotas siguen bromeando como si todavía estuviéramos en la sala de suministros…

—No me estoy desangrando. —Idina trató de reírse, pero sintió que todo el mundo la miraba—. En serio, estoy bien.

Badge entrecerró los ojos al ver la camisa manchada de sangre de Idina envuelta alrededor de su muslo, y luego abrió los ojos.

—Tienes una definición muy jodida de lo que es estar bien.

—¿Qué ha pasado? —preguntó Trunk.

Idina suspiró.

—Algo me empujó hacia el montón de escombros y una mina explotó.

—Ajá. Las minas hacen eso, novata.

—Sí, me doy cuenta. Gracias. —Intentó contener una carcajada cuando Trunk le dedicó una sonrisa burlona, y entonces la atención de todos se desvió para caer de nuevo sobre Pill cuando este cruzó la sala hacia ella.

—Quítate toda esa porquería.

—¿Qué?

—Obviamente no tienes ni idea de lo que estás haciendo porque tu pierna parece una mierda y estás cubierta de sangre. —Pill dejó caer su mochila al suelo y se arrodilló frente a ella para rebuscar entre sus cosas y sacar lo que quedaba de su botiquín—. Más me vale ser el médico, nadie más sabe cuidar de sí mismo.

Cake lo observó todo con un desapego medio interesado mientras se hurgaba en la cara hinchada.

—¿No te duele?

A Idina se le escapó una carcajada brusca mientras se desataba las mangas de la camisa del uniforme de la pierna.

—Tío, yo disparo luces verdes de mis manos. Tú eres el que no puede sentir nada.

Él se encogió de hombros y se hurgó el labio inferior.

—Apuesto a que tienes muchísima tolerancia al dolor, sin embargo.

—Hey. —Pill le chasqueó los dedos a Cake—. Deja de tocarte la cara.

—¿Por qué?

Con un suspiro exasperado, Pill sacudió la cabeza y volvió a centrar su atención en abrir su botiquín.

—No sé por qué me molesto.

—Sinceramente, yo tampoco —murmuró Cake, pero bajó las manos a su regazo mientras volvía a sentarse contra la pared, detrás del catre que había cogido.

Entonces Pill miró hacia atrás y hacia delante entre la cara de Idina y el vendaje improvisado alrededor de su muslo.

—¿Qué? ¿Necesitas que te quite el vendaje también?

—No. —Ella resopló y se desabrochó la camisa para mostrar el gran agujero que había hecho en los pantalones del uniforme y el montón de musgo oscuro y teñido de rojo, parcialmente sujeto por la tela y parcialmente encajado en el corte del muslo.

Pill aspiró un siseo y se quedó inmóvil.

—Mierda.

—¿Qué coño es eso?

—Maldita sea, novata…

Skim tuvo una arcada y apartó la cabeza mientras se doblaba en su asiento.

Idina apretó los labios y miró a Pill, que observaba el musgo dentro y alrededor de su carne como si hubiera descubierto el secreto más peligroso del mundo. Luego se sentó sobre sus talones y tragó saliva.

—¿Qué es eso?

—Musgo esfano.

—Eso es asqueroso. Hay que quitártelo ahora mismo. —No levantó la vista hacia ella, sino que se concentró en sacar todos los suministros que creía necesitar para curarla de verdad.

Idina apretó los dientes, cogió el musgo húmedo y ensangrentado con ambas manos y lo apartó con cuidado de la pierna. Había mucha más sangre de la que pensaba, lo cual era lógico, ya que el musgo había absorbido toda la sangre sobrante antes de detener la hemorragia. Seguía saliendo.

Cuando el último filamento pegajoso se liberó de la herida, Skim volvió a tener arcadas y susurró:

—¿Por qué tiene que pasar esto ahora mismo?

—Eso es lo que yo quiero saber. —Pill le arrebató la venda natural de las manos y se la envolvió en la camisa del uniforme antes de tirarla a un lado en un montón de sangre. Luego le echó un vistazo a la herida de la pierna, bufó y abrió un nuevo paquete de antiséptico. Idina no se molestó en decirle que ya no era necesario—. Y no era una pregunta retórica, y esto tampoco lo es. ¿Por qué demonios te has hecho esto?

Idina se quedó mirando la herida abierta mientras él le aplicaba el ungüento antes de coger la pequeña compresa de vendas frescas.

—Oye, solo porque sea la experta en demoliciones no significa que me haya volado la pierna a propósito.

Trunk se rio y recibió una mirada de advertencia de Pill como respuesta.

—Vale, listilla —siseó Pill mientras abría aún más el agujero de la pernera de su uniforme y empezaba a vendarle el muslo con el rollo de vendas—. Estoy hablando de ti metiendo un montón de mierda sucia del suelo del bosque en una herida como esa y diciendo que es algo bueno.

—Ah, te refieres al musgo. —Hizo una mueca mientras los demás soldados se reían a su alrededor, excepto Skim, que ahora estaba sentado en su silla, inmóvil, con los ojos cerrados, los dientes apretados por la evidente incomodidad y la cara pálida con un toque de verde.

«No quiere que se lo explique todo, e incluso si le dijera lo que el musgo esfano hace por una herida abierta, probablemente diría tonterías y empezaría a despotricar contra la medicina tradicional».

Idina inhaló mientras su médico no oficial terminaba de atar los vendajes, luego se encogió de hombros.

—Supongo que fue lo primero que se me ocurrió.

La sala se quedó en silencio mientras los demás soldados contemplaban lo que ella había dicho. Pill parpadeó y se subió las gafas por la nariz antes de inclinarse hacia otro lado y mirarla lentamente.

—¿Eso va…?

—¡Ja! —Cake aplaudió, y luego extendió los brazos—. ¡Musgo! O Moss mejor, más rápido de decir en inglés. ¡Eso es!

Badge estalló en una extraña mezcla de bufidos y risas agudas. Las sonoras y lentas carcajadas de Trunk resonaron por toda la sala. Incluso Skim soltó una risita vacilante y sacudió la cabeza.

Idina miró alrededor de la habitación mientras Pill recogía su botiquín y resopló con una risa insegura.

—Me he perdido algo.

—Ese es tu puto nombre. —Cake saltó del catre con los brazos aún abiertos y los levantó en señal de victoria—. ¡Y *yo* soy el que lo ha puesto!

—Solo has tardado tres malditos m-meses —murmuró Badge. Luego miró a Trunk y los dos se echaron a reír de nuevo.

—¿Mi nombre? —La sonrisa de Idina creció a medida que la broma se asentaba y el raro entusiasmo de Cake se hacía más gracioso por segundos—. Creía que era la novata.

—Ya no. —El cabo la señaló, y era difícil saber si movía las cejas emocionado o si tenía un tic en la cara machacada e hinchada—. Moss, o sea musgo. Joder, eso es.

—Sois unos imbéciles. —Pill cogió rápido su botiquín y su petate y se lo llevó mientras volvía a su anterior asiento en la mesa—. Es el nombre más tonto que he oído nunca.

—Hombre, tienes razón —dijo Trunk a través de su risa menguante—. No tengo nada contra Pill. Eso de ahí es un clásico.

—Graciosísimo —añadió Badge.

Pill se cruzó de brazos y los miró a todos.

—Yo no lo elegí.

—Mala suerte. Así es como funciona. —Cake asintió con suprema satisfacción, se dejó caer de nuevo en el catre, se dio una palmada en los muslos y suspiró—. Maldita soldado Moss.

—Estupendo. —Idina palpó el vendaje aplicado con pericia alrededor de su muslo y no pudo contener una sonrisa—. Será divertido explicarlo.

—¿Quién demonios va a preguntar? —Badge le sonrió—. A nadie más le importa una mierda.

Todos los demás estallaron en carcajadas cansadas, aliviadas y momentáneamente distraídas, e incluso Pill no pudo contener el contagioso estado de ánimo. Resopló y sacudió la cabeza mientras la comisura de sus labios se crispaba con mal disimulada diversión.

Idina se echó hacia atrás en el catre para apoyarse en la pared de detrás y cerró los ojos.

«Así que ahora soy Moss, ¿eh? Bueno, al menos podría haber sido algo mucho peor».

No les había dicho —y probablemente no lo haría con la pierna vendada y todos los demás creyendo que él se había ocupado de todo— que las posturas y reprimendas de Pill habían sido casi tan innecesarias como sus atenciones médicas. Después de solo una hora con el musgo esfano, el enorme desgarro de su muslo parecía llevar ya dos días curándose.

«Supongo que aún puedo curarme. Y obtener una dosis masiva de zumo superpoderoso de un trozo de vegetal metido en una herida abierta. Aunque se lo dijera, nadie lo creería».

Así que no dijo nada al respecto y dejó que su unidad pensara lo que quisiera sobre la soldado de primera Moorfield y sus rarezas de última hora mientras luchaba contra un enemigo mágico que ninguno de ellos sabía tampoco explicar.

Capítulo 21

Veinte minutos más tarde, los dos sargentos del edificio de reunión entraron en la sala principal, donde Idina y el resto de su equipo se tomaban un merecido descanso de los forcejeos, los combates y los esfuerzos por completar su misión.

—Acabo de recibir la confirmación de que los códigos son correctos —dijo Cutter mientras se apoyaba en la pared y se cruzaba de brazos—. Misión cumplida. Buen trabajo.

Los soldados de la sección de apoyo al suministro intercambiaron miradas de sorpresa. No sabían cómo encajar los elogios de nadie, y mucho menos de un sargento de otro batallón que no tenía ni idea de quiénes eran, ni de lo que habían hecho para llegar hasta aquí, ni de lo imposible que les había parecido esto noventa horas atrás.

—¿Puede…? —Skim se rascó un lado de la cara y frunció el ceño desconcertado—. ¿Puede repetirlo, sargento?

—¿Buen trabajo?

Badge resopló.

—¿Qué significa eso?

Los demás soltaron una risita y sacudieron la cabeza con incredulidad.

Idina los observó a todos con un creciente sentimiento de orgullo. Claro que habían tenido que luchar contra un antiguo mal mágico que la había acosado durante los últimos cinco meses y que pretendía destruirla. Incluso sin ese detalle, los soldados de la unidad habían completado una misión. Con éxito.

«Nos arrojaron al fuego y salimos victoriosos. Chamuscados y tal vez todavía humeantes en los bordes, pero al menos todavía respiramos. No puedo creer que esto haya funcionado».

—Estupendo. —Cake asintió a los sargentos, que trataron de ocultar sus muecas al ver los rasgos faciales destrozados y ensangrentados del cabo, pero no tuvieron éxito—. ¿Cuándo llegará el autobús?

Cutter sonrió.

—Tendréis esa información por la mañana. Por ahora, sentaos, relajaos y hablad quién tomará el primer turno de la guardia nocturna.

—¿En serio? —Pill miró por fin a los sargentos e hizo un gesto al otro lado de la habitación, hacia la puerta—. ¿Quiere que volvamos ahí fuera *ahora*?

—Así es como funcionan los turnos, especialista. Tiene suerte de que no hagamos dormir fuera a toda su unidad. Si necesita algo, hágalo usted mismo. —Cutter le dio un codazo en el brazo a Braxton y ambos se saludaron con la cabeza antes de que Cutter se marchara hacia la estrecha puerta por la que había desaparecido antes, presumiblemente para dormir un poco ahora que tenían soldados que les hacían la guardia nocturna.

Braxton se quedó un rato más en la puerta que separaba las dos salas principales y luego miró por encima del hombro a Stop, que no se había movido de la silla en la que había entregado la larga lista de códigos numéricos que marcaban la misión del equipo como un éxito total.

—¿Cuánto tiempo le llevó memorizar esos códigos?

Trunk enarcó las cejas y se inclinó hacia delante para echar un vistazo a Stop alrededor del sargento.

—Unos cinco minutos.

—Gracioso. Era una pregunta seria.

—Bien. —Trunk inclinó la cabeza de lado a lado—. Tal vez diez minutos, entonces. Como mucho.

—No me digas. —Braxton parpadeó sorprendido, luego se encogió de hombros y se apartó del marco de la puerta—. Tiene buena cabeza.

—Nada se le escapa al soldado Markle —murmuró Cake. Los demás soldados se rieron y negaron con la cabeza, ninguno de ellos muy interesado en explicarle a un suboficial que acababan de conocer que la habilidad más útil de Stop era también lo que hacía al tipo un poco demasiado diferente como para no notarlo.

—Bien. —Braxton se aclaró la garganta—. No importa quién tome cuántos turnos, pero alguien tiene que conseguir en ese primer turno de guardia ahora mismo. No la jodáis. —Se giró en el umbral, se detuvo para fruncir el ceño ante la bola hecha un ovillo de la camisa ensangrentada del uniforme de Idina en el suelo frente a su catre, luego ladeó la cabeza y se marchó sin decir una palabra más.

Los soldados intercambiaron miradas silenciosas y cansadas hasta que oyeron el chirrido de otra puerta que se cerraba en otro lugar del edificio. Entonces Badge chasqueó la lengua.

—Vaya imbécil.

Idina asintió.

—Yo haré el primer turno.

—Y una mierda —protestó Pill—. Cojear por ahí durante una hora no va a curar tu pierna al instante.

—Bueno, tendré que pasar una hora ahí fuera de todos modos. Mejor hacerlo ahora. —El catre crujió cuando se levantó—. Además, dejé algunas cosas por ahí en algún lugar de la pila de escombros, y estoy bastante segura de que una misión de entrenamiento exitosa no significará una mierda si Oz ve a cualquiera de nosotros entrando a ese autobús sin nuestro equipo.

—Huh. —Trunk la miró de arriba abajo—. La mochila, tu arma, la mitad de tu uniforme. Sí, solo unas pocas cosas.

—Lo sé. —Idina enarcó las cejas en señal de acuerdo, luego se dirigió a través de la habitación hacia la puerta noreste por donde habían entrado—. ¿Alguien tiene algún problema con que yo elija el próximo turno cuando vuelva?

Nadie opuso resistencia a la idea, e incluso Pill había dejado de intentar protestar contra la decisión de la soldado de primera Moorfield.

—A la mierda. —Cake se dio una palmada en los muslos antes de levantarse, cogió su arma de fuego y se encogió de hombros—. Voy contigo.

—Ah, sí. Gran idea. —Skim puso los ojos en blanco—. Manda a los dos patitos cojos de la unidad para que vigilen las cosas. Pill va a dormir de maravilla.

Trunk soltó una risita lenta. Badge siseó algo parecido a la risa y sacudió la cabeza.

—Si vamos de dos en dos, mejor que sean dos horas —añadió Pill—. No voy a arrancarme del sueño dos veces para caminar por ese campo de batalla.

—Como quieras. —Cake hizo caso omiso del comentario y se unió a Idina en el camino fuera de la habitación y hacia la puerta—. Disfruta de tu descanso reparador.

—Vete a la mierda.

Los otros soldados se rieron detrás de ellos, e Idina se detuvo en la primera habitación, más pequeña, con solo una pequeña mesa y algunas sillas.

—Hey, Stop.

El soldado parpadeó, inspiró profundamente y giró la cabeza para mirarla.

—Ve a coger un catre, ¿eh? Haremos turnos de dos horas por parejas.

Stop la miró fijamente durante un largo rato, con una cara inexpresiva, como si no tuviera ni idea de lo que decía. Luego su mirada se posó en los pantalones rotos de su uniforme y en las vendas frescas que envolvían su muslo.

—Esfano es un género de trescientas ochenta especies diferentes de musgos.

—Sí. Ayudó mucho. Gracias.

Una pequeña sonrisa se dibujó en los labios del tipo, que luego se levantó de la mesa como un zombi y pasó junto a ella arrastrando los pies hacia la sala más grande para, tal y como ella esperaba, coger uno de los catres y dormir al menos dos horas.

Cake resopló y miró por encima del hombro para observar a Stop un poco más.

—¿Qué pasa, Moss? ¿Tenéis algún tipo de código secreto de repente?

Idina sonrió, rodeó la mesa y se dirigió a la puerta, que los sargentos habían dejado abierta y sin instrucciones de volver a cerrar durante toda la noche.

—¿Por qué? ¿Te cuesta seguir una conversación normal?

—Cierto. Si eso es *normal*, yo soy un jodido supermodelo.

Abrió la puerta exterior y se detuvo para mirarlo de arriba abajo.

—No con esa cara, no lo eres.

—Ha. *Touché*, Moss.

La noche era completamente silenciosa cuando salieron, la luz exterior proyectaba un círculo de luz amarilla pálida frente a la puerta. Cake no se preocupó de cerrarla despacio para no molestar al personal que dormía dentro, e Idina no pudo evitar reírse.

—¿De qué te ríes?

—Nada te importa una mierda, ¿verdad?

— ¿Por qué debería importarme? No siento nada. —Se palpó con cuidado la hinchazón debajo del ojo izquierdo, que ahora lucía un morado oscuro tan hinchado que apenas se le veía el ojo entre los párpados—. ¿Alguna vez hiciste esas estúpidas máscaras en primaria? Ya sabes, en las que metes papel de periódico en toda esa mierda viscosa y le das formas o lo que sea.

Idina se rio y rodeó el edificio por donde habían venido.

—¿Quieres decir el papel maché?

—Yo no sé cómo coño se llama. —Se pellizcó los labios hinchados y el lateral de la barbilla, ignorando la suave risa de Idina o no habiéndola captado en primer lugar—. Eso es lo que se siente. Esas estúpidas máscaras de mierda por toda mi cara.

—Quiero decir, suena mucho mejor que sentir lo estropeada que está tu cara ahora mismo. Me duele mirarte.

Cake se detuvo, se volvió hacia ella y le mostró lo que habría sido una sonrisa radiante si no fuera porque todas las partes de su cara estaban aplastadas por la hinchazón. Así que acabó pareciendo una mueca contorsionada de agonía.

—Sí. —Idina puso los ojos en blanco y siguió su camino—. Así.

—Encantado de ayudar, Moss. Si necesitas que te levante el ánimo, dímelo. Puedo sonreír así toda la noche.

—Impresionante.

Cuando rodearon por completo el edificio, no pudo evitar centrar su atención en el linde del bosque y en la maltrecha hilera de árboles astillados, destrozados y diezmados que había atravesado el Olc. Nada se movía en la oscuridad, nada que pudiera ver a simple vista ahora que sus sentidos agudizados por aquel extraño ataque de furia se habían desvanecido y su equipo de visión nocturna seguía ahí fuera, en alguna parte. Probablemente yacía bajo un montón expulsada después de que ella activara la mina dentro del montón de escombros.

Los únicos sonidos que se oían eran el susurro de una ligera brisa nocturna que se movía entre las ramas de los árboles, el canto ocasional de los grillos, ya que las noches de principios de primavera eran cada vez más cálidas, y los pasos de ella y Cake que crujían sobre la tierra y la escasa hierba que había junto al edificio.

«Estoy bastante segura de no haber eliminado al monstruo, pero al menos se ha ido por ahora. Esperemos que se mantenga alejado tanto tiempo como la última vez antes de volver a aparecer en el peor momento. Supongo que cualquier momento es el peor para algo así…».

—Así que de verdad. —Cake apartó de una patada un trozo de roca rota—. ¿Qué demonios era esa cosa?

—¿Por qué todos me preguntan eso como si yo guardara un secreto sobre todo el asunto?

—No sé, Moss. Tal vez sea porque estás guardando un puto secreto gigante sobre todo el asunto y no quieres soltar nada. Podría ser.

Idina sacudió la cabeza mientras se detenía al borde del montón. Las últimas capas de escombro habían sido arrojadas en todas direcciones cuando la explosión la había tirado al suelo y le había desgarrado la pierna.

—Es difícil guardar un secreto si no sabes de qué se trata, ¿no crees?

Cake dejó de patrullar y se volvió hacia el linde del bosque, a no más de cincuenta pasos. Su equipo de visión nocturna permanecía atado a la parte trasera de su petate, sobre los hombros; por alguna razón, no se había molestado en ponérselo. No es que pudiera ver mucho a través de sus párpados hinchados.

—¿Quieres saber lo que pienso? Creo que eres demasiado cobarde para decirnos la verdad.

Apretó los dientes contra el dolor cada vez más intenso en el muslo, que ahora la hacía cojear cada vez que pisaba, Idina se agachó para levantar un trozo de madera astillada. Como no había rastro de su equipo ni debajo ni alrededor, lo tiró a un lado y siguió buscando.

—Ah, *es* verdad. Porque si todos supierais lo que está pasando, luchar contra esa cosa en el bosque sería pan comido comparado con lo que me harían los soldados de unidad.

—Oye, no subestimes una buena patada en el culo. —Cake se apartó el casco para rascarse por encima de la oreja y se volvió para mirarla rebuscar entre los restos—. Las cosas serán mucho más fáciles si empiezas a hablar ahora.

—¿Porque estás a punto de patearme el culo?

—Porque no hay manera de que lucharas contra esa cosa de la forma en que lo hiciste sin saber una maldita cosa más de lo que ya nos has dicho. Que es básicamente nada.

Idina gruñó mientras se ponía en cuclillas para levantar otro trozo de escombro que había explotado. No había pensado en lo que eso le haría a la herida de su muslo, pero por suerte, Cake estaba detrás de ella y no la vio enseñando los dientes en una mueca aguda.

—*Eso* es porque lo que sé sobre esa cosa, sobre todo esto, es básicamente nada.

—Es más que nada si estás tan preocupada por convencernos de que no es nada, así que debe ser algo.

Hizo una pausa para ordenar mentalmente su juego de palabras, luego tiró a un lado el trozo de madera podrida y agarró la correa cortada de su mochila. Cuando tiró de la correa, cayeron unos cuantos trastos más, pero el resto de la mochila se soltó y estuvo a punto de caer de culo.

—De acuerdo. ¿Qué crees que estoy ocultando a toda la unidad?

—No lo sé, Moss. Dímelo tú.

Idina recuperó su equipo de visión nocturna junto con su petate, se colocó la única correa de la mochila sobre el hombro y se levantó con otro gruñido y una protesta de dolor en la parte inferior del muslo. Luego se giró muy despacio para escudriñar la zona en busca del lugar donde se le había caído el arma mientras era zarandeada por múltiples explosiones y sufría un corte inesperado en la pierna.

—No soy un agente secreto enviado a la unidad para enseñaros a todos la… magia. O lo que sea.

Decirlo en voz alta sonaba ridículo, pero ese era el punto de decirlo en voz alta. La idea de que Idina estaba ocultando mucho de cualquier cosa que su unidad no había visto ya por sí mismos era igual de ridículo.

Cake resopló.

—Eso es una tontería.

—Sí, lo sé.

—Pero te metieron en la unidad por una razón, y estoy bastante seguro de que ausentarse sin permiso durante cinco putas horas no califica a alguien para ser arrojado a la sección. Si esa cosa radiactiva que sabes hacer con las manos te dio ese cómodo trabajo en la sala de suministros con el resto de nosotros… Uno empieza a preguntarse cuánto saben los de arriba al respecto.

—Ajá. —Idina solo escuchaba a medias al tipo que resolvía todos los agujeros de su razonamiento que ella había intentado resolver por su cuenta durante meses. El resto de su atención estaba en escanear el suelo oscuro y la camada de restos de su arma.

—Así que obvio que sabes lo suficiente como para mandar al hijo de puta verde de vuelta a Narnia o alguna mierda.

—Cabo, si no te callas para que pueda concentrarme en encontrar mi arma, te mandaré de vuelta a Narnia a ti…

Se aclaró la garganta en voz alta, y ella giró para ver a Cake de pie a unos metros de distancia, con su rifle bajo un brazo y su arma de fuego colgando de la otra mano.

—Bueno, pues vale. Pero será mejor que lo hagas en un sitio más chungo. No me gustan los animales parlantes.

Idina se rio, cojeó hacia él y cogió su rifle.

—Gracias…

Él la apartó de su alcance y enarcó una ceja. O tal vez estaba entrecerrando los ojos con su ojo menos hinchado; era difícil de decir.

—Empieza a hablar.

Mordiéndose el labio inferior, Idina le sostuvo la mirada en la penumbra y sopesó sus opciones.

«Me enfrenté al Olc delante de ellos. Saben lo de las luces verdes. ¿Cuánto más daño podría hacer si dejo de fingir que no hay nada más?».

Cake sonrió con satisfacción y balanceó el rifle delante de ella.

—Lo sé. Es una decisión muy difícil. Déjame que te la haga más fácil. —Se giró y echó el brazo hacia atrás, preparándose para un lanzamiento épico de la única arma de fuego de Idina hacia la línea de árboles.

—¡Hey, hey, hey! —Se abalanzó hacia él, agarró su rifle con ambas manos y se lo quitó de las manos—. Imbécil.

Resolló y dio un paso atrás.

—No pensé que te importara tanto, Moss.

—Sí. Lo mismo digo. —Escrutándole todo lo posible en medio de la oscuridad de la noche, Idina se apartó por si él decidía que sería divertidísimo quitarle el arma una vez más.

—Escucha, no hace ningún bien a nadie si todo lo que tienes de tu lado es media docena de bolsas de carne que no saben una mierda aparte de que sus armas están cargadas con balas de fogueo. —Cake resolló y volvió a hurgarse la comisura hinchada de la boca. Tuvo que bajar la cabeza para mirar su muslo vendado desde entre sus párpados hinchados—. Llegados a ese punto, es un lastre.

Siguió su mirada y se fijó en los vendajes de la pierna, que aguantaban muy bien para lo grande que era la herida. Y para lo mucho que se había estado moviendo cuando debería haber apoyado la pierna en algo un poco más alto que el culo en una silla.

—Ja. ¿Un lastre para ti, quieres decir? Probablemente, sí.

—No. Quiero decir para todo el equipo. Sí, eres parte de él, te guste o no.

Idina parpadeó, estuvo a punto de mirarle, pero de inmediato se lo pensó mejor porque eso habría creado un momento muy incómodo entre ellos.

«Los demás se volverían locos si le oyeran hablar así ahora mismo. El cabo Bunt Cake está a punto de decir que debería abrirme y desahogarme. Porque le importa».

La idea le hizo soltar una risita.

—Sí, es superdivertido —murmuró.

—¿Ahora mismo? Sí. —Respiró hondo y por fin consiguió mirarle a los ojos—. Vale, mira. No mentía cuando dije que no sé exactamente qué son las… luces verdes.

—Eso ya lo has dicho un millón de veces.

De alguna manera, empezaron a caminar lentamente de nuevo, haciendo un amplio arco alrededor de la curva del montón de escombros y sus restos dispersos de múltiples explosiones.

—Bien. —Idina les hizo un gesto para que rodearan también los dos vehículos militares aparcados en el lado suroeste del edificio, por si había uno o dos cables trampa en esa pequeña y divertida trampa que aún no habían activado—. No sé cómo se llama, pero lo he tenido toda mi vida. No tengo ni idea de qué más puedo hacer o si puedo repetir algo que ya he hecho. Es una de esas cosas de «esperar y ver qué pasa en el momento».

—Huh. —Cake miró hacia el campo abierto que bordeaba el bosque que se extendía hacia el sur, pero allí tampoco había nada que ver. Solo otra noche normal, tranquila y completamente inocua en el sitio de navegación terrestre de Fort Rucker porque Idina Moorfield había hecho desaparecer la única amenaza real para sus vidas que no tenía nada que ver con su misión de entrenamiento—. ¿Y toda esa extraña… mierda de la niebla?

—¿Qué quieres decir?

—¿Era nuevo?

Apretó los labios y consideró la posibilidad de mentir al respecto. Otra vez. Sin embargo, ya había cruzado el umbral de hablar de sus habilidades y alguien, además de la doctora Sullivan, estaba haciendo preguntas.

—No. Eso ha sido así durante años. Se me escapa en el momento equivocado.

—Oh, hay un momento equivocado…

—Sí, listillo. Sobre todo, cuando estoy cabreada.

Lo contempló en silencio durante unos pasos más y luego ladeó la cabeza cuando doblaron la esquina sureste del edificio.

—Dijiste que tus padres te drogaron con alguna mierda para evitar que todo eso… te jodiera, ¿era verdad?

—Claro que sí.

—Ahora ya no hay que dosificar.

—Bien. Antes de que preguntes, no, no hay ningún médico militar en el mundo que me siga recetando lo que mis padres me hicieron tragar todos los días durante dieciocho años.

—No iba a preguntar.

—Ah, ¿sí?

— ¡Ya hemos abierto el melón mágico, Moss! ¿Para qué cerrarlo otra vez?

Idina le ofreció una sonrisa torcida y no tenía ni idea de si él la había visto en la oscuridad.

—Es decir, se me ocurrirían unas cuantas buenas razones…

—A la mierda con eso. Tus padres son imbéciles.

—Ja. Qué me vas a contar.

—Ya me lo puedo imaginar. —Asintió lentamente, y buscó con diligencia en el valle ondulado que se extendía al este de la base de operaciones.

«Al menos no pregunta qué me han dado. Ya no es un hecho relevante, de todos modos».

—¿Alguna pregunta más? —preguntó ella con una buena dosis de sarcasmo.

—No. Todavía no.

Algo en la forma en que lo dijo hizo que Idina se diera cuenta de que por eso Cake había decidido unirse a ella en el primer turno. No porque le cayera muy bien, o al menos no más que cualquier soldado de su unidad, ni porque quisiera darle apoyo. Ni siquiera porque quisiera alejarse del resto de la unidad para disfrutar de la intimidad que ninguno de ellos había tenido en los últimos cuatro días.

«Quiere interrogarme sobre la magia. Me esperan dos largas horas por delante».

Capítulo 22

Continuaron en silencio alrededor del edificio, caminando despacio y escudriñando el paisaje. Cuanto más tiempo pasaban aquí, más segura se sentía Idina de que no habría otro ataque esta noche, ni de tipo mágico ni relacionado con el entrenamiento, ahora que habían completado su misión.

Incluso con su cojera y el sordo latido en la pierna que podía ignorar, Idina se sentía bastante bien con toda la situación. Hasta que Cake volvió a abrir la boca.

—Entonces… —Chasqueó la lengua y miró a todas partes menos a ella. Al final añadió—: Sin contar a los imbéciles que intentaron convertirte en una zombi babosa como el resto de nosotros, ¿quién más sabe de esta carta mágica que tienes bajo la manga?

Era una pregunta que Idina no estaba preparada para responder de inmediato porque no esperaba que nadie se la hiciera. Sobre todo el cabo Bunt durante su primera ronda de rodear el edificio en la vigilancia nocturna.

—Quiero decir, casi todo el personal de la finca de mi familia…

Cake se detuvo en seco y se quedó mirándola. Después de lo que le pareció un tiempo muy largo, resopló y siguió caminando.

—Claro que tienes una finca…

No tenía ni idea de lo que eso significaba, pero lo dejó pasar de todos modos.

—No estoy hablando de la gente de tu casa, Moss. Me refiero a los imbéciles relevantes. Aparte de los idiotas de dentro que ahora se creen los mejores después de un entrenamiento de mierda.

Eso hizo reír a Idina porque ella y Cake se sentían muy bien con toda su unidad después de lo que unidad había logrado, contra todo pronóstico, en los últimos cuatro días. Los dos también lo sabían.

—Sí, vale. ¿Quién más lo sabe? Al menos un soldado de mi antigua unidad. Tal vez dos. Mi antigua cadena de mando de la compañía Bravo.

—¿Cuáles?

—Todos.

Cake resopló y se llevó el puño a la boca hinchada.

—Joder. Menuda lista de mierda, Moss. No me extraña que te metieran en un armario de suministros.

—Gracias.

—Pero en serio. Si todo lo que hiciste fue aparecer en el Ejército con una habilidad… o como sea que lo llames, es muy bueno que nadie más sepa lo que puedes hacer.

Idina pensó que podría haber soltado una carcajada, pero no estaba segura. Porque el aire nocturno que los rodeaba era de pronto silencioso, y fue demasiado consciente de que el cabo se detenía a su lado hasta que ella lo había adelantado un par de pasos. Se obligó a detenerse y se dio media vuelta para mirarle.

—¿Qué?

—Porque esos son todos los que lo saben, ¿verdad?

—Uh…

—Eres una mentirosa de mierda. ¿Lo sabías?

—Solo cuando me sorprenden así —murmuró.

—¿Eh?

—Nada.

—Estupendo. Vamos con menos «nada» y dame «algo». ¿Quién coño más está en la lista? —Ya fuera por la penumbra que deformaba sus rasgos o porque la hinchazón de Cake por fin empezaba a remitir un poco, los ojos del cabo se abrieron tanto como podían para lo magullado y maltrecho que estaba. Luego cuadró los hombros hacia ella y parecía un gorila muy feo preparándose para rechazar a los clientes equivocados en la puerta principal—. Venga.

—Quiero decir, mi terapeuta. Más allá de eso, no hay nadie importante…

—Maldita sea, si mi rifle no estuviera bloqueado y cargado con balas de fogueo, Moss, te dispararía en la otra pierna.

—Vale, ahora ya sé que nunca debo hacer guardia nocturna contigo cuando salgamos al campo de verdad.

—Entonces te lo estrangularé…

—¡Joder, ya está bien! —Idina se tambaleó hacia atrás, con la pierna herida demasiado desequilibrada para una huida rápida. Ella blandió su rifle una vez hacia él, no con la intención de golpear al tipo, pero quería recuperar el espacio personal—. ¿Por qué te importa tanto?

—¡Porque cuando quiero respuestas, soldado, obtengo putas respuestas! —Salió más como un siseo desafiante que como un grito real, pero lo último que Idina quería hacer ahora que toda la unidad había llegado tan lejos era hacer que el cabo volviera a ser el enorme gilipollas que había sido hasta hacía unas semanas—. Dime quién…

—Hines, ¿vale? El Mayor Hines. Maldición.

Cake se enderezó, claramente no esperaba esa respuesta en absoluto.

—Oh.

—¿Ves? No es para tanto…

—Porque eres su chófer, ¿verdad? Sí, supongo que tiene sentido. Algo así. Quizá. —Él olfateó, se apartó de ella para escanear la zona como un buen soldado jugando a hacer una guardia de fuego durante un entrenamiento, y luego siguió caminando.

«Joder. A este tío le vendrían bien unas pastillas extra de Pill».

Idina siguió su ritmo y agradeció el silencio. Porque si Cake seguía con sus preguntas sobre quién estaba al tanto y cómo el comandante de su compañía podía seguir adelante con sus días, como de costumbre, mientras sabía que alguien como Idina estaba bajo su mando, acabaría por equivocarse en la respuesta. O acabaría creyendo que era una agente secreta infiltrada en la unidad más inútil y prácticamente inexistente del Ejército de los Estados Unidos.

—Se enteró de tus superpoderes cuando ya te habías transferido, ¿verdad?

Se aclaró la garganta.

—¿Mis superpoderes?

—Responde a la pregunta.

Su pausa duró demasiado porque Cake levantó el brazo libre y lo cerró en un puño de advertencia.

—No.

—¿No qué?

—No se enteró después. Hines ya sabía todo esto antes de que yo pisara el cuartel general, ¿vale? No.

—Espera, espera, espera. Retrocede y quédate ahí. —Alcanzó a su brazo para detenerla, y ella apenas logró sacudirse lejos de él a tiempo—. Explícame eso. Y siéntete libre de hacerlo mejor que la primera vez.

—Vaya. No vas a dejar pasar esto, ¿verdad?

—¿Ves esta cara? Este es mi expresión seria… —Con un gruñido, Cake volvió a dejar caer la mano a su lado y sacudió la cabeza—. Maldita sea, cuando es normal, estarías viendo mi cara seria ahora mismo. Habla.

Idina respiró hondo y lo soltó todo de golpe con los labios flojos, hinchando las mejillas.

«Acaba de una vez. Esto ya ha durado demasiado y no le debo nada. En absoluto.»

—Estuvimos juntos en la escuela de paracaidismo —murmuró.

—¿Hines y tú?

—¿Estábamos hablando de otra persona?

—¿Y tú… qué? ¿Le diste un espectáculo de magia mientras vosotros colgabais de un paracaídas?

—Ves, por esto no le caes bien a la gente. —Se apartó de él y siguió caminando alrededor del edificio, acercándose a la puerta noreste por donde habían empezado—. Dices estupideces como esa y suenas serio.

—Me importa un carajo gustarle a alguien.

—Obviamente.

—Espera un momento. ¿Me dices que eso pasó de verdad?

Idina trató de evitar que su creciente irritación se descontrolara. No había otros soldados aquí para presenciar esta pequeña riña con el cabo, lo que también significaba que no había testigos si ella perdía la calma y golpeaba a su soldado de mayor rango en el bosque en lugar de a través de la sala de los hombres.

—No, Cake. Yo no le ofrecí un espectáculo de magia.

—Oh, sí que lo hiciste. —Se apresuró a seguirla, riéndose de su excitación ahora que creía haberla descubierto—. Le diste unas cuantas luces verdes al comandante. Así que tratabas de impresionar a un oficial, ¿eh? Apuesto a que así conseguiste ese divertido trabajo extra como su chófer.

—No. Oye, podemos dejar esta conversación en cualquier momento. En serio.

—No. Eso no es lo suyo. —El cabo aspiró con fuerza y chasqueó los dedos—. ¡Mierda! ¡Esa cosa monstruosa! El gran… el… el gigantesco monstruo que intentó asarnos a *todos* antes. Esta noche no era la primera vez.

—Vale, ahora estás llevando esto a algo raro…

—¡Eso es lo que pasó! Maldita sea, Moss. ¿Qué has hecho? Salvarle la puta vida o algo…

—¡Cake! —Idina giró, su pierna herida se tambaleó un poco bajo el movimiento, pero rápidamente se estabilizó y miró al cabo que la acosaba para obtener respuestas que no quería dar. Para empezar, no estaba segura de estar autorizada a mantener esta conversación. Si de algún modo esto ponía en peligro que Hines cumpliera su parte del trato y le entregara todo lo que tenía sobre el diario de Lady Muirden y la «llave» para desbloquear lo que Idina no podía averiguar por sí misma—… Hemos terminado.

Se burló.

—Eso no fue una respuesta. ¿Qué tal si lo intentas de nuevo?

—¿Qué tal si cierras la puta boca?

Se miraron y finalmente se separaron de una forma que no implicaba golpearse. Al menos, Idina estaba conteniendo su ira y frustración, aunque la idea de volver a golpear a Cake a tres metros de ella era tentadora. Sin embargo, el cabo había iniciado su última pelea. No iba a empezar una segunda. No después de lo que habían pasado.

Abrió la boca y respiró hondo, con una expresión casi ilegible a través de la hinchazón y los moratones.

—Sigues ocultando algo.

—Sí, Cake. Mantengo muchas cosas en privado. Y tú también.

—No me refiero a eso, y lo sabes. —Bajó la mirada hacia su rifle, que mantenía preparado contra su torso con ambas manos—. Tienes una cara de póker horrible, te veo el farol desde lejos.

Fue entonces cuando un destello de luz verde iluminó la visión periférica de Idina, que miró hacia abajo y vio cómo más niebla verde brillante se escurría despacio de sus manos. Una parte se elevó frente a ella. El resto se derramó sobre su arma de fuego y cayó al suelo como la niebla de un cubo de hielo seco.

Respiró profundamente por la nariz y se obligó a calmarse todo lo posible. Hablar de su magia con alguien era algo nuevo. Hablar de todo esto con otro miembro de su unidad, y más aún con el cabo Bunt Cake, le parecía la guinda que haría que todo el helado se derrumbara a su alrededor si no tenía cuidado.

Al menos los ejercicios de respiración sirvieron para calmar la espumosa niebla verde, que volvió a desvanecerse tan sutilmente como había aparecido.

—Escucha —comenzó, su voz más uniforme ahora—. Ha sido una noche muy rara.

—No me digas.

—Ahora mismo, todavía estamos de servicio. Así que vamos a centrarnos en eso, ¿de acuerdo?

Cake despegó sus labios hinchados un par de veces, la miró de arriba abajo y gruñó.

—No voy a dejar esto para siempre, Moss.

—Genial.

—Sea lo que sea lo que te mantiene con ese palo en el culo, tienes que dejarlo salir tarde o temprano.

Eso le hizo soltar una carcajada mientras seguían caminando.

—Gracias por la imagen.

—Sí, bueno, entiéndelo de una puta vez. Joder, sé que la unidad es un fracaso con solo una maldita victoria en nuestro haber, ¿pero este tipo de mierda? No es algo que puedas ocultarnos para siempre. Pone a toda la unidad en peligro.

—Vale, bien. Te propongo un trato. —Sonriendo, Idina mantuvo su mirada en la línea de árboles—. Cuando quieras sentarte a hablar conmigo, dímelo. Puedes contarme por qué te metieron en la unidad de fracasados, y quizá yo responda a algunas preguntas más sobre… todo lo demás.

Cake se burló.

—Y te quitarás el puto palo del culo.

—Claro.

—Trato hecho. Te vas a decepcionar, Moss. Solo soy un cabo pesado con el que ya nadie quiere tratar.

—Bueno, entonces puedes contarme tus problemas con el juego.

Él emitió un sonido ahogado y se apartó de ella sorprendido.

—¿El qué?

—Ya me has oído.

—No sabes de qué demonios estás hablando.

Ella se encogió de hombros y se hizo la desentendida, pero sabía que había picado.

—Tal vez. No eres el único que puede leer a la gente. Así que haremos un intercambio justo.

—¿Entonces qué? —murmuró Cake, encerrándose de nuevo en su persona brusca y apática que no había engañado a nadie desde que alguien juntó por primera vez a unidad—. ¿Jugamos a Verdad o Reto y nos pintamos las putas uñas?

—Hey, chico. Eso es algo que tendrás que hacer en tu tiempo libre.

—Vete a la mierda.

A pesar de la forma tan anticlimática en que su conversación se había desvanecido en insultos de medio pelo y charlas triviales, compartieron una risa desinflada cuando terminaron su primera ronda alrededor del edificio.

«Debería haberlo intentado primero. Ponerle la lupa encima y hacer un trato que pueda aceptar o rechazar. Si voy a empezar a hablar de todo esto como si ya no fuera un gran secreto, puede unirse a mí. Sería un intercambio just…».

Algo crujió en la maleza más allá de la línea de árboles, y ambos se detuvieron para escrutar las oscuras siluetas de ramas, hojas y arbustos.

—Sí, yo también lo he oído —murmuró Cake.

Idina asintió y entrecerró los ojos, pero eso no facilitó la visión.

—Es posible que sea un animal, ¿verdad?

—Sí. Probablemente. —Ninguno de los dos estaba listo para descartarlo todavía.

Entonces unas ramas crujieron, el rumor se hizo más fuerte y cercano, y ambos soldados levantaron instintivamente sus armas de fuego para apuntar al origen del sonido, que se estaba convirtiendo en algo mucho más que ramas crujiendo.

«¿Eso es… una respiración?».

Cake la miró de reojo y chasqueó la lengua.

—¿Qué coño estás haciendo? —susurró con dureza—. Deja la pistola y enciende esas putas bombas de mano.

—Oh, sí, claro —siseó ella—. Porque «tu» arma cargada con balas de fogueo es mucho más letal.

—Maldita sea. —Empezó a bajar su arma, pero entonces el ruido en el bosque se hizo aún más fuerte.

Al segundo siguiente, una forma oscura salió disparada de entre los árboles, tropezando consigo misma y zigzagueando por el camino. El sonido de la respiración pesada era inconfundible ahora, lo que tenía sentido. La forma oscura era otro soldado.

Capítulo 23

De inmediato, Idina y Cake volvieron a levantar sus armas.

—Alto ahí —ladró Cake—. ¡Identifíquese!

—Ayuda —jadeó el hombre mientras se tambaleaba hacia ellos, echando miradas por encima del hombro hacia el bosque—. Tienes que ayudarme, joder. ¡Ya viene!

—¿Qué demonios estás fumando?

El soldado tropezó con un trozo de árbol astillado de la batalla mágica que había tenido lugar aquí no hacía ni dos horas. Cayó de rodillas con un ruido sordo y, si se había hecho daño, no pareció darse cuenta. Pero levantó la cabeza y miró a los dos soldados con ojos muy abiertos y aterrorizados. Su aspecto era casi tan malo como el de Cake: demacrado, cubierto de tierra y probablemente con un poco de sangre en la sien.

—Me persigue. No sé qué coño es, pero no para.

Cake olfateó, bajó el arma e intentó esbozar una sonrisa aplastada.

—Eres uno de esos tipos del SERE.

—Tío, yo solo... —El soldado volvió a tropezar consigo mismo mientras intentaba empujar sus rodillas—. Necesito entrar. Necesito una radio...

Cake se inclinó hacia Idina y murmuró:

—Sí, seguro que es uno de esos tipos del ciclo de SERE.

Sintiendo lástima por el forastero que había salido del bosque presa del pánico, Idina bajó el arma y dio un paso adelante.

—Su área de entrenamiento está muy al sur de aquí, sin embargo. Como tres *días* al sur.

—Sí, espera. —Cake la agarró suavemente del brazo para evitar que alcanzara al aterrorizado soldado que por fin volvía a ponerse en pie—. Ella tiene razón, chico. ¿Por qué estás hasta aquí?

El hombre los miró con incredulidad.

—He corrido, joder. He estado corriendo durante días...

—Eso es lo que se supone que debes hacer, ¿verdad? Atrapar y soltar y atrapar de nuevo. Así es como jugáis los de las Fuerzas Especiales. —Cake estudió el bosque de nuevo, luego miró hacia el sur a lo largo del valle abierto y el camino unidad había llegado en los últimos cuatro días—. ¿Dónde están los cazadores? Los gilipollas que intentan acorralarte en sus todoterrenos…

—Esto no es un puto entrenamiento, tío. ¿Hablas en serio? —El soldado miró boquiabierto a Idina—. ¿Va en serio?

—Le gusta pensar que lo es. —Ella se alejó de Cake, ignorando su gruñido de desaprobación mientras se dirigía hacia el aterrorizado y desorientado soldado—. ¿Esto no forma parte de tu entrenamiento?

—No sé *qué* es esto. —El hombre volvió a mirar por encima de su hombro, luego sacudió la cabeza—. Mira, sé exactamente lo que firmé con las Fuerzas Especiales. Te cuentan todas las historias de terror sobre el SERE, y sí, la mayoría son ciertas. Me parece bien. ¿Pero esta mierda? Esto es… yo…

—Está bien. —Idina volvió a mirar a Cake y abrió los ojos—. No creo que esté bromeando.

—¿Hay una radio ahí? —El soldado señaló al edificio Xena4.

—Debería haberlo, sí.

—¿Tienen acceso?

—¿A qué? —espetó Cake, que seguía sospechando de un soldado solitario que aparecía de la nada después de oh cien y despotricaba de algo que le perseguía.

—El edificio, hombre. Tengo que entrar. Consigue una radio. Alguien tiene que saber sobre esto… esto… ¡joder!

Respirando hondo, el hombre se enderezó todo lo que le permitió su columna encorvada, trató de echar los hombros hacia atrás y se apartó el pelo —largo y rebelde para los estándares del Ejército— de la cara y la frente con ambas manos.

—Esto no es un simulacro ni una broma de mierda, cabo. Tenemos que llamar por radio al mando, decirles que traigan apoyo y luego atrincherarnos en este edificio con nosotros dentro. Esa cosa viene hacia aquí, y no tengo ni idea de cómo pararla.

Cake resopló.

—Ni siquiera sabes decirnos lo que es…

—¡No sé lo que es! Nunca había visto algo así en mi vida.

—Vale. Hey. —Idina puso una mano en el hombro del hombre para calmarlo. Él se apartó de su contacto, parpadeó avergonzado y luego asintió con la cabeza—. ¿Puede al menos describir lo que vio?

—Vamos, Moss. —Cake puso los ojos en blanco y señaló a su inesperado invitado—. Esto es una mierda.

—Al menos deja que el hombre responda. —La aguda mirada que dirigió al cabo fue lo bastante aguda como para conseguir que Cake se callara. Entonces Idina volvió a centrar su atención en el hombre que temblaba delante de ella—. Adelante. Al menos puedes describirlo, ¿no?

—Yo… —El hombre tragó saliva y miró al suelo—. No lo sé, joder. Luz brillante. Verde. Y estos… ojos…

—Ooh... —Cake exageró un escalofrío horrorizado—. Algo en el bosque con malditos ojos...

—Cake, cállate.

—Déjalo ir. Lleva huyendo de sus instructores quién sabe cuánto tiempo. No solo tiene un tornillo suelto, Moss. Al tipo no le «queda ningún tornillo».

Lo ignoró y volvió a centrar su atención en el soldado. Porque, aunque Cake no creyera ni una palabra de lo que salía de la boca de aquel hombre, la luz verde brillante y los horripilantes «ojos» bastaban para que Idina indagara un poco más. Para ella, al menos, la descripción era familiar.

—Sigue contándonos —murmuró.

El soldado negó con la cabeza.

—Solo un montón de luz verde. Y el... Joder. El suelo empezó a temblar. Fuera lo que fuera esa cosa, sonaba como... no sé. Un oso. Una docena de malditos osos gruñendo a la vez, y no para.

Idina tragó saliva e hizo todo lo posible por no dar a entender al tipo que sabía de qué estaba hablando, o que tenía todo el derecho a estar cagado de miedo.

«Suena como el Olc. No hay forma de que esa cosa haya estado persiguiendo a este tipo por días. Lo combatí aquí mismo. Joder, si hay más de uno, Lady Muirden debería haberlo mencionado en su diario...».

—Mira. —El soldado miró de un lado a otro entre Idina y Cake—. Sé que parezco una loco...

—Claro que sí. —Cake se encogió de hombros cuando Idina le fulminó con la mirada.

—Sé la diferencia entre una alucinación y una mierda de verdad. He pasado por pruebas de privación de sueño. Esto no está en mi cabeza.

—Sigue diciéndote eso, colega. —La risita de Cake era más condescendiente que divertida—. Y sigue con tu camino.

—Al diablo con esto. —El soldado lanzó a Idina otra mirada desesperada, y luego se apresuró a pasar junto a ella, en dirección al edificio—. Voy a conseguir esa maldita radio.

—Sí, ahí es donde te equivocas. —Cake se cuadró hacia el soldado que se acercaba, sosteniendo su arma de fuego sobre el pecho y tratando de impedir que el tipo llegara al edificio—. No estás autorizado a estar aquí...

—Fuera de mi camino, cabo. Esto está muy por encima de su categoría salarial.

—Estás loco si crees...

Por muy golpeado, ensangrentado, demacrado y aterrorizado que estuviera el hombre, se movía con una velocidad alarmante. Antes de que Idina o Cake supieran lo que pasaba, el puño del desconocido conectó con el costado de la destrozada cara de Cake. El golpe sordo de carne contra carne llenó el aire, y él se tambaleó hacia un lado. Consiguió sujetar su arma, probablemente porque no sintió el puñetazo del hombre en la mandíbula. Al menos no sintió el dolor.

—¿Qué *demonios* haces?

—¡Eh! —gritó Idina y corrió hacia ellos—. No me importa quién eres. Eso está fuera de lugar. ¡Oye, te estoy hablando!

—Suéltalo, Moss. —Meneando la mandíbula, Cake alargó la mano para mantenerla a raya mientras el soldado se dirigía furioso hacia la puerta noreste—. Puede arruinar su puta carrera en el proceso. No importa. ¡Eh, gilipollas! Hay toda una unidad y dos sargentos dentro. Así que asegúrate de despertar a todos y decirles lo que nos dijiste. Les encantará escucharte esa mierda.

El soldado no dijo ni una palabra más mientras tanteaba el pomo de la puerta durante unos segundos. Al final, la abrió de un tirón y desapareció en el interior, sin molestarse en silenciar el golpe de la pesada puerta metálica al cerrarse de nuevo.

Idina miró hacia la puerta, luego retrocedió para poder encontrarse de nuevo con la mirada de Cake.

—Eso no ayuda a nadie.

—No jodas. Oye, no es culpa *nuestra* que el idiota se volviera loco. No me voy a sacrificar para evitar que se meta en el hoyo que él mismo ha cavado. Si necesita una radio, que se pelee con los sargentos por ella.

Era una de las cosas más racionales y lógicas que había dicho el cabo, e Idina se detuvo a pensar hasta qué punto estaba de acuerdo con él. No era su trabajo detener al candidato de las Fuerzas Especiales ni limpiar su desastre. Eso no eliminaba un gran problema que Cake aún no había detectado.

Señaló con la cabeza el bosque de donde había salido el hombre preso del pánico.

—Igual deberíamos ir a ver qué pasa.

—Ja. Así que la estupidez es contagiosa ahora, ¿eh?

—Lo digo en serio. ¿El tipo ha perdido el norte? Sí. Pero ya oíste lo que dijo.

—He oído un montón de mierda, Moss. Venga ya. Tenemos… ¿qué? ¿Otros cincuenta minutos de nuestro turno? Lo aguantaremos, iremos a despertar a dos pringados más para que saquen el culo de aquí, y habremos terminado. Tal vez el loco de dentro me dé otra razón para noquearle como bonus.

Por un momento, la sugerencia del cabo sonó como la mejor opción disponible. Idina no podía dejarlo pasar.

Se quedó mirando la puerta un momento más y luego sacudió la cabeza.

—Luces verdes, Cake. Eso es lo que dijo.

—¿Y qué?

—Me acosaste con la misma maldita cosa durante media hora. Tal vez el… lo que sea que nos atacó aquí todavía está, ya sabes, por aquí.

—Vi lo que le hiciste a esa cosa —respondió, claramente poco convencido—. No va a volver.

—Bien. Iré a comprobarlo yo misma. —Idina giró y se dirigió a los árboles de nuevo. Era inútil tratar de discutir nada con Cake. Si él no creía que valiese la pena al menos investigar, bien. Aun así, si el Olc, o lo que fuera, también estaba aterrorizando a otras personas, Idina era la única persona que conocía que podía hacer algo para detenerlo. Tenía que intentarlo.

—¿Hablas en serio? —Cake llamó después de ella—. Dios, hablas en serio. No es el momento de jugar a la heroína radioactiva, Moss.

—Entonces quédate. —Al darse cuenta de lo inútil y engorroso que sería su equipo en otra batalla contra los Olc, si es que se trataba de eso, se detuvo solo para dejar su rifle sobre la hierba y soltar la única correa de su mochila del hombro.

—Venga, vamos —se quejó Cake—. ¿Qué demonios haces?

—Quitarme las balas de fogueo y treinta kilos de más que no necesito —llamó por encima del hombro—. Si no hay nada allí, todavía no lo necesito.

—Mierda. —El cabo dio dos pasos rápidos hacia delante, miró hacia atrás, hacia la entrada noreste del edificio, luego gruñó y se dirigió tras ella—. Mierda, mierda y más mierda. ¿Sabes una cosa? Te vas a sentir como una verdadera imbécil cuando veas que no hay nada.

—Tal vez.

—O es una trampa, y caminas directa hacia ella.

Idina se detuvo en la línea de árboles y se volvió lentamente para mirarle con el ceño fruncido.

—¿Cómo dices?

La cara de Cake era menos visible ahora con la tenue luz del edificio a sus espaldas, pero eso no hacía que sonara menos irritado.

—Ya sabes, envía a un actor decente para llamar nuestra atención y desviarnos del camino.

—Nuestra misión ha terminado. La hemos terminado.

—¿Escuchaste la confirmación de la radio? Porque yo no. Los sargentos Chuckles y McGee podrían habernos estado engañando todo el tiempo. Ahora estamos abandonando nuestra guardia porque quieres ir tras algo que cualquier persona normal diría que es mentira. Ese tipo de trampa.

A pesar de sus intentos por desviar su atención o hacerla cambiar de opinión, el cabo no dudó en seguirla cuando Idina atravesó la primera hilera de árboles. La mayoría de ellos eran los que su anterior batalla con los Olc había convertido en miembros fracturados y troncos astillados. Se movieron despacio y en silencio, escudriñando los espacios entre los árboles, que eran mucho más oscuros en el bosque que en la zona abierta alrededor del edificio de Xena4. Aun así, no se trataba solo de una vigilancia nocturna, e Idina buscaba algo, así que marcó un ritmo más rápido que el que habían llevado en sus rondas.

—Vale, en primer lugar —susurró—, desde hace hora y media, toda nuestra unidad sabe que lo que otros llaman gilipolleces es real.

—El tipo estaba divagando sobre unos ojos».

—Pero las luces verdes son de verdad, y lo sabes. —Pasó por encima de un tronco caído cubierto de enredaderas y medio oculto por grandes helechos—. Así que no intentes sacarme la carta de la locura ahora.

Cake hizo mucho más ruido al pisar el mismo tronco, sobre todo cuando perdió el equilibrio al otro lado y casi se cae de bruces contra el suelo del bosque. Con un gruñido, se recuperó, siseó algo ininteligible a la planta ofensiva y continuó tras ella.

—¿Y?

—¿Y qué?

—Dijiste lo primero de todo, Moss. Podrías quitarte el resto de encima mientras te pones en plan exploradora de medianoche.

—Bien. —Idina redujo la velocidad y se volvió hacia él con una sonrisa. No importaba si la había visto o no—. En segundo lugar, ninguno de nosotros es normal. Así que todo tu argumento es discutible.

—Indiscutible.

—¿Qué?

Resopló y se agachó bajo una rama colgante que Idina habría tenido que esquivar si midiera cinco centímetros más.

—Lo has dicho mal. Es «indiscutible». No tiene sentido.

—No, es... No importa. El punto es que no somos todos los demás. Así que un poco de explorador de medianoche no está fuera de la mesa.

—Oh, claro. Somos dos putos superhéroes, de acuerdo. El Hombre Daño Nervioso y la Bombardera Luz Verde.

Idina sacudió la cabeza mientras continuaban adentrándose en la parte más espesa del bosque, donde la luz del edificio que tenían a sus espaldas no era más que un recuerdo lejano.

—Debes de estar cansado de encontrar una respuesta para todo. ¿Alguna vez dejas de hacerlo?

—Pshh. Ya te gustaría.

—Pues ya ... Espera. —Se llevó la mano a la cara para indicar que se detuviera de inmediato.

Se rio Cake.

—Ah, ¿sí? ¿Sabes qué, Moss? Está bien. Somos solo nosotros dos, pero adelante y toma el liderazgo del equipo en esto...

—Cállate. —Dejó caer el brazo a su lado de nuevo. La señal era un reflejo de todo su entrenamiento previo y los múltiples ejercicios de campo donde Idina había actuado como líder del Equipo Alfa. Eso era irrelevante en este momento. Ella asintió por delante a través de los árboles y susurró—: Creo que he visto algo.

—¿Eran ojos? Mierda, mejor corremos.

—Lo digo en serio. Es…

Efectivamente, hubo un segundo destello de luz. Luz verde. Parpadeó a través de los árboles, se apagó durante medio segundo cuando un tronco se interpuso en el camino antes de brillar de nuevo en el otro lado. Idina no estaba imaginando cosas.

—Mierda —susurró Cake mientras se agachaba tras los arbustos que tenían delante—. ¿Es ese el… monstruo?

En cualquier otra circunstancia, se habría reído de un hombre adulto que había sido un grano en el culo durante meses llamando a algo monstruo con un cien por cien de seriedad. Ahora, sin embargo, le parecía el único nombre apropiado, al menos sin tener que explicar qué era el Olc y cómo sabía algo de él.

—Tal vez.

—Pues reviéntalo, Moss. —Miró a un lado y a otro entre su silueta y las parpadeantes luces verdes que se dirigían hacia ellos a través de los árboles. Como si estuviera sondeando esta sección del bosque, buscando algo.

O a alguien.

—Vamos. —Cake le dio un codazo en el costado, incapaz de apartar la vista del brillante resplandor verde que se movía como un fantasma entre los árboles—. Enciende tu poder. Entonces podremos volver a…

—Shh. —No fue un silencio contundente, pero al menos el cabo estaba dispuesto a cortar con su constante parloteo.

Estuvieron agazapados detrás de los arbustos durante un tiempo que pareció increíblemente largo, y el hormigueo helado de la magia de Idina empezó a recorrerle la columna vertebral, los hombros y las manos.

«Esto no está bien. Sentí esa cosa antes. Sentí su magia. Ahora no siento nada. Y no puede haber dos de ellos, ¿verdad?».

Otro empujón en su antebrazo la hizo mirar a Cake. Su rostro se había iluminado ligeramente en la oscuridad, y solo cuando él asintió a su mano que descansaba a su lado se dio cuenta de que sus luces verdes ya habían empezado a hacer de las suyas. La niebla brillante que se filtraba de sus dedos emitía suficiente resplandor como para iluminar la mitad inferior de la cara del cabo con un tenue y apenas visible brillo verde.

Volvió a darle un codazo y sacudió la cabeza hacia la luz verde fantasmal que avanzaba hacia ellos a través de los árboles.

Tal vez eso era todo lo que tenía que hacer esta vez: dejar volar su magia y lanzar un ataque antes de que la cosa de ahí fuera se diera cuenta de que dos soldados estaban aquí. Tal vez así fue como se deshizo del Olc para siempre, atacando primero en lugar de esperar a que la cosa apareciera en sus sueños, en sus visiones del pasado de otra persona o en el mundo de la vigilia mientras ella estaba en medio de su entrenamiento militar.

«Dejaré que se acerque un poco más. Y lo sorprenderé. Lo haré salir de los árboles. Esta vez, me aseguraré de que no pueda volver…».

En cuanto ese pensamiento pasó por su mente, el espectro verde flotante del bosque se detuvo. Dejó escapar un único destello de luz más brillante antes de que el verde desvaído se oscureciera hasta adquirir el tono inquietante y enfermizo que Idina habría reconocido en cualquier parte.

Entonces, un rugido grave y chirriante, como el de rocas que se parten y chocan unas contra otras, perforó el oscuro silencio del bosque.

Ese fue otro sonido que Idina reconoció.

El Olc estaba aquí, sin duda, a no más de veinte pasos de donde ella y Cake se agazapaban tras los arbustos. Se estaba riendo de ella.

Capítulo 24

¿Qué...? —murmuró Cake mirando con los ojos muy abiertos la luz verde que se oscurecía—. ¿Es... esa maldita cosa se está riendo de nosotros?

Las manos de Idina se cerraron en un puño y la brillante niebla verde que brotaba de sus dedos surgió de cada centímetro de ambas manos. Golpeó el suelo del bosque y se filtró entre la maleza, lamiendo el follaje húmedo por el rocío y rodando silenciosamente sobre palos, tronco, hojas y arbustos.

—Moss.

—Probablemente de mí.

—¿Qué?

Lo miró de reojo, y ahora los rostros de ambos eran perfectamente visibles a la luz proyectada por su magia y el resplandor cada vez más oscuro del Olc que se reía de ella. Esperándola.

—Deberías irte.

—Esa es la peor idea que ha salido de tu boca. De ninguna puta manera.

—Qué vas a hacer, ¿eh? ¿Golpear el aire verde hasta que se rinda?

—Pues no puede torturarme, joder —siseó Cake—. No voy a dejarte aquí para...

La estruendosa carcajada se intensificó, surcando el aire y arrancando las hojas de los árboles que rodeaban al Olc en una ráfaga de torbellino. Idina apretó aún más los puños y empezó a salir de detrás del arbusto donde se habían estado escondiendo de forma ineficaz.

—¿Qué haces? —Cake estuvo a punto de agarrarla del brazo para detenerla, pero luego se lo pensó mejor—. Maldita sea, Moss. ¡Dije que explotaras la maldita cosa, no que caminaras hacia ella!

—Yo me encargo.

La risa gruñó con más fuerza y la luz verde oscura brilló con mayor intensidad. El viento se levantó en un violento vendaval que azotó la niebla verde brillante de Idina y la envió tropezando de lado hacia otro árbol.

Le pareció oír a Cake gritar algo, pero la tormenta que se avecinaba en medio del bosque le arrebató las palabras.

Entonces el suelo empezó a temblar, como la primera vez que Idina había oído la monstruosa voz del Olc llamándola, diciéndole que podía sentirla.

Su visión parpadeaba y se estremecía en todas direcciones, como si alguien estuviera sacudiendo el marco del vídeo.

—Mírate, guerrera.

La voz de Olc era un rugido en su mente y chocaba por el bosque a través de los árboles. Las hojas arrancadas se arremolinaban en el aire cada vez más rápido. Dos de ellas rozaron la mejilla de Idina, que siseó ante el agudo pinchazo y el calor húmedo que le siguió.

—Justo aquí, delante de mí. Ofreciéndote tan fácilmente...

La luz verde oscura palpitó y se retorció, salió de su forma fantasmal y abriéndose paso a través de una barrera invisible. El suelo tembló aún más e Idina retrocedió cuando una onda de tierra y raíces de árboles surgió del Olc y se dirigió hacia ella. La sacudió y cayó hacia atrás con un doloroso golpe, antes de volver a ponerse en pie de inmediato.

—¿Qué coño haces, Moss? —gritó Cake detrás de ella.

Un aullido desgarrador atravesó el bosque, imprimiendo aún más ferocidad a las furiosas ráfagas de viento que golpeaban árboles, arbustos, tierra y a los dos soldados que se encontraban en medio de todo aquello. Entonces, un crujido nauseabundo y un sonido húmedo y sofocante se interpusieron entre los demás ruidos, y la forma amorfa del Olc se expandió hasta adoptar algo parecido a una forma humanoide. Y siguió creciendo.

Incluso después de alcanzar los tres metros de altura y sobresalir contra los árboles circundantes en un espacio demasiado pequeño para ella, la figura vacilante y abultada se hizo más alta, más ancha y deforme. El repugnante crujido de los huesos al romperse y la carne al desgarrarse no cesó.

«No estoy preparada para esto…».

Eso no significaba que Idina se quedaría allí ante esta grotesca exhibición de algo que claramente no entendía.

Apretando los dientes, extendió ambas manos y envió dos impresionantes esferas de energía verde crepitante que brotaron de sus palmas. Atravesaron los árboles una tras otra y se estrellaron contra la gigantesca y palpitante figura verde. La forma inacabada del Olc se tambaleó como gelatina en el lugar donde impactaron los ataques, y la cosa lanzó un grito cerrado.

Al menos, pensó que el grito provenía del monstruo. Por otra parte, podría haber sido el viento. O un puma más arriba en las colinas. O Cake.

Dos árboles gimieron y se partieron antes de desprenderse despacio del Olc, chocando con sus vecinos y llenó el aire de astillas voladoras, serrín y hojas deshojadas. Volvió aquella risa aterradora, como mundos chocando.

—Me alegra mucho ver lo lejos que has llegado.

El aire se llenó de otro crujido y, a continuación, un enorme hombro, un brazo y una mano con garras se separaron de la masa amorfa de luz verde. La mano se elevó en el aire y bajó hacia el lugar exacto donde se encontraba Idina.

Saltó a un lado apenas a tiempo de evitar ser aplastada contra el suelo y pivotó, lanzando de nuevo ambas manos hacia el nuevo apéndice del monstruo.

No pasó nada.

—¿Qué…?

—Te has hecho mucho más fuerte en tan poco tiempo.

Ahora la voz se abrió paso entre la risa de la criatura, que se había convertido en un constante rugido de fondo para todo lo demás. Idina casi esperaba que a la criatura le salieran dos bocas distintas: una para seguir riendo y otra para seguir burlándose de ella.

Volvió a producirse el mismo desgarro grotesco, y un segundo brazo y una mano con garras surgieron del brillo antes informe del monstruo.

—Lo suficientemente fuerte como para nutrirme durante bastante tiempo.

Ambas manos con garras se estrellaron contra la tierra, levantando salpicaduras de agujas de pino, hojas muertas, ramitas y cualquier otra cosa que cubriera el suelo del bosque.

—¡Qué coño! —gritaba Cake, pero Idina no tuvo tiempo de decirle que cerrara la boca de nuevo.

En lugar de eso, se quedó mirándose las manos, observando cómo la espesa niebla verde se desvanecía por segundos.

«¿Qué ocurre?».

Sacudió una mano y una diminuta chispa verde brotó de su palma antes de volar salvajemente hacia el árbol más cercano. Arrancó un trocito de corteza y eso fue todo.

«Estupendo. Debería haberme guardado algo de musgo antes de venir aquí como un idiota».

Otro aullido tembloroso rasgó el aire y las enormes y brillantes garras del Olc se clavaron aún más en la tierra. Su risa ahogó todo lo demás, incluido el crujido y el estruendo de todos los árboles que rodeaban a la monstruosa criatura. El monstruo se levantó del suelo con sus nuevas manos y brazos, y luego creció al menos cuatro tallas en otros tantos segundos para cernirse sobre Idina.

Otra violenta oleada de tierra removida estalló lejos del cuerpo de la cosa. Rocas, tierra húmeda y raíces de árboles se agitaron en todas direcciones, e Idina se tambaleó hacia atrás, protegiéndose la cara de la embestida.

—¡Moss! —chilló Cake.

Dentro de las curvas vacilantes y sin rasgos del rostro deforme del Olc, surgieron dos ojos, brillantes, alerta y envueltos en llamas verdes.

—*Pero no lo bastante fuerte para detenerme, guerrera* —aulló la criatura—. *¡Nunca serás lo bastante fuerte!*

En ese momento, algo se rompió dentro de Idina. Podría haber sido la adrenalina de nuevo o el miedo repentino y desconocido de lo que pasaría ahora que su magia aparentemente había decidido dar media vuelta y huir cuando más lo necesitaba.

Por otra parte, podrían haber sido las palabras de Olc las que se colaron en su conciencia.

Palabras que ya había oído muchas veces. Que nunca sería lo bastante fuerte, lo bastante centrada, lo bastante dedicada como para satisfacer los altísimos estándares establecidos por las generaciones del imperio Moorfield.

De algún modo, dejar que esas palabras la afectaran —dejar que resultaran ser mínimamente ciertas— era peor que mirar a los ojos ardientes e iracundos de algún mal ancestral empeñado en destruirlo… todo.

A través del rugido interminable de las risas de Olc, Cake había abandonado sus exclamaciones y había recurrido a chillar sin palabras. Idina no pudo contenerse aunque hubiera querido.

Dio dos pasos enormes hacia aquellos ojos verdes llameantes y las manos con garras que sujetaban el bulto tembloroso del monstruo contra el suelo del bosque.

«No lo bastante fuerte, ¿eh? ¿Quieres apostar?».

Sus manos salieron disparadas hacia el Olc como si funcionaran por sí solas. Idina no tuvo que pensar. Su indignación y su necesidad de ser más de lo que los demás le decían que era o no era hicieron todo el trabajo por ella.

De sus manos salió un muro de luz verde ardiente que se elevó a toda velocidad entre los árboles y perforó el cielo nocturno por encima de las copas. Luego estalló lejos de ella, removiendo la tierra, las raíces desenterradas de los árboles y el follaje suelto mientras lo golpeaba todo a su paso. Fuera cual fuera la parte de su magia, era imposible errar el blanco.

Su ataque golpeó al Olc con un estallido de luz blanca cegadora y un chasquido ensordecedor que cortó el gruñido y la risa estruendosa del monstruo. Idina siguió volcándose en aquel muro de luz verde: toda su rabia, incertidumbre y determinación.

El silencio inmediato solo duró un segundo antes de que el monstruo gritara. Su corpulenta figura, que sobresalía por encima de las copas de los árboles, se encogió, menguando por momentos. Más árboles se astillaron y agrietaron, dejando caer sus ramas y la mitad de sus troncos.

Entonces, el ardor helado de la magia de Idina empezó a desvanecerse. Una oleada de inesperado mareo y agotamiento la abrumó. Sus párpados se agitaron antes de darse cuenta de que seguía golpeando a un ser incorpóreo con el tipo de magia que no sabía que tenía.

«Vale, ya está. Hora de volver a la normalidad».

Cuando intentó volver a dejar caer los brazos a los lados, no pudo.

El brillante muro de luz verde que salía de sus palmas no cesaba. Los árboles seguían partiéndose y cayendo a su alrededor. Su ataque, combinado con el fuerte viento, había levantado tantos escombros del bosque que el aire estaba espeso y dificultaba la visión a cada segundo.

El Olc volvía a tener el tamaño de un humano normal y se estremecía en el diezmado círculo de bosque caído que se había labrado. Aun así, Idina no pudo evitar que su magia la inundara.

«¿Qué demonios…? Se ha terminado. Se acabó. Hora de regresar y…».

El resto de sus pensamientos se confundieron en una vaga niebla. Sus párpados se cayeron y, aunque sus brazos extendidos empezaron a temblar, no pudo bajarlos. Ni siquiera podía dejarlos caer.

El monstruo que se encogía bajo su magia volvió a gritar. Al principio, sonó como un último grito, el último sonido antes de que aquella cosa aterradora desapareciera en la nada, como había ocurrido la primera vez que ella había luchado contra él para salvar la vida del comandante Hines.

Pero el grito no terminó.

Entonces, a través de la oscuridad de sus pensamientos, Idina se dio cuenta de que no era un grito en absoluto.

La risa premonitoria del Olc se había convertido en un largo e interminable chillido.

—*Sí…* —gimió la criatura—. ¡*Sí! He esperado demasiado. Dámelo todo, guerrera. ¡Lo quiero todo!*

Quería protestar, gritar en señal de rechazo, pero ahora apenas podía pensar y, de todos modos, su cuerpo no obedecería ni una sola orden.

«La he jodido. Todo esto está perdido…».

El pensamiento daba vueltas en su mente mientras luchaba por recuperar el control sobre sí misma. Los esfuerzos de Idina se debilitaban poco a poco, sin señales de volver a poner la marea a su favor, aunque supiera cómo.

Intentó gritar de nuevo, pero lo único que se le escapó fue un gemido débil y estrangulado. Entonces le fallaron las piernas y cayó de rodillas sobre un montón de tierra removida.

—¡*Te atraparé!* —bramó el Olc. Luego exhaló un largo, interminable y gorgoteante suspiro. Las ráfagas de viento que habían hecho retroceder a Idina se invirtieron y lo atrajeron todo hacia la figura verde y brillante de ojos llameantes, que se volvían más brillantes y aterradores cuanto más débil se volvía Idina.

Un dolor punzante estalló en su pecho y subió por su garganta, quemándola como fuego líquido. Sus hombros se desplomaron, sus manos extendidas aún no apagaban la pared mágica, y luchaba contra el repentino e inexplicable impulso de abrir la boca.

«Esa cosa me dejará seca si lo hago.

No tenía ni idea de cómo lo sabía, pero era la única certeza a la que podía aferrarse.

—¡Moorfield! —gritó Cake—. ¡Levántate! Levántate…

El Olc soltó un gruñido furioso y lanzó un rayo de luz verde oscuro hacia el cabo. Con un grito, se arrojó de lado al suelo un segundo antes de que el ataque arrasara dos árboles situados detrás de donde se había parado.

Con la cordura RECIÉN recuperada, Cake retrocedió por el suelo, rodó y se puso en pie.

—¡Joder! Pediré ayuda. Voy a…

Fuera lo que fuera lo que dijo a continuación, Idina no lo oyó. Le dolía la mandíbula de tanto apretarla contra la ardiente agonía que salía de su interior y subía por su garganta, amenazando con liberarse.

Lo siguiente que supo es que estaba viendo doble.

Esa era la única explicación de por qué de repente había dos figuras con forma humana en los árboles, ambas palpitando con luz verde. La que se aferraba a la magia de Idina y probablemente a su fuerza vital seguía siendo verde oscuro, como las agujas de pino y los frondosos helechos. La otra era tan brillante y resplandeciente como el interminable muro de magia que brotaba de las manos de Idina.

Intentó concentrarse en la figura más brillante y sintió que la inundaba una oleada de esperanza momentánea.

«Ese no es el Olc. Hay alguien más aquí».

Si ahora pudiera diferenciar algo, estaría segura de haber sentido también el poder de esa otra figura: magia como la suya, de la misma forma que la había sentido horas antes, cuando había luchado contra ella para que no volara su unidad en pedazos.

«¿Entonces quién es? ¿Con quién estaba luchando?».

Un resplandor más intenso brilló en la llamarada cada vez más intensa de tanta luz y energía que inundaba el bosque. La figura con forma humana que le resultaba vagamente familiar levantó una mano brillante. En ella había algo parecido a una lanza, pero Idina no tenía forma de saberlo con certeza. Todo era demasiado ruidoso, demasiado brillante. No pudo aguantar más.

Si abría la boca…

Ya no había tiempo para pensar en nada más.

La cosa con aspecto de lanza ardió con luz plateada y salió disparada a través del bosque hacia el Olc. Golpeó a la criatura con otra llamarada de brillo que ahogó todo lo demás. Entonces, el Olc estalló en llamas verdes y luz oscura, con un largo rugido.

Idina no vio lo que pasó después. La fuerza de la explosión frente a ella la lanzó hacia atrás como una patada gigante. Saltó por los aires, con la cara, el cuello y los brazos salpicados de piedras y ramas de árbol. La suciedad le picaba en los ojos.

El impacto de golpear el suelo nunca llegó. Porque aparentemente, se lo había perdido.

Pasó los diez segundos siguientes intentando abrir los ojos antes de darse cuenta de que ya estaban abiertos. Era el bosque el que estaba oscuro de nuevo. Ningún resplandor verde. Ninguna luz resplandeciente.

Uno de sus brazos estaba torpemente inmovilizado bajo ella, pero no podía moverlo. Lo único que podía hacer era quedarse tumbada, parpadeando en la oscuridad. Habría temido perder el oído de no ser por el rápido ruido de unas botas en la tierra, el chasquido de unas ramas y una respiración agitada que provenía de unos diez pasos detrás de ella.

«¿Qué ha pasado? Si esa cosa no se ha ido para siempre...».

Un segundo par de pasos crujieron en el suelo hacia ella y alguien carraspeó.

—¿Señor?

Era Cake.

¿Con quién está hablando?

—Descanse, soldado. —La segunda voz era más grave, gruñona y vagamente familiar—. Las formalidades están un poco sobrevaloradas a estas alturas, ¿no le parece?

—Sí, señor.

Por mucho que Idina lo intentara, no podía saber dónde había oído esa voz antes. Ninguno de sus miembros respondía. Por el momento, parecía que no era más que un cuerpo congelado e inmóvil en el suelo. Pronto, la conmoción se disiparía lo suficiente como para que apareciera el dolor. Su única opción hasta entonces era seguir tumbada y concentrarse en escuchar una de las conversaciones más inverosímiles que jamás habría imaginado oír.

—Hum... ¿Señor? ¿Puedo...? —Cake se aclaró la garganta de nuevo—. ¿Puedo preguntar qué...

—Mejor que no.

Los pasos del otro hombre —debía de ser un oficial de algún rango— se detuvieron increíblemente cerca de donde yacía Idina. No pudo abrir la boca para decirles que estaba despierta, que podía oírlos y que quería algunas malditas respuestas ahora mismo.

El hombre se quedó pensativo y chasqueó la lengua.

—Tengo que admitir que estoy un poco sorprendido. Normalmente, la gente no se levanta después de sufrir tantos golpes. Usted debe ser el cabo Bunt.

—Eh... yo... eh...

—Está bien, cabo. Escuche con atención ahora porque esto es bastante importante.

—Sí, por supuesto. Sí, señor.

Otro suave susurro se acercó a la nuca de Idina y sus párpados se agitaron antes de cerrarse.

«No, no, no. Tengo que quedarme. Tengo que…».

—No dirás ni una palabra de esto a nadie de tu unidad, ¿entendido? Nunca.

—Sobre…

—Sí, cabo. Sobre todo lo que has visto. Incluido al capitán Irons. En caso de que haya alguna confusión, esta es una orden directa. ¿Está claro?

Cake tardó tanto en responder que Idina pensó que ya estaba perdiendo el conocimiento. Luego tomó aire y afirmó con firmeza:

—Sí, señor. Cristalino.

—Bien. Ahora entra y llama por radio a un médico.

Un par de pasos se alejaron rápidamente hacia el linde del bosque y se detuvieron.

—¿Qué pasa con…?

—Estará bien. Busca la radio.

Los pasos de Cake volvieron a acelerarse y, en cuestión de segundos, el sonido se había desvanecido por completo del oído de Idina.

Al igual que el resto del mundo. Porque, aunque luchaba por mantenerse despierta, preguntándose cómo demonios podía Cake dejarla aquí así con un oficial que estaba demasiado tranquilo para la situación, el pesado peso de la inconsciencia era demasiado contra el que luchar por sí sola. Entonces no había nada.

Capítulo 25

Cuando Idina volvió a despertarse, los dos médicos arrodillados a su lado ya habían terminado con ella.

—Oh, hey. Ahí estás. —El chasquido de una linterna al apagarse hizo que Idina parpadeara, y entonces el rostro sonriente de un médico del ejército se enfocó mientras el tipo se enderezaba y dejaba de cernirse sobre ella—. Bienvenida, soldado.

—¿Eh? —Intentó incorporarse y tuvo que esperar unos segundos a que desapareciera el mareo que la invadía.

—A la tierra de los vivos —añadió el segundo médico con una risita—. Debe haber sido una caída infernal.

—De cara —dijo Cake. Estaba apoyado contra un árbol, con los brazos cruzados y la mandíbula rígida mientras miraba de un lado a otro a los médicos—. No quería correr el riesgo, ¿sabes?

—No, tomó la decisión correcta, cabo. —Médico uno volvió a meter los suministros en su botiquín, cerró la cremallera y se levantó—. Está bien. Un poco magullada. Probablemente todavía aturdida. Pero todo el mundo puede irse.

—Pero le has mirado a los ojos, ¿verdad? —preguntó Pill, con la voz llena de indignada preocupación—. Porque esto parece una conmoción cerebral grave, y si lo dejamos…

—No sabía que tuvieras un médico en tu unidad —dijo el médico dos mientras se levantaba y le tendía la mano a Idina.

—No lo tenemos. —Ese era Trunk, y mientras Idina aceptaba la ayuda del médico para ponerla de pie, parpadeó pesadamente y trató de encontrar las caras de los miembros de su unidad que iban con sus voces—. Solo es que piensa que es mejor que todos los médicos.

—Eso *no* es lo que he dicho —murmuró Pill entre dientes apretados.

—No hay conmoción cerebral. —Doctor uno se colgó la mochila de un hombro y asintió—. Prometido.

—¿Estás bien? —El otro tipo puso una mano en el hombro de Idina y bajó la cabeza para encontrarse con su mirada.

Fue entonces cuando se dio cuenta de que habían pasado la línea de árboles y podía ver cosas a su alrededor porque ahora había luz. Mucha, procedente no solo de la luz exterior instalada en el edificio de Xena4, sino también de un todoterreno aparcado sobre la hierba con las luces encendidas.

—¿Soldado?

—Sí. —Idina tragó saliva y le dio al médico un gesto seco—. Sí, estoy bien.

—Ya lo creo. La próxima vez, intenta prestar más atención a dónde pisas, ¿eh? —Le quitó la mano del hombro y se volvió hacia su amigo—. ¿Listo?

—Vámonos.

Los médicos se apresuraron hacia su vehículo sin mediar palabra, e Idina vio a todos los miembros de su unidad de pie junto a ella. Todos la miraban como si la hubieran pillado intentando gastarle una broma pesada.

Se volvió para mirar por encima del hombro y forzó una tos para romper el silencio crítico.

—Eh … ¿Qué hora es?

—Oh, las tres. —Skim metió las manos en los bolsillos e inclinó la cabeza—. Más o menos.

—Oh tres doce —murmuró Stop antes de mirar su reloj de campo—. Y diecisiete segundos.

Idina frunció el ceño, confundida y sorprendida por el fuerte dolor de cabeza.

—Todos están despiertos.

—Es un poco difícil dormir con el tío del SERE gritando sobre los malditos ojos de monstruo. —Badge sacó el pulgar por encima del hombro hacia el edificio detrás de ellos y sacudió la cabeza—. Imbécil.

—Los sargentos acabaron por calmarle —añadió Trunk—. Entonces Cake llegó como si hubiera visto un fantasma. O algo peor.

—Vi a Moss comerse el suelo y dejar de moverse. —Cake fulminó con la mirada a cada miembro de su unidad, retándoles en silencio a todos a que cuestionaran la historia que les había contado y que nadie más podía corroborar. Porque Idina había estado inconsciente, y no había rastro del oficial que había ordenado al cabo Bunt que mantuviera la boca cerrada sobre todo el asunto—. Pensé que podría estar muerta.

Pill se burló y puso los ojos en blanco.

—¿No pensaste en tomarle el pulso?

—No, gilipollas. Estaba un poco ocupado asegurándome de que no tenía un puto agujero gigante en la cabeza e intentando despertarla.

«¿Un agujero en mi cabeza»?

Idina se llevó lentamente la mano al lado de la cabeza donde se había originado el dolor de cabeza. Su casco había desaparecido, cosa que no había tenido en cuenta hasta sentir su ausencia. El punto muy sensible en su cuero cabelludo le hizo hacer una mueca cuando lo tocó suavemente. Tenía el pelo un poco enmarañado y húmedo, pero sobre todo cubierto de una costra pegajosa que sabía que era sangre seca sin mirarse los dedos.

—¿Quieres saber lo que pienso? —Trunk arrastró las palabras al hablar.

Badge lo miró bruscamente y se apartó del soldado gigante para poder verle la cara.

—Vas a contárnoslo de todos modos.

—Creo que ha tenido otro ataque.

Cake parpadeó lentamente y miró fijamente al tipo, aunque la comisura de sus labios parpadeó.

Badge rio con dureza.

—Sí, eres uno de los jodidos que lo llaman.

—Eso es ridículo. —Pill empujó las gafas por la nariz y luego señaló a Idina—. Ella no tiene convulsiones.

—Hombre, eso ya lo sabemos. —Trunk miró a Idina con una sonrisa torcida y se encogió de hombros—. Apuesto a que eso es lo que van a volver a meter en tu expediente, Moss. Un jodido gran ataque en el bosque.

—Salvo que Cake dijo a los médicos que se había tropezado. —Dirigiendo una mirada sombría al cabo, Pill ladeó la cabeza—. Porque todos sabemos lo torpe que es. Estas cosas pasan siempre. Eso es lo que les dijiste, ¿verdad?

Cake se apartó del Trunk del árbol y desplegó los brazos.

—Llamé por radio a los médicos y les dije que teníamos un soldado que no respondía. No necesitaban saber nada más.

Sin esperar a que nadie más aportara su granito de arena para continuar la conversación, el cabo se alejó de la linde del bosque en dirección al edificio. No se detuvo ni miró atrás.

Idina apretó los labios y miró alrededor del círculo de otros cinco soldados que la observaban con atención.

«Les dijo que me tropecé. No dirá nada más al respecto porque tiene órdenes de no hacerlo. Y ni idea de que lo he oído todo…».

—Bueno. —Pill soltó un suspiro y la miró de arriba abajo—. Parece que deberías tener más cuidado al caminar por el bosque. ¿Por qué demonios has venido hasta aquí, de todos modos?

Solo pudo encogerse de hombros porque cualquier movimiento hacía que el punto de su cabeza palpitara con un dolor más profundo.

—Me pareció oír algo.

Skim extendió los brazos.

—¿Algo como… el tipo de mierda que todos sabemos que es una muy mala razón para ir corriendo al bosque?

Idina forzó una carcajada, aunque sonó como si se estuviera ahogando.

—¿Sabéis qué, chicos? Quizá esta vez fueron convulsiones.

—Ajá. —Trunk le hizo un gesto desdeñoso con la mano y se volvió hacia el edificio.

—Entonces has tenido mucha suerte, Moss —añadió Badge, señalando a Idina—. M-m-mucha suerte.

—Sí, lo sé.

Cuando Pill pasó junto a ella, se inclinó muy cerca y entrecerró los ojos tras los gruesos cristales de sus gafas, como si eso le permitiera ver el interior de su cerebro. Luego se apartó y la miró de arriba abajo.

—La próxima vez, no dejes todo tu equipo en la hierba. Parece como si estuvieras haciendo el papel de Virginia Woolf.

—¡Ja! ¿Qué? —La sonrisa de sorpresa de Idina ahora era genuina, pero a Pill nada de esto le hizo mucha gracia. Pasó junto a ella, y luego Skim y Stop tomaron la retaguardia del regreso del equipo sin decir nada más.

Idina se quedó parada un momento, sin saber si reírse o preocuparse mucho más por los demás miembros de su unidad.

«Acaba de compararme con la autora que se ahogó en un lago con los bolsillos llenos de piedras, ¿no?»

Miró por encima del hombro hacia el oscuro bosque que tenía a sus espaldas, donde aún quedaban restos de la primera batalla que había librado esta noche. Las pruebas de la verdadera lucha, aquella en la que casi pierde la vida porque estaba segura de que podría con ella, seguían a metros de distancia, entre la espesura de los árboles. Solo ella y Cake sabían que estaba allí.

«No puedo culparle por decir a todo el mundo que me dejé inconsciente con una caída. Menos mal que es un mentiroso bastante convincente. Eso creo».

El problema con dejarse creer que todo estaba bien y que las cosas volverían a la normalidad en poco tiempo, sin embargo, radicaba en una gran pregunta sin respuesta. En concreto, qué demonios era esa primera figura con magia de luz verde que parecía la de Idina. O «quién» era.

No había sido el Olc como había supuesto al principio, lo que significaba que alguien ahí fuera tenía el mismo tipo de magia. Por supuesto, era mucho más fuerte que todo lo que Idina había sido capaz de hacer con sus luces verdes hasta el momento, por suerte. De lo contrario, no habría estado aquí, en la linde del bosque, mirando su petate y su arma de fuego justo donde los había dejado.

«Quienquiera que fuese sabe mucho más que yo sobre cómo luchar contra los Olc, y probablemente debería dejarlo así. Sigo viva».

Idina se dirigió hacia su equipo y encontró su casco de combate apoyado contra el otro lado de su petate. Cake debía de haberlo colocado allí para que ella lo encontrara, lo cual sería mucho menos sospechoso que si toda la unidad y dos médicos la hubieran descubierto tirada mucho más adentro en el bosque con solo su casco y nada más de su equipo.

El cabo debió de trasladarla también a la arboleda, lejos de las pruebas de lo ocurrido, para no tener que esforzarse demasiado en ocultarlo todo.

Recogió sus cosas, se colgó sobre los hombros la única correa que le quedaba y se dirigió hacia la puerta noreste del edificio Xena4, donde el resto de su equipo ya había desaparecido.

La idea de meterse en uno de aquellos catres y cerrar los ojos, aunque solo fuera durante dos o tres horas antes de que probablemente tuvieran que levantarse de nuevo para volver a casa, hizo que una oleada de alivio recorriera los hombros de Idina. Sin embargo, cuando alargó la mano hacia el pomo de la puerta, se detuvo ante el nuevo pensamiento que llenaba su mente y casi ahogaba todo lo demás.

«Luché contra dos ataques mágicos diferentes esta noche. Eso significa que alguien más apareció para acabar con el Olc. De cualquier manera, no soy la única con poderes».

Empezó a sonreír, pero el movimiento de la cara le hizo sentir otro dolor punzante en la sien. Eso no hizo que la sonrisa fuera menos imposible de evitar.

Idina abrió la puerta y entró cojeando en el edificio, contenta por el momento con lo poco que sabía. Porque cuando su equipo regresara a Bragg, obtendría muchas más respuestas de las que tenía ahora.

Capítulo 26

A las seis y media de la mañana siguiente, los sargentos Cutter y Braxton casi echaron a los soldados de la unidad del edificio Xena4 después de que les comunicaran los detalles del lugar donde el equipo de Idina se reuniría con su vehículo de recogida en la siguiente media hora.

Atravesar aún más la zona de navegación terrestre parecía una broma después de los kilómetros que habían recorrido en los últimos cuatro días. Era imposible pasar por alto el gran vehículo militar que les esperaba con el rugido de su motor. También lo era el capitán Irons en cuanto salió del asiento del copiloto y se quedó de pie junto al vehículo con los brazos cruzados, mirando a su unidad de siete soldados mientras subían la pequeña colina hacia él.

La cabeza calva y medio llena de cicatrices del hombre brillaba a la luz del sol de primera hora de la mañana, y miró a Idina y al resto del equipo como si hubieran vuelto cubiertos de vísceras de pescado y agua del pantano en lugar de suciedad, sudor y un poco de sangre.

—Buenos días, capitán —dijo alegremente Pill.

Irons gruñó.

—Se ha perdido una misión interesante, señor —añadió Cake con una sonrisa burlona.

—Eso no es lo que he oído —respondió Irons con su gruñido áspero y rasposo a través de unas cuerdas vocales destrozadas.

—Nunca nadie comunica por radio todos los detalles. —Badge asintió con la cabeza al cascarrabias de su oficial al mando y se unió a los demás soldados para sonreír a espaldas del capitán mientras se amontonaban en el vehículo para salir del emplazamiento de navegación terrestre.

—Sois unos engreídos, ¿no? —refunfuñó Irons—. Casi como si esta unidad no supiera lo que es completar una misión con éxito. En *entrenamiento*.

Stop soltó una risita aguda y de inmediato se tapó la boca con las manos antes de subir.

Irons miró fijamente hacia delante, a la ladera vacía, con el ojo bueno crispado y el ojo de cristal verde esmeralda tan abierto e inmóvil como siempre, brillando al sol como la calva del hombre. Luego resolló, se giró despacio y subió al asiento del copiloto. El suboficial que conducía el vehículo solo recibió un gesto cortante del capitán antes de pisar el acelerador y llevar a todo el equipo por un retumbante y accidentado viaje todoterreno de vuelta a la parte principal de Fort Rucker.

Idina había empujado con cuidado a los demás soldados para sentarse junto a Cake en la estrecha parte trasera del vehículo. Durante los primeros veinte minutos de viaje, sonrió distraídamente al escuchar las bromas y los insultos de buen carácter que los demás soldados se lanzaban unos a otros. A pesar de no haber dormido demasiado en más de cuatro días —y de lo que habían visto durante el último obstáculo para completar su misión, que no tenía nada que ver con su entrenamiento—, los soldados de la unidad estaban muy animados.

Habían cumplido una misión.

Aunque había que admitir que lo más probable es que hayan cruzado el umbral del agotamiento más absoluto a la idiotez profunda. Se lo habían ganado.

Al final, sin embargo, Idina no pudo seguir fingiendo que escuchaba la conversación sin sentido que llenaba la parte trasera del vehículo. Mientras todos los demás reían y se empujaban, ella giró lentamente la cabeza para mirar a Cake.

El cabo estaba sentado con los antebrazos colgando sobre las rodillas levantadas, la cabeza apoyada en la pared del vehículo y balanceándose de lado a lado con cada bache. tenía los ojos cerrados, pero eso no significaba necesariamente que estuviera dormido.

—No estuve inconsciente todo el tiempo —murmuró Idina, intentando no parecer demasiado suspicaz por si los demás soldados se daban cuenta de la conversación privada entre los dos soldados de su unidad que más dificultades habían tenido para llevarse bien desde el principio.

Cake chasqueó la lengua, pero no abrió los ojos.

—Bien por ti.

—Significa que escuché la conversación. Así que no tienes que contarme sobre eso…

—Bien. Porque no tengo nada que decir.

—¿Quién era? —La hizo esperar tanto por una respuesta que Idina supuso que no la había oído—. Cake.

—No te voy a decir una mierda, Moss.

—Vamos. —Echó un vistazo a la parte trasera del vehículo, pero los demás no parecían haber captado su mal enmascarado intento de obtener algunas respuestas—. Estábamos tú y yo ahí fuera. Luego vino alguien más. Sé que era un oficial.

—Le estás ladrando al puto árbol equivocado.

—Nadie más tiene por qué saberlo. —Idina bajó la voz a un áspero susurro y se inclinó ligeramente hacia él—. Después de todo eso, ¿no crees que tengo un poco de derecho a saber quién apareció de la nada y ni siquiera pestañeó al ver el percal?

Cake resopló y sacudió la cabeza. O tal vez el vehículo pasó por un terreno muy accidentado y la cabeza del tipo se balanceó de un lado a otro en el momento perfecto. Seguía sin decir nada.

No dispuesta a rendirse tan rápido, intentó una táctica diferente.

—No crees que es raro que un oficial nos encontrara en el bosque y…

—Lo que yo piense no importa una mierda —gruñó. Esta vez, apartó la cabeza del interior del vehículo y abrió los ojos para mirarla—. Si no dejas esta mierda, me aseguraré de que estés inconsciente. Todo el tiempo. ¿Entendido?

Se miraron fijamente, e Idina no quería otra cosa que enfrentarse a él con amenazas de violencia, y tal vez ir un poco más lejos. Aunque sin capacidad para sentir dolor, el cabo Bunt era la persona con menos probabilidades de quebrarse bajo métodos de interrogatorio alternativos.

Idina estudió su rostro: las fosas nasales dilatadas, los ojos entrecerrados, los músculos que latían en su sien mientras el tipo apretaba la mandíbula.

«Tiene sentido que esté cabreado. Lo que no entiendo es por qué todavía parece asustado. ¿Qué más pasó después de que me desmayara?».

Solo cuando uno de los otros soldados se aclaró la garganta se dio cuenta de que las bromas sin sentido en la parte trasera del vehículo habían cesado y los otros soldados observaban su sospechoso enfrentamiento.

Entonces Trunk rompió el tenso silencio con una risita.

—No hay suficiente espacio aquí atrás. Será mejor que os contengáis hasta que encontréis aire fresco.

Badge resopló.

—Y espacio de sobra. Joder, se me ocurren cinco sitios mucho más grandes que el baño de hombres.

Los demás soldados soltaron risitas y compartieron miradas divertidas, aunque la tensión aún no se había disipado del todo.

«Están esperando a que explotemos y empecemos a atacarnos unos a otros, lo que probablemente ocurriría si no estuviera Irons en el asiento delantero».

Idina tuvo que aguantarse porque Cake se había tomado muy en serio su orden directa. Quizá por primera vez en su carrera. Sin dejar de sostenerle la mirada, resopló.

—En el baño tampoco necesitaba tanto espacio para darle una paliza.

Las carcajadas de Trunk llenaron la parte trasera del vehículo. Luego, Pill murmuró algo sobre sus medicamentos y lo inconveniente que era tomarlos sentado en la parte trasera de un vehículo con la peor suspensión que había sentido nunca. Idina rompió por fin su concurso de miradas con el cabo Bunt.

Por el rabillo del ojo, le vio volver a dejar caer la cabeza contra la pared e intentar descansar.

«Va a ser mucho más difícil de lo que pensaba conseguir que hable conmigo. O está intentando tomarse su trabajo mucho más en serio con lo de seguir órdenes, o quienquiera que estuviera anoche en el bosque tiene suficiente influencia como para asustarle de verdad».

Eso significaba que el oficial anónimo debía estar relativamente arriba en la cadena de mando. Otro comandante de compañía, tal vez. Idina no estaba muy familiarizada con las diferentes compañías y batallones estacionados en Rucker. Tal vez Cake sí.

Por otra parte, el agente Sin Nombre se había mostrado bastante indiferente cuando entró en el claro destruido y empezó a hablar con Cake, pensando que Idina ya se había desmayado.

«Sabía el nombre de Cake. Como si el tipo ya hubiera oído hablar de nosotros».

Aquel pensamiento formó un pozo que se hundió en sus entrañas porque Idina no lograba descifrar cómo encajaban todas las piezas.

«Un oficial de alto rango en Fort Rucker, que conoce a Cake por su reputación y no se asustó al ver un espectáculo de luz verde entre un monstruo de ojos llameantes y yo. Ah, y otra persona cualquiera con magia como la mía».

Solo le vino a la mente una persona que se ajustaba a la mayoría de esos criterios. Idina no tenía ni idea de si el hombre sabía algo de ella, de Cake o de cualquiera de los soldados de la unidad, pero sí sabía que había visto su magia antes. Había lanzado un rayo de luz al cielo, justo delante de su casa.

«¿Qué estaría haciendo el teniente coronel MacBlair aquí al final de nuestro entrenamiento? Esta unidad no es ni remotamente importante. Nada de esto tiene sentido».

Con Cake pensativo a su lado y el resto de su unidad soltando más tonterías inútiles para pasar el tiempo, Idina tuvo que contentarse con no saber nada por el momento. En cuanto regresaran a Bragg, pensaba averiguar exactamente qué piezas del rompecabezas le faltaban.

* * *

Tras otro largo día de viaje desde Fort Rucker hasta Fort Bragg, los soldados de la unidad estaban casi mareados cuando otro conductor civil se detuvo en el pequeño aparcamiento junto al edificio del cuartel general para dejarlos bajar. En ese momento, las bromas y los chistes habían cesado por completo, y los siete salieron de la furgoneta como zombis cargados con al menos sesenta kilos más de equipo de combate completo.

El capitán Irons no les dijo nada, pero eso no era nada nuevo. Todos los demás tenían la misma idea que Idina: entrar en el edificio, ducharse, comer lo que fuera y desmayarse durante al menos doce horas. Eso fue lo que hicieron todos.

La única persona que los saludó a su regreso fue la sargento Williston, que estaba sentada detrás del mostrador de recepción en el vestíbulo como todos los días. La mujer sonrió ante la unidad demacrada, magullada y llena de suciedad y sangre que pasaba tambaleándose a su lado.

—¡Vaya! ¿Habéis pasado un día divertido?

La única respuesta que obtuvo fue la de Idina, que se volvió lentamente hacia ella y le dedicó una débil sonrisa con un asentimiento aún más débil. Williston no se inmutó por la falta de conversación cortés y se rio mientras volvía a escribir en su teclado. A poco más de las seis de la tarde, habría sido alarmante como poco ver a cualquier otra persona sentada detrás de cualquier otro escritorio sin parar de trabajar de esa manera después de la jornada laboral… y durante un fin de semana. A estas alturas, Idina estaba bastante segura de que la sargento Williston vivía detrás del escritorio.

Durante el resto de la noche y todo el día siguiente, que por suerte era domingo, Idina durmió más de lo que creía posible. Cuando se despertó, intentó despejarse la cabeza de todas las preguntas y misterios desconectando por completo, con los ojos pegados al móvil y al programa de televisión que había elegido al azar para dejar de escuchar el silencio.

Nunca veía la televisión. Si Cake no iba a hablar con ella, no se le ocurría otra forma de pasar el tiempo hasta el lunes por la mañana. Entonces se propuso presionar al mayor Hines más de lo que lo había hecho hasta entonces para conseguir la información que le había prometido: todo lo que tuviera sobre el diario de lady Muirden y los secretos de la magia inexplicable de Idina que se suponía que había recibido hacía una semana.

Después de lo que había pasado al final de la misión de entrenamiento, a la soldado de primera Moorfield ya no le interesaba ser la paciente y despreocupada chófer del comandante. Si Hines no podía cumplir una promesa, aunque fuera extraoficial, algo tenía que cambiar.

* * *

El lunes por la mañana, sin embargo, aún no le habían devuelto las llaves del todoterreno, e Idina no tenía forma de recoger al comandante antes del trabajo y volver a su rutina habitual. Eso la puso de mal humor durante el resto de la mañana, hasta que el capitán Irons la llamó para que saliera de la sala de suministros. Su conversación de dos minutos se centró exclusivamente en entregarle las llaves del todoterreno y decirle que llevara el vehículo al taller antes de recoger al comandante a la hora habitual esa tarde.

—Más allá de eso, Moorfield, me importa una mierda lo que hagas con tu día.

Eso fue todo. Ninguna felicitación por un ejercicio de entrenamiento completado, ninguna pregunta sobre lo que estaba en el «programa» para unidad, y ninguna otra directiva.

«Supongo que volvimos a lo de siempre, ¿no? ¿Qué sentido tenía todo esto?».

El resto de su unidad no estaba interesada en hacer nada en su primer día de vuelta tras la inesperada interrupción de su rutina no rutinaria. La única diferencia ahora era que Skim había adquirido de algún modo un pequeño y antiguo televisor durante el fin de semana. Ahora ocupaba el centro de la gran mesa redonda de la sala de suministros, así como la atención de seis soldados aún exhaustos, desplomados en sus diversos asientos alrededor de la sala. Nadie se dio cuenta de que Idina había salido a las dos de la tarde para limpiar el todoterreno antes de reunirse con el Mayor Hines.

Esta vez, no intentó que se interesaran por lo que hacía o adónde iba porque no tenía nada que ver con ellos.

Se tomó su tiempo con el todoterreno, dispuesta a dedicar tres horas de trabajo a cada pequeño detalle porque así tenía algo que hacer. También le servía de excusa para no perder de vista la puerta principal del edificio, por si el Hines quería salir antes de la hora prevista para reunirse con alguien que no fuera su chófer.

La última vez que habían hablado, se había comportado de una forma extraña. No conocía bien al comandante, pero la había relevado temporalmente de sus tareas de conducción sin dar explicaciones y no le había entregado la información que le había ofrecido durante dos semanas mientras buscaba las «habilidades ocultas» de su unidad. No le habría extrañado que el hombre intentara escabullirse sin ser detectado y evitar verla antes de las cinco de la tarde.

No lo hizo.

A las cinco y dos minutos, el comandante Hines entró por la puerta principal del edificio, sin mirar nada en particular y sin mostrar el menor interés por su chófer, que había regresado de su misión de entrenamiento, y por el todoterreno negro inmaculado, que estaba al ralentí en el aparcamiento. Tampoco actuó como si no fuera exactamente allí adonde se dirigía.

Solo cuando llegó al lateral del vehículo y la puerta trasera que Idina le mantenía abierta, Hines levantó la vista hacia ella y reconoció su existencia.

—Feliz lunes, Moorfield.

—Lo mismo digo, señor.

Se deslizó en el asiento trasero y dejó su fino maletín de cuero sobre la tapicería, a su lado.

Idina cerró la puerta, se puso al volante y se abrochó el cinturón de seguridad antes de echarle una mirada por el retrovisor.

—¿Qué tal el fin de semana?

—Más tranquilo de lo que esperaba. ¿Y tú?

Puso el cambio en marcha y salió muy despacio del aparcamiento para dirigirse al otro lado del poste.

—Largo.

—Ja. Esa es una queja que no se oye todos los días. —Hines miró por la ventana y no dijo nada más.

«Es un suplicio tratar con él, ¿no? Bueno, vale».

Dividió su atención entre la carretera y el reflejo del comandante en el espejo retrovisor, con la esperanza de que por fin cumpliera su parte del acuerdo sin que ella tuviera que volver a darle la lata. La última vez que se lo había pedido, le había quitado las llaves y le había hecho pensar que había metido la pata hasta el fondo en este trabajo.

Él no le preguntó por los cuatro días del entrenamiento de unidad, ni cómo iban las cosas, ni si quería compartir alguna información relevante con él. Tampoco mencionó su descubrimiento de los «talentos» de sus compañeros ni dónde demonios había ido a parar esa información. El comandante Hines actuaba como si le hubieran limpiado el cerebro de todo lo relacionado con las luces verdes, los diarios antiguos y el hecho de deberle la vida a un soldado de primera de dieciocho años que lo había bajado de un árbol durante la escuela de salto.

Como si nada de eso hubiera pasado.

«Eso no puede ser bueno. O me está tomando el pelo, o realmente metí la pata en algo, y las puertas que se suponía que iba a abrir están cerradas para siempre».

Cuando por fin aminoraron la marcha para girar hacia su barrio, dos suaves chasquidos surgieron del asiento trasero. Idina solo podía ver al mayor de cuello para arriba, pero su atención estaba puesta en algo que tenía en el regazo. Hizo el último giro en su calle, con el corazón latiéndole en el pecho porque no quería forzar demasiado si algo iba mal. Si no se esforzaba lo suficiente, cada vez parecía más probable que nunca consiguiera la recompensa que Hines le había prometido.

El todoterreno se detuvo con suavidad en el bordillo de la acera frente a la casa del comandante, e Idina aparcó el coche.

—¿Mayor Hines?

—¿Qué pasa?

Volvieron a sonar los mismos dos suaves chasquidos, e Idina solo pudo mirar el reflejo del hombre en el espejo.

—La semana pasada, señor, no tuvimos ocasión de hablar de lo que pasará después.

—Antes de que te enviaran a Rucker. Eso pasa con las asignaciones de última hora, Moorfield. Los planes se retrasan. Las conversaciones se alargan. A veces durante años y, para cuando te das cuenta de que sigues sin tener ni puta idea de lo que está pasando, te encuentras atrapado bajo otro techo de cristal de tu carrera, y la única salida es aferrarte absolutamente a nada más que a la fe ciega. O tal vez sea estupidez. Es difícil de decir…

Idina tragó saliva y esperó un poco más por si Hines tenía alguna otra frase críptica que quisiera soltar. Al parecer, había terminado.

—¿Va todo bien, señor?

—¿Hmm? Ya sabes, he estado hablando conmigo mismo sin mi conductor para escuchar todo no se ha sentido lo mismo en la última semana. Olvida lo que dije. ¿Tenías algo más en mente?

Al darse cuenta de que hablaba en serio y de que no le había estado tomando el pelo todo el tiempo, se giró en el asiento del conductor para encontrarse de frente con su mirada.

—Me doy cuenta de que ha estado ocupado, señor.

Resopló, enarcó una ceja y esbozó una pequeña sonrisa.

—Así que pensé que sería útil recordarte que todavía no he recibido…

—El gran premio por todo tu duro trabajo, ¿verdad? Sí, lo sé. Querría hacerte esperar un poco más.

—¿Señor? —Le entraron ganas de saltar al asiento trasero y estrangular a aquel hombre por marearla de aquella manera. Sin embargo, tenía que trazar una línea entre la realidad y las ensoñaciones.

—Relájate. —Hines se inclinó hacia delante y arrojó un sobre de papel manila cerrado en el asiento del copiloto con un golpe seco. Luego volvió a sentarse y puso una mano en la puerta, como si pensara que ella podría estallar contra él y quisiera tener una salida rápida en caso necesario—. Como prometí.

Idina bajó la mirada hacia la carpeta y no se atrevió a cogerla todavía.

—¿Sobre el diario?

—¿Hemos acordado algo más? —Hines dejó escapar una risita amarga, la pregunta era retórica—. Es todo lo que tengo, Moorfield. Cada minúscula información, así que no pidas más.

—Gracias, señor.

—Ajá. Hasta mañana.

Antes de que pudiera abrir la puerta hasta la mitad, Idina lo detuvo de nuevo.

—Mayor Hines.

Con un suspiro, hizo una pausa y volvió a girar la cabeza hacia ella.

—Soldado.

—¿Puedo preguntar de dónde viene esta información?

El comandante parpadeó lentamente mientras la miraba, y luego se le crispó el bigote.

—No sabría decirle.

La puerta se abrió de par en par y él gruñó al salir del asiento trasero con el maletín de cuero.

—Señor, ¿recibió esto del teniente coronel MacBlair? —Fue un intento desesperado de mantener la atención de su jefe un poco más, una apuesta arriesgada para lanzar sus sospechas y esperar a ver qué resultaba.

Hines se puso rígido junto al todoterreno y se giró hacia su casa con una mano en la puerta, a punto de cerrarla. Por un momento se quedó con la mirada perdida en su jardín delantero y luego respiró hondo.

—No puedo decirlo. Aunque el coche está impoluto.

Luego cerró la puerta y se dirigió despreocupadamente hacia la entrada de su casa como si ella no le hubiera hecho dos preguntas muy reveladoras que le incomodaron sobremanera, aun cuando no pudiera responderlas.

Idina se quedó mirando el vacío donde él había estado de pie, parpadeó y luego vio cómo el mayor abría la puerta de su casa y desaparecía dentro.

«¿No puede decirlo? ¿Como que Cake no puede hablar de lo que pasó en el bosque con nadie de nuestra unidad, incluido el único otro soldado que estaba allí? ¿O porque el Mayor Hines está a punto de limpiarse con todo este asunto?».

Apretó los dientes, apartó ambas opciones de su mente y miró el sobre de manila que había en el asiento del copiloto. Las ganas de cogerlo, abrirlo y empezar a leerlo allí mismo, delante de la casa de Hines, eran demasiado fuertes para resistirse. En lugar de rendirse, soltó una carcajada y puso el cambio en marcha.

«Este podría ser el mejor lunes por la noche que he tenido desde que me uní al Ejército».

Capítulo 27

La puerta de su habitación privada se cerró tras ella con un golpe, pero Idina apenas se dio cuenta. Tiró las llaves del todoterreno sobre la cama y no se molestó en tomar aliento antes de arrancar con urgencia la parte superior del sobre de papel manila lacrado que tenía en las manos. No pudo sacar la pila de papeles lo bastante rápido, pero cuando por fin lo hizo, el sobre cayó al suelo y los papeles emitieron un suave crujido de protesta bajo la fuerza de su agarre.

Idina respiró hondo, volvió a exhalar el aire y empezó a leer allí mismo.

Con la primera línea de la primera página, supo que era lo que había estado buscando porque empezaba con un relato histórico bastante detallado del clan Muirden, originario de las Tierras Altas escocesas.

Hasta donde llegan los registros históricos conocidos, la familia Muirden llevaba en Escocia al menos desde el siglo XIV. En el siglo XV, se habían labrado una increíble reputación como terratenientes justos —trabajando con aparceros y arrendando sus tierras para que toda su gente de los valles y las comunidades montañosas aisladas pudiera prosperar— y como benévolos guerreros. No luchaban por ningún monarca o partido gobernante más allá del ámbito de las Tierras Altas en las que se habían asentado, simplemente por el propio clan Muirden y las personas a las que eran responsables de proteger.

La primera página era un resumen de la misma información que Idina podría haber extraído del diario de Lady Muirden, si hubiera podido leer las palabras escritas en las páginas en lugar de ser bombardeada por los mensajes secretos a los que solo podía acceder con sus luces verdes. No podía imaginarse los detalles que comenzaban en la página siguiente, en la que se relataba la historia de cada uno de los miembros de la familia Muirden a lo largo de los siglos XV y XVI. Había casi un centenar de nombres, y al lado de cada uno había una breve descripción.

«Symon Muirden, 1402-1436.
Señor de Loch Athny. Casado

con Esa Feni. Cuatro hijos. Llamó a la lluvia del cielo y a la niebla del suelo de turba.
»Deirdre Muirden, 1562-1616. Casada con Rauf Erskyn. Tres hijos. Hábil comadrona y curandera. Posible influencia sobre heridas mortales.
»Florie Muirden, 1693-1718. Soltera. Sin hijos. Excepcional arquera. Entrenó a las milicias del clan. Muerta en batalla.
»Gavina Muirden, 1722-1791. Señora de Tigh Ghleann. Casada con Duncane Muirden. Seis hijos. Se comunicaba con los vivos y los muertos a través del pasado, el presente y el futuro».

Idina tuvo que detenerse cuando leyó los detalles sobre Lady Gavina Muirden. Claro que algunas de las otras descripciones eran un poco extrañas, pero esta era la primera en la que una habilidad imposible se escribía como un hecho histórico puro. Porque lo era.

«Así que podía ver el futuro. Y el pasado. Tiene sentido si ella me escribió algunos mensajes secretos en su diario, y yo he visto su pasado en mis visiones. Pero ¿comunicarse con los muertos?».

Idina sintió una renovada excitación en el pecho, porque era exactamente lo que esperaba conocer. ¿Podría ser esta historia inventada? Era posible. No podía imaginarse que alguien en el Ejército de los Estados Unidos se tomara tantas molestias para compilar un expediente entero como este, hecho de mentiras mágicas y fantasía histórica. No con todo lo que Idina había descubierto en aquel diario y sobre sus luces verdes desde que había empezado a recorrer este camino.

Siguió leyendo, paseándose lentamente de un lado a otro de la habitación.

La lista de miembros de la familia Muirden que lucharon por la seguridad de sus comunidades y poseían habilidades únicas a caballo entre la destreza y la magia era mucho más corta después de Gavina Muirden. Luego se detuvo y dio paso a una breve exposición de lo que les había ocurrido precisamente a los últimos Muirden que quedaban antes de que la historia de la familia diera un giro inesperado.

En 1806, habían librado una batalla épica en los páramos escoceses. En aquel momento, el clan Muirden contaba con cientos de miembros. La familia había crecido tanto y se habían casado para continuar con el linaje y las tradiciones que se habían convertido en responsables de toda una región de las Tierras Altas: múltiples cadenas montañosas, vastos valles y lo que se había convertido en tres pequeñas ciudades. Todo el clan había sido llamado para defender su hogar del creciente reino del terror de un ser.

El Olc, en concreto.

Idina no tenía ni idea de cómo un nombre así —el tipo de nombre que solo debería haber existido en mensajes secretos del pasado ocultos en un diario mágico— había llegado a un documento que le había entregado el comandante Hines. Eso la convenció de que aquello era real. Quienquiera que lo hubiera reunido sabía de lo que hablaba y probablemente hasta dónde llegaba la madriguera de la historia de la familia Muirden.

El clan luchó contra los Olc con su magia durante siglos, manteniéndolos a raya. Cuando crecieron lo suficiente a lo largo de varias generaciones, consiguieron derrotar a su imparable enemigo, pero solo temporalmente. Demasiado debilitados por esa batalla final como para seguir persiguiendo a los guerreros Muirden y alimentándose de la gente a la que habían jurado proteger, los Olc se retiraron. Nadie sabía adónde había ido, cómo se mantenía o cuándo regresaría. Aun así, los clanes Muirden celebraron su victoria y se prepararon para el regreso de su enemigo. Porque siempre regresaban.

Esta vez, sin embargo, los Olc tardaron demasiado. Las anteriores responsabilidades de la familia Muirden como guerreros, sanadores, entrenadores y líderes disminuyeron a medida que las montañas y valles de su hogar prosperaban. Las familias crecieron, todas ellas muy exitosas no solo por sus dones mágicos, sino muy probablemente inspiradas por ellos.

En menos de treinta años, la necesidad de los guerreros de Muirden se había convertido en un recuerdo lejano.

En 1834, un tal Gerald Muirden quiso probar suerte en los incipientes Estados Unidos de América. Aunque su esposa Eleanor y sus cuatro hijos y él habían alcanzado una inmensa prosperidad a principios del siglo XIX, el hombre seguía teniendo sed de aventuras en la sangre. Así que trajo a su familia a América.

Se establecieron en Nueva Inglaterra para fundar un joven imperio propio, esperando que surgiera una nueva necesidad de guerreros con sus habilidades específicas cuando los seres inmortales crearan problemas al pueblo de Estados Unidos. Muy pronto, sin embargo, los Muirden se dieron cuenta de que no había batallas que librar, ni pueblos que unir bajo un objetivo común. No había ningún uso real para la magia familiar que los había elevado a tal abundancia y respeto en Escocia durante cientos de años.

Así que Gerald Muirden decidió que su familia se asimilara a la sociedad. Para encajar mejor, cambió el apellido, se adaptó a los tiempos e hizo un puñado de inversiones masivas y muy lucrativas en fábricas y molinos al final de la Revolución Industrial. Con un nuevo descubrimiento de su predisposición a predecir con exactitud las cambiantes mareas primero de la industria y luego de la esfera financiera —dando pasos monumentales con la Bolsa de Nueva York en un tiempo asombrosamente breve—, Gerald, Eleanor y sus cuatro hijos se forjaron un nuevo nicho para su familia. Con sede, por supuesto, en Moorfield Manor, a las afueras de East Haven, New Hampshire.

—Qué…

Idina dejó de pasear a medio camino de su habitación y miró sin comprender la pila de papeles que tenía en la mano. Una pequeña parte de ella ya había establecido conexiones entre los nombres Muirden y Moorfield, entre el boceto de Gavina Muirden que se parecía a Idina, las habilidades mágicas similares y el hecho de que el diario de la mujer de 1700 le había hablado a Idina a través del tiempo. Tenía sentido que una familia de inmigrantes se hubiera cambiado el nombre para facilitar su asimilación, y todas las demás piezas habían encajado sin problemas.

Verlo escrito en papel en lugar de flotando en algún lugar de su mente hizo que muchas cosas tuvieran mucho más sentido.

Todo el éxito que su familia inmediata experimentó y disfrutó. El aire del Viejo Mundo que se respiraba en la mansión Moorfield y el tipo de negocios, tanto profesionales como familiares, que allí se llevaban a cabo. La conexión real y plausible que Idina tenía con Lady Gavina Muirden y los clanes de las Highlands que la llamaban Señora de Tigh Ghleann.

«No es solo una señora de hace trescientos años que se parece a mí. Es mi antepasada. Somos familia».

Era la primera vez que Idina sentía algún tipo de conexión con un miembro de su familia que fuera más allá de la comprensión racional de que eran parientes consanguíneos. No sabía quién era Gavina Muirden, ni el tipo de persona que había sido, pero tenían más en común que Idina y cualquiera de sus hermanos.

Una lenta sonrisa se dibujó en sus labios, luego se rio y reanudó el paseo antes de volver a las últimas páginas de un relato tan sorprendentemente esclarecedor.

Instalados ahora a New Hampshire, los Moorfield se hicieron impermeables a las amenazas modernas que los rodeaban en la América del siglo XIX, no gracias a su magia ni a su destreza en el campo de batalla, sino a una acumulación de riqueza, perspicacia para los negocios y una red de contactos de incalculable valor. Solo dos generaciones después, la línea de sangre de los Muirden había evolucionado a partir de su herencia genética: la magia que su familia había utilizado durante generaciones para salvaguardar a su pueblo y su patria.

No todos perdieron sus habilidades sobrenaturales. Después de que el nieto mayor de Gerald naciera sin ningún tipo de magia, uno de cada tres niños de la siguiente generación nació con ella. Hasta el nacimiento del hijo menor de Harold y Bernice, Richard, y en la siguiente generación, Idina Moorfield.

—Joder. —Idina tiró la pila de papeles sobre su cama y se agarró la cabeza con ambas manos—. ¿Soy yo?

Se giró lentamente para mirar a la puerta, como si fuera a encontrarse al comandante Hines al otro lado, esperando a que ella se diera cuenta de la escalofriante información que le había proporcionado. Por supuesto, no había nadie.

Además, conociendo al mayor tan bien como lo conocía —que era más que cualquiera de los otros soldados de su unidad y probablemente que el capitán Irons—, Idina dudaba de que Hines hubiera indagado en la historia de su familia. Él era el intermediario. El mensajero. Por fin había cumplido su promesa de darle todo lo que tenía, pero ahora el juego había cambiado.

Una cosa era ver el apellido Moorfield repetido en el último tercio de este informe. Desde que tenía uso de razón, Idina había visto el nombre de su familia por todas partes en la esfera pública: en libros, periódicos, revistas y, ocasionalmente, en la televisión en directo. Ver su nombre en esta recopilación de hechos sobre su familia y su legado —los Muirden y los Moorfield— que, de otro modo, estarían ocultos, hizo que todo lo demás pareciera menos una lección de historia y más un recuerdo.

Demasiado cerca de casa.

Tragó saliva y miró los papeles sobre la colcha y sacudió la cabeza.

«Esa es una historia familiar muy precisa. En lo que respecta al resto del mundo, Brian es el heredero más joven de los Moorfield, y yo no existo. ¿Quién ha descubierto todo esto?».

No había forma de saberlo con certeza, e incluso si el mayor Hines lo había leído todo antes de entregárselo, ya había dejado claro que no podía hablar de ello. Ni de dónde había salido, ni quién se lo había dado, ni cuánto más sabía del joven soldado de primera que le había salvado la vida en el momento más inesperado.

«No puedo parar ahora. Solo queda una página».

Sin saber si podría leer el resto y mantenerse en pie, Idina se sentó en el borde de la cama, cogió la pila de papeles y continuó.

La última mitad de la página actual era una crónica de todo lo que hacían los parientes vivos de Idina. Muy pocas cosas divergían de su trabajo con Moorfield & Associates, aunque resultaba un poco inquietante ver la dirección de su casa familiar impresa junto a los nombres de su abuelo, sus padres y cada uno de sus hermanos.

Sobre su tío Richard, había aún menos. El hombre había nacido con magia Muirden, que se había saltado solo una generación en lugar de las dos habituales. Quizás por eso Harold sénior se había mostrado tan inflexible a la hora de prohibir cualquier mención de su hijo menor en la mansión. La familia no estaba preparada.

No había nada sobre las habilidades de Richard o el tipo de magia que tenía, solo una breve línea sobre el hombre que supuestamente había cubierto toda una vida hasta ese momento.

«Richard Michael Moorfield, 1978-presente. Primero de nueve generaciones en dejar el patrimonio familiar. No se conocen datos de contacto. Paradero desconocido».

Idina suspiró pesadamente y se encogió de hombros.

—Supongo que no debería haber esperado que un extraño supiera dónde está. Al menos aquí no es invisible.

Dio la vuelta al último trozo de papel, lo guardó en el fondo de la pila que tenía entre las manos y se tomó su tiempo con el último párrafo del informe, con la intención de saborear el momento.

«Bien, hemos llegado hasta el presente. Tiene que haber algo importante aquí al final, ¿verdad?».

Mordiéndose el labio, empezó a leer.

«Actualmente se desconoce la razón exacta de un retorno tan inesperado de la magia de la familia Muirden —o *draoidheachd*, en gaélico escocés—, sobre todo en dos generaciones sucesivas de Moorfield modernos. Sin embargo, se ha especulado con la posibilidad de que la generación más reciente y su predecesora, genéticamente hablando, se estén preparando para utilizar el *draoidheachd* guerrero, esta vez en el siglo XXI. En las últimas tres décadas, no se ha informado de más de seis avistamientos dispersos de una criatura que encaja con la descripción del Olc de Escocia.

»Ni los avistamientos ni la verdadera identidad de esa supuesta criatura están confirmados. Es posible que sean necesarias más investigaciones y estudios continuos para proporcionar una evaluación mucho más precisa, tanto de los presuntos avistamientos como de cualquier amenaza potencial para la seguridad nacional.

»La verdadera pregunta es la siguiente. ¿Estás lista para entrar en el verdadero legado de tu familia? Porque tu legado está listo para ti, Idina».

Idina volvió a dejar caer el informe sobre la cama como si las páginas hubieran estallado en llamas y se revolvió hacia atrás por el colchón. Su espalda se golpeó contra la pared. Era lo único que le impedía huir sin pensar de otro mensaje personal para ella, oculto en las páginas de un documento más que podría haber sido redactado por cualquiera, destinado a ser leído por cualquiera, pero dirigido a una persona muy concreta.

—Hostia puta —susurró ella, y luego soltó un jadeo crudo y abrasador y luchó contra el mareo momentáneo que le produjo.

Alguien había creado este expediente *para ella*, si no todo, al menos la última página.

Sin duda, el comandante Hines no sabía más que una sinopsis general. El informe era lo bastante detallado y específico como para que mereciera la pena una vez que Idina hubiera cumplido con éxito sus primeras órdenes oficiales. No habría leído un documento privado destinado a ella que tuviera algo que ver remotamente con sus luces verdes y con el conocimiento que ambos tenían de que aún le debía la vida a Idina. Sin embargo, el mayor Hines no era la única persona implicada en esto.

Quienquiera que hubiera reunido esta información sabía bastante sobre ella, su familia y la extensa historia de Moorfield y Muirden. ¿Más allá de eso? Alguien le había dado a Hines este sobre para que se lo diera a ella. Alguien que tenía la suficiente influencia sobre el comandante de la compañía del 307º como para poner esto en marcha.

Alguien que ya sabía quién era Idina, lo que podía hacer y lo valiosa que podía ser bajo el mando del Ejército de los Estados Unidos.

¿El oficial que había aparecido en el bosque antes de ordenar silencio a Cake?

«¿Por qué un oficial de alto rango al que no conozco ha reunido todo esto, me lo ha ocultado durante semanas y luego me ha enviado un mensaje privado preguntándome si estoy preparada?».

Una vez que hubo calmado su respiración lo suficiente como para que el pequeño mareo que le quedaba se desvaneciera, Idina se apartó de la pared y se arrastró por la cama hasta la última página del informe. Luego leyó las dos últimas líneas una vez más, y otra, y una tercera, hasta que estuvo segura de que podría recitar aquella inesperada revelación en sueños.

Con una risita irónica, miró a través de su habitación a la galería de arte de bricolaje que había creado en la pared sobre su escritorio. Los bocetos de Hines, el capitán Irons y todos los soldados de su unidad parecían observarla como si les divirtiera tanto como a ella este giro de los acontecimientos. Entonces, su mirada se posó en el retrato secular de Lady Gavina Muirden que había colocado un poco separado de los demás.

Por supuesto, era Lady Gavina Muirden. Sin embargo, de una forma crítica que no podía explicar, también parecía un retrato de la soldado Idina Moorfield.

«¿Estoy lista para entrar en el legado de mi familia? ¿El verdadero legado que me ha estado esperando todo este tiempo?».

—Puedes apostar tu puto culo a que sí. —Cogió las páginas del informe, saltó de la cama para recoger la carpeta vacía del suelo y volvió a meterlo todo dentro con una sonrisa—. Por fin voy a conseguir respuestas de verdad.

Capítulo 28

El teniente coronel Richard MacBlair se obligó a mantener la calma, la serenidad y, lo que es más importante, el silencio, mientras esperaba a que el hombre al otro lado de la línea terminara su larga e interminable exposición de todas sus «opiniones».

El coronel Offstetter era un hombre honorable y un comandante muy competente. Había estado al mando de numerosos equipos en innumerables operaciones cruciales de las que la mayor parte del mundo nunca se enteraría, por necesidad, claro está, y MacBlair confiaba implícitamente en su criterio. Sin embargo, el coronel Offstetter hablaba demasiado. Siempre lo había hecho.

Jugueteó con la carísima pluma estilográfica de su escritorio, que le había regalado el antiguo general del Ejército años atrás como elogio y agradecimiento personal, y MacBlair respiró hondo lo más silenciosamente posible mientras su superior terminaba, *por fin*, de comerle la oreja.

—¿Qué piensas, MacBlair? —preguntó Offstetter con un gruñido—. Sí, ya te he dicho mi opinión. Siéntete libre de decir la tuya.

—Gracias, señor. —El teniente coronel volvió a guardar la estilográfica en su estuche grabado, que cerró con un suave clic—. Yo diría que aquí hay potencial, Offstetter.

—Eso es lo que estaba pensando.

«Claro que sí. Lleva años atribuyéndose el mérito de mi iniciativa. Todo el mundo ve a través de él».

—¿Y si hay retrasos en el proceso? —añadió Offstetter pensativo—. He oído que hubo un pequeño inconveniente durante el fin de semana.

El coronel no había «oído» nada. Lo había leído todo en el informe que MacBlair le había entregado personalmente hacía poco más de veinticuatro horas. A pesar de sus años como comandante del 307º, MacBlair seguía reconociendo el valor de desempeñar su papel y no corregir a su superior directo cuando se trataba de detalles menores como este. Al fin y al cabo, el coronel cumplía órdenes, aunque Offstetter no podía hacer ni la mitad de lo que MacBlair había logrado en los últimos tres años. O más bien los últimos quince.

—¿Coronel? ¿Sigue ahí?

—Lo siento, señor. Debo haber perdido la señal por un segundo. ¿Puede oírme?

—Alto y claro. ¿Qué decías?

MacBlair no tenía reparos en mentir a su superior desde la comodidad de su silla ergonómica de ejecutivo y no, de hecho, desde el asiento trasero de cualquier coche que hubiera elegido para que le llevaran de un lado a otro un día cualquiera. Le dio la oportunidad de ordenar sus pensamientos lo suficiente como para que sonara creíble. Tenía que sonar creíble, o tendría que admitir que había perdido mucho más tiempo del que cualquiera de ellos podía permitirse.

—Decía, coronel, que no hay razón para preocuparse por… retrasos.

—¿No lo crees?

—Yo no me preocuparía en absoluto, señor. —MacBlair apartó el estuche de bolígrafos del escritorio y se reclinó en la silla—. Por supuesto, la línea temporal podría haberse adelantado un poco, pero eso era necesario de todos modos.

—Debido a los más recientes factores desconocidos. ¿Es eso?

MacBlair quería suspirar exasperado y decirle al coronel que ya había detallado explícitamente en su informe todo lo que pensaba de toda la operación. Sin embargo, esta llamada telefónica era una formalidad que ninguno de los dos podía eludir. Al fin y al cabo, el coronel Offstetter también tenía órdenes.

En lugar de eso, el coronel dibujó una sonrisa falsa en su rostro para forzar su voz en un tono más alegre.

—Lo que usted llama un inconveniente durante el fin de semana, coronel, yo lo llamo una valiosa oportunidad. Nos haríamos un flaco favor a nosotros mismos y a todos los implicados si nos negáramos a aprovecharla.

—Ah. Bueno, no podemos permitirlo, ¿verdad? —Offstetter rio entre dientes—. No querría manchar tu perfecta reputación.

MacBlair hizo una mueca.

—Gracias, señor.

—Entonces me gustaría su evaluación oficial, coronel. Si no le importa.

—Tendré que ser más práctico a partir de ahora, señor, pero se puede hacer.

—Bien. —El coronel sonaba como si estuviera golpeando su propia pluma, mucho menos valiosa, contra su escritorio antes de añadir—: ¿Habrá algún entrenamiento adicional?

MacBlair casi se ahogó de no ponerse a gritar.

«¿Entrenamiento adicional? Dios, el hombre está cada creando castillos de aire más grandes año tras año».

—No antes de que se tome una decisión oficial, coronel. Como mínimo. Si el mando decide seguir adelante, podré responder mejor a esa pregunta tras una evaluación mucho más rigurosa.

—Bien. Excelente. —Offstetter se aclaró la garganta—. Yo me pondría a ello cuanto antes, coronel. Si lo que incluyó en su informe es solo la mitad de urgente que lo real, y con usted, normalmente lo es, nos estamos quedando sin tiempo muy rápido.

MacBlair cerró los ojos y respiró hondo.

—Por eso le agradezco mucho su tiempo, coronel. Y la llamada.

—Ja. Apuesto a que sí. Diviértete, MacBlair. Creo que espero con impaciencia el próximo informe. —Sin dar al coronel la oportunidad de responder, Offstetter colgó la llamada en medio de una carcajada.

A estas alturas de su relación laboral, MacBlair sabía que así era como el coronel terminaba sus llamadas. La falta de cumplidos de despedida era más un mecanismo de adaptación o un tic nervioso por parte de Offstetter que una afrenta personal. A MacBlair no le habría sorprendido que el hombre terminara las llamadas con sus superiores del mismo modo. En cada maldita ocasión.

«Todo el mundo tiene sus manías, supongo».

Por suerte, la peor de las peculiaridades de Offstetter no era más que su prolijidad antes de ir al grano.

Pero lo más importante era que el coronel había aprobado el siguiente paso en esta pequeña operación secundaria. Eso significaba que, o bien le preocupaba mucho menos el resultado de lo que todas sus preguntas podían hacer creer, o bien el mando había dejado claro que el teniente coronel MacBlair debía recibir luz verde hasta el final. Esto último era mucho más probable, incluso después de que en los últimos cinco años MacBlair empezara a creer que estaba fuera del juego burocrático del ejército.

Ahora, le habían arrastrado de nuevo porque era el único hombre en una posición como la suya que podía hacer el trabajo. Sin embargo, ya no podía hacerlo solo, que era el punto de todo este galimatías.

El mando había pensado que las piezas estaban colocadas y listas para ser jugadas. MacBlair había recibido el visto bueno, a pesar de los «factores desconocidos» y los «obstáculos» con los que se había topado hacía menos de setenta y dos horas. Tendría que estar ansioso por dar el siguiente paso, pero tenía que estar seguro.

En cuanto se trataba de la logística a gran escala, el mando solía saber lo que hacía con actividades militares encubiertas como «la operación alto riesgo». Si no lo sabían, acudían a MacBlair en busca de su opinión. Parte de su historial perfecto se debía a que ni una sola vez había desviado una operación cuando se lo pidieron.

Se lo habían pedido mucho al principio de su carrera y, a pesar de los escollos y contratiempos que conllevaba el tipo de trabajo pionero de alto secreto en que se había convertido su carrera, MacBlair había confiado en el criterio del mando todos aquellos años sin dudarlo. Ahora confiaba en él a medida que los detalles que se desarrollaban en torno a este nuevo proyecto en ciernes empezaban a parecerse cada día más a una misión de alta dificultad. De eso también se trataba.

Su siguiente paso no formaba parte de esa logística a gran escala. El mando podía mover las piezas para obtener el resultado más exitoso posible con el menor número de bajas, pero eran pésimos juzgando el carácter.

Lo que ocurrió a continuación dependía enteramente de la fortaleza y preparación de una sola soldado. MacBlair podía especular todo lo que quisiera basándose en lo que había visto. Sin embargo, ni siquiera su opinión tenía tanta experiencia personal como la de un profesional en un campo que no le interesaba tocar.

Podría hacer una llamada más.

Después de buscar rápidamente el número de teléfono adecuado en su ordenador, MacBlair hizo la llamada desde su móvil personal. De ese modo, las posibilidades de que la mujer sufriera un infarto anticipado con su línea profesional parpadeándole en la cara eran mucho menores.

Tres timbres después, contestó con un cortante:

—Aquí la doctora Sullivan.

No pudo evitar una risita.

—Pareces enfadada.

Ella suspiró pesadamente y luego continuó con los dientes apretados, como si intentara mantener la conversación y su reacción en privado de cualquier posible transeúnte.

—Escucha, amigo. El filtro de llamadas existe por una razón. Así que sea cual sea la lista en la que tienes mi número, táchalo ahora mismo antes de que yo tache tu… Oh. Oh, esto te hace gracia, ¿verdad?

MacBlair se permitió reír durante otros dos segundos, pero tuvo que volver a contener la risa antes de que ella le empujara fuera de la línea.

—Lo siento, doctora. A veces no puedo evitarlo.

—¿Quién…?

—Soy el teniente coronel MacBlair, doctora Sullivan. Llamo desde mi móvil personal. El número que usted tiene ahora. Si es posible abstenerse de usarlo en sus planes de venganza, se lo agradecería mucho.

Al otro lado de la línea se hizo el silencio total y él se apartó el teléfono de la oreja para comprobar que no le había colgado.

—¿Hola? Doctora Sul…

Su risa desvergonzada le hizo apartar de nuevo el móvil, esta vez para evitar reventarse un tímpano.

—Bueno, maldita sea, coronel —dijo Sullivan a través de su risa menguante—. Me has pillado.

—Probablemente debería haber utilizado una línea de apertura diferente.

—Uno que incluía tu nombre. Sí, deberías haberlo hecho. —Ella soltó otra carcajada sorprendida y suspiró, formando una imagen clara en la mente de MacBlair de la estrafalaria terapeuta civil secándose las lágrimas de los bordes de los ojos. Él sonrió, feliz de esperar hasta que ella estuviera lista—. Uf. Vaya. ¿A qué debo este inesperado placer, coronel?

—Llamo para pedir una… segunda opinión.

—¿En serio? ¿Un lunes por la noche? —Sullivan dejó escapar un exagerado zumbido de contemplación—. Bueno, ahora estoy intrigada.

—Ja. Me temo que es más probable que se decepcione, así que seré breve y la dejaré en paz.

—Ajá…

MacBlair soltó una suave risita y giró despacio en la silla de su despacho.

—Quiero su sincera opinión, doctora Sullivan. ¿Cree que está preparada?

Hubo otra breve pausa antes de que la mujer bajara la voz.

—Asumo que no hay forma posible de que no estemos pensando en la misma persona en este momento, ¿correcto?

—Si la hubiera, habría dado un poco más de información.

—Sí, apuesto a que lo habrías hecho. Bien, esta es mi honesta opinión. No tengo ni idea de si está preparada.

Él dejó de girar y frunció el ceño ante la superficie de su pulido escritorio de caoba.

—Ya veo.

—Te diré lo que estoy segura de que *no* está preparada. No está dispuesta a seguir sentada esperando las malditas respuestas que merece y aún no ha obtenido.

MacBlair no pudo contenerse y soltó una carcajada ante la respuesta del médico.

—¿Alguien le ha dicho que tiene una forma muy… refrescante con las palabras?

—No, coronel. La mayoría me manda a la mierda. Luego vuelven a la semana siguiente para otra sesión. —Entonces ella se rio con él—. Sé que soy una civil y que no tengo ninguna influencia aquí, pero le digo que lo haga, coronel. Será lo mejor.

—Gracias. Esa segunda opinión merece un premio.

—Oh, ¿eso crees? Bueno, estoy aquí toda la semana.

—Disfrute de su velada, doctora.

—Bueno, ahora…

A la doctora Sullivan tampoco le gustaba despedirse por teléfono, pero no le molestaba tanto como cuando lo hacía Offstetter.

MacBlair dejó el móvil sobre la mesa y respiró hondo.

La respuesta de la mujer no le sorprendió, pero aun así sintió que ya había pasado el punto de no retorno. Se sorprendió al descubrir que la idea de lo que venía a continuación le ponía un poco nervioso.

Ya se conocían, claro, y llevaba un buen rato observándola. Tenía que ser a distancia, por supuesto, para no arriesgarse a delatarse del todo antes de tiempo. Observar desde lejos era una cosa. Encontrarse cara a cara con la soldado de primera clase Idina Moorfield sería muy diferente. Un cambio de juego, incluso.

Se pasó una mano por el pelo oscuro y se rio de sí mismo.

—Contrólate. Esto no es ni de lejos lo más difícil que has hecho.

Si no estaba preparado ahora, no estaba seguro de estarlo nunca.

Capítulo 29

A la mañana siguiente, después del entrenamiento físico —esta vez con toda la unidad, porque eso era lo nuevo—, una ducha y un desayuno rápido, Idina se subió al todoterreno para recoger a Hines y emprender el habitual trayecto matutino desde su casa en el puesto hasta el cuartel general. Ninguno de los dos mencionó el diario ni el expediente sellado que él le había entregado la noche anterior, y ella no tuvo ningún problema al respecto.

«Si está muy interesado, preguntará. Entonces podré decir algo. Por ahora, voy a seguir disfrutando de este pequeño secreto y ver qué pasa».

Sin embargo, no pudo evitar sonreír durante los veinte minutos que duró el trayecto hasta el cuartel general. Una vez que aparcó en el aparcamiento lateral y salió de un salto para abrir la puerta del comandante, Hines tampoco pudo contenerse.

—Pareces extrañamente... animada esta mañana, Moorfield. —Aunque frunció el ceño al salir del asiento trasero, su bigote se movió por encima de una pequeña sonrisa.

—¿Animada, señor? —Cerró la puerta y se rio—. Creo que hoy me confunde con la sargento Williston.

Hines soltó una risita y miró hacia el edificio.

—Cierto. Bueno, lo decía en comparación con tu humor habitual.

—Parece un buen día, ¿sabes?

—Hmm. —La miró de arriba abajo y luego se encogió de hombros—. La verdad, he olvidado lo que se siente, pero te tomo la palabra. Te veré a las cinco de la tarde.

—Sí, señor. —Sin dejar de sonreír, le dio cinco minutos de ventaja para entrar en el edificio, porque seguía pensando que sería raro entrar en el cuartel general a primera hora de la mañana junto a su jefe y el comandante de la compañía. Sobre todo cuando parecía estar «animada» esta mañana.

Fort Bragg en sí no era lo suficientemente grande para dos sargentos Williston, de todos modos.

* * *

Toda su unidad hizo acto de presencia en la sala de suministros diez minutos antes de las novecientas. Cake había traído bocadillos de desayuno para todos, y aunque era una forma extrañamente normal de empezar la mañana juntos como equipo, todos los demás parecían estar de tan buen humor como se sentía Idina. O tal vez eso era un efecto secundario de que las cosas se estuvieran moviendo en la dirección correcta de nuevo.

«Hines me dio ese informe por una razón. Tarde o temprano, quien haya dado esa orden acabará volviendo por algo más. Algo más grande. Esta vez, estaré preparada».

Después de terminar lo que técnicamente era su tercer desayuno del día, Idina estaba segura de estar preparada para cualquier cosa. Skim había encontrado algunos otros cacharros electrónicos viejos y anticuados por el edificio que necesitaban reparaciones. Badge fue con él a buscar piezas de repuesto, probablemente sacadas de otros cacharros viejos y anticuados con muchas probabilidades de no volver a ser tocados.

Skim había abierto un libro vagamente familiar que Idina al final reconoció como una de las antiguas lecturas de Pill. Se lo había prestado sin tener un arrebato por las veces que Skim tenía que lavarse las manos antes de que se le permitiera tocar algo que no le perteneciera.

Cake encendió el pequeño televisor y se puso a ver los canales. Cuando Stop gritó de alegría, el cabo dejó el mando y miró la pantalla.

—¿De verdad? ¿*Jeopardy*?

—*Jeopardy*. —Stop miraba atentamente la pequeña pantalla.

—Sí, vale. ¿Crees que puedes vencer a los malditos genios que salieron en el programa?

—*Jeopardy*.

Idina se rio y asintió a Stop.

—Claro que puede ganarles. Si aún tiene dudas, cabo, estaría dispuesta a respaldarle con una buena apuesta.

Cake resopló, se reclinó en su silla y le dirigió una mirada condescendiente.

—Por Dios, Moss. Es un maldito soldado estadounidense, no un caballo de carreras.

Apretó los labios para no reírse.

—Como quieras.

«Hace un mes, habría apostado por principio. ¿Ahora el tipo con un problema de juego se niega a aceptar una apuesta? Algo debe estar yendo bien por aquí».

Sin apartar la vista del televisor, Cake pasó el brazo por encima del respaldo de su silla y señaló a Trunk.

—Ni se te ocurra hacerme cambiar de opinión. Ni se te ocurra.

Trunk no respondió porque tenía puestos unos auriculares. Desde que habían vuelto del ejercicio, el tipo había encontrado un nuevo interés en la meditación. Nadie se había burlado por ello.

Era un lugar extraño en el que estar: poco más de tres meses en su nuevo puesto en la unidad, sentada con los miembros de su unidad y sintiendo que por fin había un motivo para estar agradecida por dónde estaba y por lo lejos que habían llegado. ¿Era su entrenamiento tan riguroso como el de la mayoría de las demás unidades del Ejército? En absoluto. El resto del Ejército probablemente no sabía que existían. Idina había dejado de intentar averiguar por qué estaba aquí y ahora estaba más contenta de quedarse.

Porque, por lo que se veía, sentada en la sala de suministros un martes por la mañana como parte de la unidad era donde se suponía que debía estar. Por ahora, era la conductora del comandante Hines. Su equipo podía enfrentarse a casi cualquier cosa en ese momento, y la respaldarían cuando hiciera falta. Además, si alguien no la hubiera metido en esta unidad recién formada, nunca habría estado en el lugar y el momento adecuados para conocer su pasado.

El pasado de su familia.

De dónde venía realmente y por qué era todo lo diferente que un Moorfield podía ser. Excepto su tío Richard, claro. Tenían mucho más en común de lo que ella pensaba, sobre todo el hecho de que alguien los hubiera catalogado a ambos como los dos miembros más recientes de su familia que habían heredado el *draoidheachd* de Muirden.

Dondequiera que estuviera ahora, hiciera lo que hiciera, Idina sentía una conexión más fuerte con su tío que antes de que abandonara no solo la mansión Moorfield, sino a su familia para siempre.

Ahora le tocaba a Idina dar un paso adelante en el legado familiar, y parecía que el Ejército ya le estaba dando la oportunidad perfecta para demostrar que era lo bastante aplicada y más que capaz de hacerlo.

Por supuesto, demostrar su valía sería mucho más fácil una vez que averiguara quién había dado la orden de armar a la soldado de primera Moorfield con nuevos conocimientos sobre su pasado y su historia familiar, la información que su sangre y su carne le habían ocultado durante toda su vida. Incluso Reggie, ahora que lo pensaba.

¿Cuánto sabía?

El teléfono de Idina sonó en su bolsillo y lo sacó para ver el nombre del Mayor Hines en su pantalla. Frunciendo el ceño, se levantó de inmediato y se dirigió al otro lado de la habitación para apartarse del televisor que emitía viejos episodios de *Jeopardy*.

—¿Qué pasa, Moss? —Cake sonrió satisfecho—. ¿La llamada es demasiado privada para que la oigamos los demás?

Stop dio un puñetazo en la mesa y gritó:

—¡Qué es El peor viaje del mundo!

—¿Qué es El peor viaje del mundo? —se hizo eco el concursante.

—Así es.

—Maldita sea. —Cake se volvió para mirar a Stop con los ojos muy abiertos, ignorando por completo a Idina—. ¿Cómo *sabes* toda esta mierda?

Idina contestó al móvil antes de que la acribillara a preguntas y, al mismo tiempo, salió de la sala de suministros.

—Mayor Hines.

—¿Problemas para contestar a tu móvil, Moorfield? Empezaba a pensar que no lo cogías.

—Tuve que encontrar un lugar más tranquilo para hablar, señor. ¿Va todo bien?

Hubo una ligera pausa. Luego el comandante se aclaró la garganta.

—Más o menos. Aunque esta conversación es mejor que la tengamos en persona, así que te necesito en mi despacho.

—¿Ahora mismo?

—Sí, Moorfield. Ahora mismo. A menos que estés increíblemente ocupada con el trabajo esta mañana y tu oficial al mando no haya estado al tanto de las nuevas órdenes.

Ella resopló y le oyó reír con suavidad al otro lado.

—No, no estoy ocupada, señor. Enseguida voy.

—Gracias. —Luego terminó la llamada, lo que no parecía tan extraño ya que su oficina estaba al otro lado del edificio. No era más extraño que llamarla desde el mismo edificio.

Después de guardar su teléfono en el bolsillo, Idina asomó la cabeza por la puerta de la sala de suministros.

—Tengo que salir un rato.

Pill levantó la vista de su lectura y la miró con el ceño fruncido.

—¿Para qué?

—Solo… cosas del coche del mayor. Creo. Ni idea de cuándo volveré.

Cake soltó una risita, con los ojos aún pegados al televisor.

—¿Necesitas que firmemos un permiso también?

—Sí, vale. Adiós. —Riendo, se deslizó de nuevo en el pasillo y se dirigió a través de todo el edificio para esta reunión privada, en persona con Hines.

Al mediodía.

Esto tenía que ser bueno.

* * *

La puerta del despacho del comandante estaba abierta de par en par, pero ella se detuvo fuera para llamar al marco de la puerta de todos modos.

Hines levantó la vista de la pila de papeles que tenía sobre la mesa y la saludó con la cabeza.

—Adelante, Moorfield. Cierra la puerta. Tome asiento.

Así lo hizo, y el sillón de cuero oscuro frente al pulido escritorio del hombre chirrió cuando se sentó en él. Luego tuvo que esperar un poco más mientras Hines terminaba lo que estuviera haciendo.

«Al menos tiene una cara de póquer decente en su despacho. No sé si está enfadado, si le molesta que esté aquí en mitad del día o si intenta que me retuerza».

Al final, Hines dejó el bolígrafo, deslizó hacia él una carpeta sin marcar y la miró.

—Muy bien, Moorfield. Esto es lo que pasa.

Le entregó la carpeta e Idina se levantó parcialmente de la silla para cogérsela.

—Todo ha sido firmado y guardado en tu expediente personal —continuó—. Enhorabuena.

—¿Por qué? —Al decirlo, se dio cuenta de que la pregunta no era necesaria. El primer papel de la carpeta era una breve carta con el membrete de la doctora Sullivan, firmada y fechada. Liberaba a Idina de la terapia sugerida basándose en los resultados de la evaluación de la soldado Moorfield que la calificaban como efectivamente preparada para asumir responsabilidades adicionales en el servicio activo.

—Resultados de las pruebas. —Idina miró al mayor—. No lo entiendo.

—No hay nada malo en ello. Son los resultados de tus pruebas. Está todo ahí. —Señaló la carpeta con la cabeza—. Por cierto, es tu copia. Haz lo que quieras con ella.

Ella hojeó las páginas siguientes, en las que figuraban su nombre y su número de identificación, con fecha de ayer.

De hecho, eran los resultados de una evaluación final realizada a través del sistema informático del edificio de salud mental, las mismas pruebas que Idina llevaba meses realizando con la doctora Sullivan para medir sus progresos en diversas áreas de la terapia y de su vida diaria. Solo que ayer no había vuelto a hacer esa prueba. Ni siquiera había tenido la sesión habitual de los lunes por la tarde porque Sullivan le había dicho que se tomara el día libre después de volver de su misión en Alabama.

El sistema pensó que Idina había estado en la sala de pruebas con el viejo ordenador el día anterior. Donde Idina había probado previamente con un montón de margen de mejora, los resultados estaban codificados con color verde. En todas y cada una de las categorías.

«¿Qué está pasando aquí? ¿Acaba Sullivan de… hacer la prueba por mí?».

Idina cerró el archivo y no estaba muy segura de cómo responder.

—Señor, no creo…

—No importa. Tu terapeuta dijo que estás lista, tu historial no miente, y ahora puedes irte.

—¿Adónde?

Hines resopló y ladeó la cabeza.

—Sí, esa es la cuestión, ¿no? —Revolvió unos cuantos papeles en su escritorio, se levantó de la silla de ejecutivo y se palpó la chaqueta del uniforme como si buscara la cartera, las llaves o cualquier otra cosa que la gente normal llevara en el bolsillo—. Haz la maleta con cualquier otra cosa que creas que necesitas para un par de días, luego reúnete conmigo en el coche. Tienes media hora.

Idina se levantó bruscamente cuando el comandante rodeó su mesa. La reunión había terminado, pero no podía entender lo que le había dicho.

—Señor, yo… ¿Puedo preguntar…?

—Siempre lo haces. —Señaló la puerta de su despacho y esperó a que ella se dirigiera primero hacia ella—. Hay una entrega de premios esta noche en Colorado, Moorfield. Me necesitan allí, y yo necesito a mi chófer. —Abrió la puerta antes de que ella pudiera pensar en hacerlo primero, luego le dedicó una sonrisa tensa y asintió—. Nos vemos en treinta minutos.

Capítulo 30

Viajar aquel día con el comandante Hines fue uno de los trayectos más extraños que Idina había hecho nunca. Una vez que ambos hubieron hecho las maletas y se instalaron en el todoterreno, fue ella quien los condujo fuera de la base y al aeropuerto municipal de Fayetteville. Hines ya había comprado los billetes de ambos —en primera clase y claramente a cuenta suya— y solo tuvieron que esperar una hora en la puerta de embarque antes de subir al avión y poner rumbo a Colorado.

La conversación entre ellos fue prácticamente inexistente porque Idina no podía entender cómo se suponía que debía manejar todo esto. Su evaluación final de la terapia fue falsificada, muy probablemente por Sullivan, para apoyar una salida anticipada del tratamiento en curso. Salir con un aviso tan corto. Un billete de avión de primera clase sin motivos para esperar todo el día en el aeropuerto. Una garantía del comandante Hines de que se habían ocupado de todo en el puesto, incluida la notificación a su unidad de que no volvería a la sala de suministros más tarde.

O para los próximos días.

Además, le había dicho que se pusiera el traje azul. Eso significaba, con toda probabilidad, que no le acompañaba solo como su chófer, donde normalmente permanecería en el vehículo que condujera y esperaría a que Hines terminara cualquier asunto que tuviera entre manos en un momento dado.

«Me quiere allí con él. En una entrega de premios de la que no sé nada en Colorado. No lo entiendo».

Cuando aterrizaron en el aeropuerto de Colorado Springs, el coche de alquiler que habían reservado estaba listo y esperándoles: un Lexus color champán que a Idina le recordaba al establo de vehículos de lujo que guardaba en el largo garaje independiente de la mansión Moorfield. Sin embargo, se encontraba en la otra punta del país, lejos del resto de su familia, y ahora iba a llevar al comandante Hines en un Lexus durante los próximos días.

Su primera parada fue en el Hotel Broadmoor, donde él también se había tomado la libertad de reservar dos habitaciones. Por supuesto, Idina nunca habría esperado compartir habitación en una confusa misión de última hora como aquella, pero había esperado alojarse en otro lugar. Un hotel de categoría inferior al final de la calle, o una habitación unos pisos por debajo de la del comandante, como mínimo. No, su habitación estaba justo enfrente de la de él.

Cuando llegaron a aquellas habitaciones de la cuarta planta, Hines se detuvo en su puerta e hizo un gesto con la cabeza hacia el otro lado del pasillo.

—Tómate un rato para instalarte. Pide lo que quieras. Todo corre de mi cuenta. Luego volveremos a salir a las cinco. Con un poco de suerte, esta vez la charla no durará más de unas horas.

Sin esperar a que ella respondiera, abrió la puerta, entró en su habitación y desapareció en silencio.

Idina permaneció un momento más en el pasillo, con la mirada perdida en la tarjeta que tenía en la mano.

«¿Todo corre de su cuenta? ¿Qué demonios es esto?».

Los billetes de primera clase, las habitaciones de hotel de lujo y el servicio de habitaciones no eran nada nuevo. Los Moorfield rara vez se alejaban de la mansión y del centro neurálgico de su imperio empresarial, pero cuando lo hacían, siempre era con estilo.

Sin embargo, Idina ya no vivía esa vida. Ella era una soldado, una ingeniera de combate. Conductora del Mayor Hines. Esta extraña mezcla de su antigua vida con la nueva fue suficiente para dejarla fuera de juego.

«Solo son unos días. Todo lo que tengo que hacer es conducir, quedarme atrás y quizá codearme con quienquiera que asista a la ceremonia de entrega de premios. Si alguien se da cuenta de la soldado de poca monta de pie en el fondo».

Abrió la puerta de su habitación y entró cargando con su bolsa de viaje.

La habitación no era nada impresionante; al menos, no comparada con algunas de las estancias más grandiosas que había experimentado con su familia en esas raras ocasiones. Sin embargo, disponer de una habitación entera para ella sola, con una cama de matrimonio y todas las comodidades de un hotel de primera categoría, le parecía ridículamente extravagante. Sobre todo después de haber pasado cinco días caminando o hacinada con toda su unidad. No tenía ni punto de comparación con la cama individual de su apartamento en el cuartel general.

No tenía tanta hambre como para justificar pedir servicio de habitaciones de menú y a cuenta de Hines, así que colgó su traje, luego se sentó en el borde de la enorme cama y encendió el televisor para revisar los canales disponibles hasta que llegó la hora de irse.

Veinte minutos antes de salir al vestíbulo a esperar al comandante, Idina se aseguró de que su traje no tuviera arrugas e hizo el cambio de vestuario. La última vez que se los había puesto había sido en la ceremonia de graduación de la escuela de salto, y habían pasado muchas cosas desde entonces. Cuando entró en el cuarto de baño para mirarse por última vez en el espejo, su mirada se posó inmediatamente en las lengüetas de la camisa del uniforme.

Sobre todo, en su castillo: la insignia del Cuerpo de Ingenieros del Ejército. La misma imagen grabada en la portada del diario de cuero verde de Gavina Muirden. La misma insignia que le había provocado la primera visión de su antepasado mágico enzarzado en una batalla en los páramos de Escocia.

Esta vez no tuvo ninguna visión mientras contemplaba el sencillo diseño rojo y blanco prendido en su uniforme. Ahora Idina se encontraba ante la extraña disyuntiva del huevo o la gallina.

«Este castillo está en un diario de la década de 1700. Eso es cien años antes de que el Cuerpo de Ingenieros…».

Cerró los ojos y sacudió la cabeza.

«Todo se está enredando demasiado ahora mismo. Concéntrate en tu trabajo, Moorfield. Esa es la única razón por la que estás aquí».

* * *

Como era de esperar, el comandante Hines le dijo muy poco cuando volvieron a encontrarse en el pasillo y se dirigieron al coche. Parecía mucho más distraído incluso que en sus malos días en el puesto, hacía muecas y carraspeaba con frecuencia como si intentara expulsar los nervios de su cuerpo.

En cuanto se detuvieron frente al Centro de Eventos Creekside que acogía la ceremonia, Idina se obligó a apagar la curiosidad y el asombro que le producía la magnitud del acontecimiento al que estaba a punto de asistir. En lugar de eso, se centró en la única certeza que tenía sobre todo aquel asunto. Era la chófer del comandante Hines, sí. Cuando él estaba en público, como en su primer encuentro inesperado mientras tomaban un café en el puesto, ella era la responsable de garantizar su seguridad.

Eso la ayudó a mantener la concentración férrea que dedicaba a su trabajo artístico, a hacer los movimientos adecuados en el momento oportuno, a prestar atención a sus luces verdes y a las soluciones que le iluminaban. Era una soldado.

No importaba que se hubiera vestido con su uniforme de gala, que el personal hubiera decorado inmaculadamente el salón de baile o que pareciera que todos y cada uno de los oficiales de alto rango del Ejército de los Estados Unidos hubieran viajado a Colorado para formar parte del evento de esta noche.

En la gran sala resonaban cientos de conversaciones que surgían de grupos de agentes que se agrupaban de tres a siete. Las risas y el tintineo de las copas llenaban el ambiente. Los camareros, vestidos con uniformes de gala, recorrían la sala llevando bandejas de aperitivos y bandejas llenas de copas de champán burbujeante.

Uno de estos últimos se detuvo ante el comandante Hines para ofrecerle una copa.

—¿Champán, señor?

—Ya te digo yo que sí, y que sigan llegando.

Idina ahogó una carcajada cuando el comandante cogió no una, sino dos copas de la bandeja antes de que el camarero prosiguiera con una inclinación de cabeza y una sonrisa.

—Aquí tienes, Moorfield —murmuró Hines mientras cruzaba la mirada por el salón de baile y le ofrecía discretamente una de las copas.

—Hum… no gracias, señor.

—¿Por qué diablos no? —La miró con auténtica sorpresa, y luego suspiró al darse cuenta de su error. Le dedicó una sonrisa tensa—. Cierto. Eres menor de edad. Bueno, tómala de todos modos. —Prácticamente le empujó la copa en la mano e hizo una mueca mientras observaba las caras de los demás invitados a la ceremonia—. Me importa una mierda si te lo bebes o no, pero nadie te está mirando. Me importa un comino si lo bebes o no, pero nadie te está mirando. Yo, en cambio, nunca saldré del juicio condenatorio si me quedo aquí con dos copas como un maldito borracho.

Idina soltó una carcajada, lo que le hizo reír un poco. Luego esbozó una sonrisa tensa y malhumorada y saludó con la cabeza a otro agente que se había dado cuenta de que estaba allí con su chófer.

—Genial —murmuró por un lado de la boca—. Los primeros cinco putos minutos y el general de brigada ya está en el punto cero. Agárrate fuerte, Moorfield. —Tras mirarla brevemente de arriba abajo, Hines arrugó la nariz mientras se alejaba—. Nunca pensé que envidiaría a un soldado de primera, pero noches como esta…

—Mayor Hines —llamó el otro oficial, levantando su copa en el aire.

—General. ¿Cómo demonios has estado?

Idina intentó no mirar fijamente a su jefe jugando al juego después de que básicamente le hubiera dicho que estaban en su infierno personal.

«Todo es parte del trabajo para él, ¿verdad? Mi trabajo es estar aquí y sostener su bebida».

Se acercó la copa de champán a la nariz para olerla y luego volvió a bajarla. Idina no estaba bebiendo, pero podría haber dado la impresión de que se suponía que debía estar aquí con una copa en la mano. Incluso una que no disminuía a medida que avanzaba la noche.

Durante los cuarenta y cinco minutos siguientes, permaneció apoyada contra la pared del salón de baile, observando cómo los oficiales se mezclaban, reían, se ponían al día y cogían copa tras copa de champán de las bandejas de los camareros cada vez que pasaban. Nadie prestó atención a la soldado de primera clase vestida de azul que estaba en silencio en un rincón. De eso se trataba.

Cada vez que veía bien la cara del mayor Hines, el hombre parecía más nervioso que la última vez que lo había visto. Por supuesto, no le dijo por qué. Estaban en un acto militar a gran escala y no en la intimidad de un vehículo con él como único pasajero. De todos modos, no le habría dicho nada, pero la creciente incomodidad que vio en el rostro de su jefe y en su postura rígida la preocupó.

«Tal vez realmente no le gustan estas cosas. No es como si me hubiera traído para hacerle compañía o algo así. Podría haber pagado un chófer desde el aeropuerto o haber conseguido que un suboficial de Fort Carson lo recogiera. Yo no pertenezco aquí. Para nada».

Eso no cambiaba el hecho de que estuviera aquí y no le impedía cumplir con sus obligaciones. Que, por el momento, consistían en permanecer de pie con una copa de champán sin tocar y sonreír cuando un oficial la miraba.

Por fin, alguien al otro lado del salón de baile hizo tintinear un cubierto contra un vaso, y el zumbido de fondo de tantas conversaciones bajó de volumen solo a la mitad. Algunos de los invitados se volvieron hacia el escenario, al fondo de la sala, pero la mayoría siguió con sus conversaciones privadas.

Sonó un micrófono y el comandante que había subido al escenario se aclaró la garganta.

—Supongo que nadie recibió el memorándum de que estamos aquí para una ceremonia real.

Las risas llenaron la sala y las conversaciones se calmaron lo suficiente como para comprobar que el comandante tenía ahora toda la atención de los invitados.

—Allá vamos. —Sonrió, posándose sobre el micrófono, y recorrió los rostros que le miraban—. Damas y caballeros, tengo el honor de ser el primero en darles la bienvenida al acto de esta noche. Los premios y menciones de este año son para algunos de los más respetables…

Idina quería prestar atención al discurso, averiguar de qué iba todo aquello. Como mínimo por pura curiosidad. En ese momento, se distrajo con el primer indicio de un hormigueo helado que le recorría la nuca y le bajaba por la columna vertebral.

«¿Qué demonios…?».

Se sentía como su magia, sí. Era exactamente como el mismo tipo de magia que había sentido dos veces antes en el sitio de navegación terrestre en Fort Rucker. De repente, el aire estaba cargado de ella y, por supuesto, nadie más en el salón de baile se dio cuenta de nada.

«Él está aquí. Con quien luché en el bosque, quien volvió para salvarme de los Olc… está aquí. En esta sala. Ahora mismo».

Forzándose a mantener la calma y la compostura, Idina se alejó muy despacio de la pared y buscó al comandante Hines. No había tenido ocasión de contarle lo ocurrido durante el ejercicio de entrenamiento. Sin embargo, al sentir la presencia mágica del hombre que había atacado a su unidad con las mismas luces verdes y la poderosa energía que Idina poseía, sintió que era un buen momento para decir algo.

Si alguien con ese tipo de poder quería colarse en un evento militar y hacer una seria mella en el Ejército, todo de una sola vez, este sería el lugar y el momento perfectos. Cientos de oficiales y oficiales de alto rango se habían reunido en esta sala.

El comandante que actuaba como maestro de ceremonias no paraba de hablar, y sus palabras pasaron desapercibidas para Idina, que buscaba a Hines entre todo el personal uniformado de gala. Cuando por fin lo encontró, estaba tan enfrascado en una conversación con otro oficial que no pudo justificar su interrupción.

«Estoy segura de que está aquí. Sé que hay alguien más aquí, pero no tendrá ni idea de lo que estoy hablando. Tengo que averiguar cómo…».

El hormigueo que le recorría la columna vertebral, los hombros y los brazos se hizo más intenso. Idina se detuvo donde estaba, rodeada de oficiales y comandantes que no conocía y que probablemente no volvería a ver, y empezó a buscar entre la multitud cualquier atisbo de luz verde que no fuera la suya.

—Con eso —dijo el maestro de ceremonias por el micrófono, su sonrisa brillando bajo las luces mientras levantaba su copa hacia el lado del escenario—, puedo decir que es un honor y un privilegio dar la bienvenida al escenario al teniente coronel Richard MacBlair.

El salón de baile se llenó de aplausos entusiastas, risas y algunos silbidos.

Idina frunció el ceño, incapaz de ver el escenario desde donde estaba.

«¿MacBlair? ¿El comandante del batallón 307 está aquí?».

Era la primera oportunidad que tenía de ver bien al hombre, o al menos lo habría sido si hubiera podido ver por encima de las cabezas de tanta gente que se agolpaba en el suelo frente a ella. En cuestión de segundos, su curiosidad venció a su anterior urgencia de al menos advertir a Hines de que algo no iba del todo bien. Así que Idina se dirigió en dirección contraria y rodeó el perímetro del salón de baile en busca de una vista recta del escenario.

—Bien, ahora. —MacBlair estaba ante el micrófono—. Agradezco todos los aplausos, pero aún no han oído lo que tengo que decir.

Los invitados rieron y lanzaron algunos vítores de ánimo.

Idina sintió un *déjà vu* al oír la voz del coronel. Por supuesto, le resultaba familiar. Le había oído hablar con el comandante Hines a la puerta de su opulenta casa el día en que su magia había brotado de ella y la había enviado al hospital. También había algo más. Algo que no podía identificar…

—Esta noche es una noche especial —continuó—. No solo porque *estoy* aquí. Sé que algunos de ustedes están más que de acuerdo conmigo en eso.

«¿Qué está haciendo? ¿Practicando un número de monólogos?».

Con un resoplido, Idina rodeó otra mesa del fondo del salón de baile y por fin tuvo una vista despejada del escenario y del hombre que estaba frente al micrófono.

El corazón se le subió a la garganta y la copa de champán que tenía en la mano estuvo a punto de escapársele antes de apretarla con fuerza. Todos sus pensamientos desaparecieron de su mente y el mundo a su alrededor dejó de existir.

Porque conocía a aquel hombre. Reconoció el pelo oscuro, las líneas recortadas de su mandíbula, los ojos anchos y brillantes que sabía que eran verdes aunque estaba demasiado lejos para verlos.

El teniente coronel Richard MacBlair —comandante del 307 batallón, superior directo del comandante Hines, el hombre que había visto la magia de Idina estropeada delante de su casa y había reaccionado como si fuera lo más natural del mundo— era Richard Moorfield.

Su tío.

«¿Qué coño está pasando?».

No oyó nada de lo que dijo por el micrófono. En lugar de eso, Idina miró fijamente alrededor del salón de baile, incapaz de comprender cómo todos los presentes miraban al hombre del escenario, sonriendo y asintiendo con la cabeza, sin un ápice de confusión.

«¿Richard MacBlair? Eso es una completa mentira, y nadie tiene ni idea».

A pesar de su sorpresa —y de las ganas de salir corriendo del salón de baile o subir al escenario e interrogar a su tío delante de todo el mundo—, Idina volvió lentamente su atención al escenario.

Era él. El Moorfield desaparecido. La primera oveja negra que nadie había visto ni oído en diez años. Había estado con ella en Fort Bragg todo el tiempo.

—Quiero daros las gracias a todos por estar aquí esta noche —continuó Richard, paseando su mirada y una sonrisa ganadora por los rostros de todos los invitados. Entonces su mirada se posó en Idina y se detuvo. Sin reacción alguna más allá de una sonrisa que se ensanchaba mientras miraba fijamente a su sobrina, el teniente coronel añadió—: Si no tengo ocasión de hablar con vosotros antes de que todos volvamos a nuestros hoteles, es porque tenía cosas más importantes que hacer.

Las carcajadas de los invitados tras esa afirmación sacaron a Idina de su congelado estado de shock.

«Claro, creen que es gracioso. No tienen ni idea de quién es. No tienen ni idea de lo que habla…».

Su tío la miró un momento más, luego levantó su vaso y asintió lentamente.

«Dios santo. Está hablando de mí. De mí.» Yo soy lo más importante. En serio ¿qué coño está pasando?».

Sin pensárselo, se llevó la copa de champán a los labios y se la bebió de un trago. El presentador volvió al micrófono para decir algo más que ella no pudo oír, y cuando volvió a dejar la copa vacía a su lado, nadie a su alrededor se había dado cuenta de que la joven de dieciocho años, soldado de primera clase, bebía a escondidas para templar los nervios.

El impulso de mirar a su tío una vez más era demasiado fuerte para ignorarlo. El hombre levantó una mano para agradecer los educados aplausos y las suaves risas con las que terminó su discurso. Antes de abandonar el escenario, volvió a captar la mirada de Idina. Sus ojos brillantes se clavaron en los de ella y, aunque no podía estar segura, no pudo evitar sentir que había un mensaje muy concreto en aquella mirada.

«Esto es lo que me he estado perdiendo. Justo aquí, delante de mí. Ha estado aquí todo el tiempo».

Lo que no sabía era por qué, cómo o quién creía el resto del mundo que era el teniente coronel Richard MacBlair.

¿Esa mirada en sus ojos? Era una invitación.

Aunque volviera a poner todo su mundo patas arriba —y probablemente lo haría—, Idina Moorfield estaba dispuesta a aceptarla.

*

NEWSLETTER

¿Quieres estar al día de nuestros últimos lanzamientos sin bombardeos de anuncios en redes sociales?
¡Suscríbete a nuestro boletín de noticias y recibe toda la información directamente en tu correo electrónico!

https://lmbpninternational.com/es/boletin/

*

Reseñas y valoraciones

¿Te ha gustado el libro? ¡Somos todo oídos! Escribe una reseña o déjanos alguna valoración en Amazon o en Goodreads.

Es muy sencillo: al final del libro, tu Kindle te pedirá que lo valores.

Como editorial independiente que reinvierte gran parte de sus ingresos en la traducción de nuevas series, en LMBPN International no podemos permitirnos grandes campañas publicitarias. Por eso, las reseñas constructivas y las valoraciones en Amazon son muy importantes para nosotros, ya que nos ayudan a aumentar la visibilidad de nuestros libros entre nuevos lectores que aún no nos conocen.

¡Gracias a tu apoyo, podemos seguir traduciendo nuevos libros!

La historia continúa

Algo va a por Idina y la tiene en el punto de mira. Pero ella no sabe quién o qué es. ¿Podrá descubrir lo que ocurre a tiempo para salvarse? ¿Y qué pasará con su tío? Continúa su historia en LUCHA POR LOS TUYOS.

Solicite su ejemplar hoy mismo.

Notas de la autora — Martha Carr

22 de marzo de 2022

Estoy en una nueva búsqueda. Una búsqueda de tomates. No para cultivar la mayor cantidad de tomates o el más grande. Cualquiera puede hacer eso con un éxito razonable. Pero ¿realmente has cultivado un tomate? ¿Un tomate digno? Tal vez no. Después de todo, hay un listón que superar.

Un poco de historia. Pasé la mayor parte de mis veranos en la costa de Jersey. Al sur de Jersey, en Longport, la perla de la isla de Absecon. O al menos eso decía el cartel cuando cruzamos el desvencijado puente desde tierra firme. Está en el otro extremo de la isla desde Atlantic City y Ventnor, donde la princesa Grace de Mónaco pasó los veranos de su infancia.

De todos modos, cuando viajábamos por la Ruta 40 pasamos por tierras de labranza muy ricas y muchos puestos de verduras. Había dos cosas que buscábamos y el resto sería una afortunada casualidad. Tomates Jersey y maíz Silver Queen.

Estaba ahí por los tomates.

Estos tomates podían comerse como un melocotón maduro. Tenían un sabor picante y profundo que solo se consigue cultivándolos en una buena tierra, con la cantidad adecuada de agua y sol. La tierra es la clave.

Hay otras cosas, como pellizcar los chupones para que no resten nutrientes. O no regar demasiado una vez establecida la planta para que las raíces se hundan aún más en la tierra. (Otra vez lo del suelo).

Pero es la tierra la que realmente determina el sabor. Una tierra que se ha tratado con cariño con una fina infusión de té de compost colocada sobre una tierra decente para empezar. Tierra que no se ha tratado con productos químicos para matar plagas ni para cultivar plantas. Ambos absorben los nutrientes de la tierra.

Soluciones a corto plazo que causan problemas a largo plazo.

Para cultivar un buen tomate hace falta paciencia y un mayor equilibrio con la naturaleza. Plantas resistentes porque se ha dedicado tiempo a construir un suelo rico, lo que hace una planta sana, que ayuda a mantener alejadas las plagas.

Vale, vale, a veces las plagas vienen de todos modos. Una nota al margen. Cultivar plantas que gusten más a los pulgones o a los caracoles o a las ardillas —esto se conoce como siembra de distracción— funciona muy bien y sin la muerte de los buenos nutrientes de tu suelo. ¿Y lo divertido que es ver a una ardilla intentar llevarse un girasol?

Todo el mundo gana.

Apenas estamos a finales de marzo cuando escribo esto —el comienzo de la temporada de cultivo en el centro de Texas. El suelo ha sido preparado, el té de compost vertido, y las plantas de tomate bebé —Better Boys— se han plantado. Fue un golpe de suerte; hubo un montón de relámpagos y truenos anoche, poniendo nitrógeno en el aire y la alimentación de las plantas.

Un buen comienzo en general.

Ahora nos dedicamos sobre todo a esperar, a cuidar de vez en cuando, a regar un poco, y a ver si es posible. Un tomate bueno en suelo tejano. Uno que te recuerda que un tomate es una fruta después de todo, y no una verdura. Un tomate que se puede comer solo con un poco de sal y pimienta, o un poco de mayonesa si insistes, pero realmente no es necesario. ¿Será este el año? Eso espero.

Más aventuras a continuación.

Notas del autor — Michael Anderle

21 de marzo de 2022

Gracias no solo por leer este libro, sino también estas notas del autor.

Por mi culpa…

Así que mi Darryl (mi hermano mayor) y su pareja Carlos vinieron a pasar el fin de semana. Por primera vez en mucho tiempo, estuve ocupado todo el fin de semana con diferentes «cosas por hacer».

Fue más o menos así.

El viernes:

Termina pronto de trabajar y prepárate para ir al restaurante en Aria a las 4:30. Llegar «elegantemente tarde». ¿Se traduce eso a llegar tarde por moda? *No admito NADA*. Tener una fantástica cena mexicana y muchas risas.

Darryl sugiere que los cuatro nos dirijamos a un lugar más tranquilo (la zona del bar, al otro lado de la planta del Casino) para seguir poniéndonos al día. Ellos se van sobre las 9:30 y nosotros sobre las 11:30.

Y yo tengo que madrugar para participar como ponente en una conferencia online de autores independientes.

El sábado:

Levántate temprano y prepárate para la conferencia. Después de la conferencia, me dirijo a un local para desayunar y trabajo hasta que aparece Mike Bray, de la editorial Wolfpack. Hablamos de «negocios— (traduce eso como «cotilleos sobre todo tipo de cosas relacionadas con la venta de libros») hasta las 11:30 de la mañana.

Trato de dormir la siesta, no pude, y llegar a Nueva York Nueva York, a las 4:30 PM para comer y luego ver un espectáculo en el Hotel

MGM que fue un regalo de Darryl y Carlos meses antes (en Navidad). El espectáculo fue una pasada —no es que pudiera contaros exactamente lo que pasaba, pero la presentación y las acrobacias eran increíbles.

Quedarme en MGM en un bar hablando hasta tarde otra vez (una coca cola y tres aguas) hasta algo así como medianoche.

El domingo:

Levantarse temprano para asegurarse de que la casa está presentable sobre las 8 de la mañana... Yendo primero a mi sitio favorito para desayunar. Luego hacer la compra y llegar a casa. Preparar el hoyo y hacer cosas para que Darryl y Carlos lleguen TEMPRANO (¡hijos de puta!) a las 11:20 AM más o menos.

Diviértete mucho. Que mi hermano sugiera que trabajemos en el @#%@#^!% descalcificador de agua —estaba desenchufado y esas cosas— y sugiere que 'trabajemos' antes de que vuelvan a salir de la ciudad.

Le digo a Judith que no escuchara sugerencias de trabajo NUNCA de mi hermano.

Ella me ignora. Después de comer, voy a ayudar a comprar seis bolsas de sal (¡Veinte kilos cada una!) para el descalcificador. El chico las mete todas en el maletero del coche, y yo tengo que conducir los tres de vuelta a casa. Se tarda unos cuatro minutos en llegar a casa desde la tienda.

Tengo que ayudar a llevar cuatro de las bolsas diez metros de un coche a la zona de ablandador de agua.

También ayudo a coger las tijeras y abrir las bolsas. Carlos es el que se mantiene en forma y, aunque es el más bajito, vacía las bolsas en su mayor parte. Darryl hizo una.

Los llevo a los dos al aeropuerto y les deseo buen viaje el domingo a las 17:45.

Llego a casa, me como un bol de helado, me desmayo de inmediato mientras intento ver mi programa de televisión favorito.

Me despierto varias veces con el programa de fondo. Finalmente, a medianoche, me levanto del sofá y arrastro mi culo escaleras arriba para dormir.

Yo tampoco duermo bien arriba.

Me levanto a las ocho de la mañana y me pongo a trabajar. Durante toda la mañana me siento aletargado y finalmente me echo una siesta a las 11:00 AM o algo así durante una hora.

CONCLUSIÓN:

Para no sentirme tan horrible después de un fin de semana, creo que debo tener una conversación seria con Judith para que no escuche las sugerencias de trabajo de mi hermano mayor los domingos.

¿No estás de acuerdo?

Mientras pienso en mi próxima excusa para salir del trabajo, espero que tengas una semana o fin de semana fantástico y nos vemos en el próximo libro.

Ad Aeternitatem,

Michael Anderle.

¿Te has quedado con ganas de más?

En LMBPN International tenemos muchísimas historias en las que puedes embarcarte ahora mismo mientras esperas a que se publique el nuevo libro de tu serie favorita (de hecho, estamos trabajando en ello ahora mismo). ¡Te enseñamos algunas!

Agencia ParaMilitar

La vida de Julie Meadows ha tocado fondo: el estudio en el que vive es un cuchitril, no encuentra trabajo y su vida amorosa es un auténtico desastre. Cuando cree que nada puede empeorar, recibe una carta que le cambiará la vida. La han reclutado en la Agencia ParaMilitar.

Lo que no espera en absoluto es que «Para» signifique «paranormal»; que su compañero, Taylor, sea un príncipe elfo del Éter; su jefe, un cambiaformas, y que el Departamento Informático esté dirigido por trolls.

Pero no todo va a ser un camino de rosas: si no puede encontrar un recluta en menos de tres días, tendrá que pagar con su vida.

El Gambito Kurtheriano

Morir joven o vivir para siempre, ¿qué elegirías?

Bethany Anne Reynolds no es la típica investigadora del Gobierno. Conocida por su temperamento y su creatividad para sonrojar a cualquiera a base de insultos, su búsqueda de justicia es casi obsesiva…

Y ahora que su vida se apaga, debido al mismo raro trastorno sanguíneo que se llevó a su madre, pone aún más empeño en ayudar a los más débiles.

¿Su última esperanza? Un vampiro cansado del mundo.

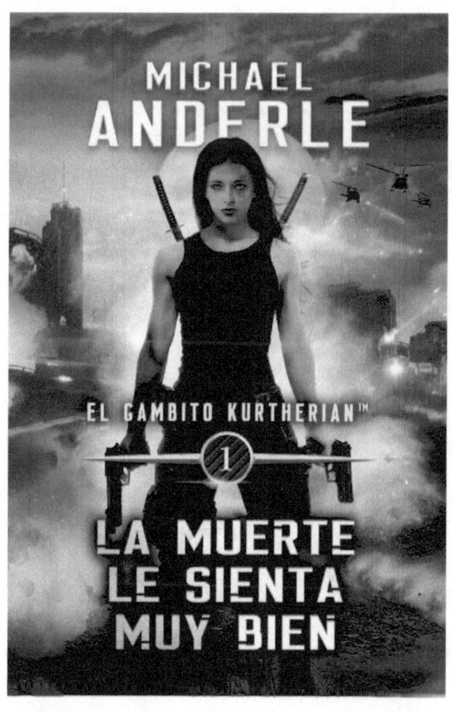

www.ingramcontent.com/pod-product-compliance
Lightning Source LLC
LaVergne TN
LVHW091303150826
845673LV00006B/1518

* 9 7 9 8 8 9 3 5 4 0 4 2 0 *